AF398390

Marilene Krondotter

ÄLSKADE FRISTAD

© 2023 Marilene Krondotter
Förlag: BoD – Books on Demand, Stockholm, Sverige
Tryck: BoD – Books on Demand, Norderstedt, Tyskland
ISBN: 978-91-7463-424-2

1.

Måste ner och äta frukost.

Simone släntrar ner för trappan och tvärstannar vid öppningen till köket. Vid kylskåpsdörren står en nästan helt naken man. En kort sekund for det igenom en tanke att fly ut genom ytterdörren eller att skrika...men den försvann när hon fick syn på ett lugnt gnagande på ett kycklinglår. Nu gör hon en snabb betraktelse i stället, en snabbskanning nerifrån och upp; jättefötter, hjulbent, uttöjda vita farfarskalsonger, halvstor mage, burrig mustasch och halvmycket hår. Det hår som fanns verkade ändå tjockt och stod åt alla håll. Han påminde Simone om en bild hon sett i skolan.

Hm...ja, Einstein...fast i bara kalsongerna.

Mannen log och såg nöjd ut, gånger tio.

- Tja!

Ut från badrummet kommer mormor, i sin blommiga velourmorgonrock. Håret, som annars brukade vara omsorgsfullt lockat på spolar, stod nu i kopparröd givakt, tillsammans med Einsteins gråa.

-Jaa...det här är Folke.

Jag måste ut…bort härifrån…

- Jag drar till Vingen!

Kläderna åkte fort på Simone, en skön ledig stil. Mjuka joggingbyxor och en hoody ovanpå ett linne. Sedan försvann hon ut genom bakdörren och gick till den lilla ladan där mopeden stod. Hon hann lägga märke till att Nic kom ut från den svartmålade lillstugan mittemot, i bara trosor och en gigantisk t-shirt. Simone startade mopeden och tog sikte på Röre, hennes favorittillflyktsställe.

Inte förrän efter den långa nerförsbacken och efter att ha kört som en racerförare på den smala grusvägen och som en crossförare genom skogsbitarna så saktade hon ner farten lite, lät adrenalinet bytas mot endorfiner och njöt av vinddraget i ansiktet och i håret.

Aaaah…frihet! Det här behövde jag!

När hon rundade Sonias dunge med körsbärsträd så kikade hon ifall Sonia var ute eller inne.

Mitt i den lummiga trädgården med blommande fruktträd satt Sonia på en stol, med alla pudlarna i en ring omkring sig, som om hon var en sagoberättare som trollband en samling med barn. Men barnen tycktes helt plötsligt bli mer intresserade av ett farande, frustande monster med hjul och de kom rusande i trupp mot Simone. Hon hade valet att dra gasen i botten eller ställa sig på bromsen. Hon tvärstannade.

- Heeeej, alla söta hårbollar!

Simone böjde sig ner och blev överfallen av pudelgängets blöta hälsningar, eftersom de snabbt såg att monstret reds av deras lillmatte.

- De älska dig!

Sonia ropade till henne och sken som en sol hela hon. Hon kom haltandes fram och gav Simone en stor innerlig kram.

- Jag med!

För två år sedan hade Sonia flyttat in i den lilla anspråkslösa stugan, som låg så gömd att nästan inga visste om att den ens fanns. Det, enligt henne, mariga svenska språket tyckte hon blev lättare och lättare att både förstå och prata. Mycket tack vare Simones täta besök. Pudlarna var övertygade om att mattarna bara pratade till dem, och det blev ett stort kram- och pusskalas.

- Du till Röre?

- Självklart! Vart annars?

Simone skrattade.

- Killen?

- Vem av dom menar du...haha!

- Åh...byta?

Sonia blinkade åt Simone och skrattade.

- Krossa hjärta.

Sonia tog sig för hjärtat, och Simone förstod att hon menade att Simone var en hjärtekrossare, eller i alla fall att hon misstänkte det.

- Vänta! Jag baka moff...eh...moffi...muff...Vänta!

Sonia gick tillbaka till stolen och kom sedan med en immig påse med alldeles nybakade blåbärsmuffins.

- Muffins! Vilken skatt du ger mig, Sonia! Och jag som är så hungrig.

Simone blev lycklig, tackade mer än en gång och åkte sedan vidare.

Hon kom fram till Vingens gård och ställde mopeden vid ett skjul och gick för att leta efter Vingen. Även fast det var tidig förmiddag så var det full fart på gården. Småbrorsorna sprang runt och jagade ankor som flydde i ren skräck från två till synes livsfarliga varelser i Spindelmannendräkter. Pappan

var i kohagen och lagade trådstängsel. Han fick syn på Simone och pekade mot ladugården. Vingen stod där, böjd över räcket till stian och kliade två små grisar bakom öronen.
- Hej! Sune mår prima. Det är över nu. Han har klarat sig!
Simones ögon blev alldeles blanka av lättnad och glädje, och de log båda mot de små ljuvliga kultingarna. För några dagar sedan hade den stora suggan fött åtta små kultingar. Allt gick bra tills den sista kom fram. Den lille stackaren var för liten och svag för att orka kämpa sig fram genom trängseln till en spene. Modern verkade inte bry sig om den lille, utan kanske lät naturen bara ha sin gång, där den svagare oftast blir lämnad åt sitt öde, i en djurvärld där de starkaste överlever. När Simone fick höra om den lille kraken så tjatade hon på Vingen att ta hand om kultingen åt henne, ända tills hon gick med på det. Hon lovade att göra vad som helst för Vingen i gengäld.
- Är det okej nu då...att jag får ha honom här, för din pappa?
- Jaja, jag har fixat det. Vi får flaskmata. Mamma ska också hjälpa till.
Simones hjärta värkte till lite.
- Jag tycker att djurvärlden är grym. Man måste ju få leva och ha ett gott liv fast man är liten och klen. Fattar inte hur en mamma är funtad om hon överger sitt barn...för att den inte orkar fram till tutten. Det är väl inte Sunes fel?
Simone tog upp lille Sune, denne lille skäre skrynklige grisbebis, så otroligt hjärtknipande söt att Simone fick moderskänslor för honom så fort hon såg honom.
- Mitt lilla hjärta.
Simone tyckte att han svarade med ett litet svagt "grymt".
- Du ser, vi har redan bondat! Han känner min kärlek till honom och att han är trygg hos mig.

- Ja. Jag har också en favoritgris. Lille Ingolf. Han med fläck-
arna på nacken och öronen. Jag fick honom av pappa, som
min egen. Så nu kan vi ta hand om dem tillsammans och de
är våra egna. Kanske kan vi lära dem lite konster och trick?
Jag har hört att grisar är superkloka djur.
- Ja, det blir kul! Vi testar! Sune är alla gånger den smartaste
grisen i hela nejden. Jag känner det på mig, och jag ser det i
hans ögon. Du, ska vi fika frukost? Jag har med mig nyba-
kade muffins från Sonia.
Vingen hakade förstås på.
- Wow, då hämtar jag ett par flaskor med mammas saft och
så går vi till logen.

Vingen hämtade upp Simone och de gick in i den största la-
dan och klättrade ända högst upp på alla höbalarna och satte
sig vid den stora luckan där man kastar ner balarna på stall-
backen.
- Det här är livet på en pinne. Det sa alltid mamma. I alla fall
när vi var små. Hm…glädjepinnarna kanske försvann när vi
blev större.
Simone blundade med ansiktet vänt mot den värmande solen,
sög in hödoften och kände nästan hur höfibrerna fyllde lung-
orna bokstavligen. Hon gjorde en serienysning och skrattade.
Vingen såg lurig ut.
- Ska vi sova här i natt? Denny och Franke ska tälta hos
Franke. Då kan vi gå dit.
Simone gav henne ett mist lika lurigt ansikte tillbaka.
- Självklart att vi ska. Då kan vi smyga på dem, och krascha
tältet.
Simone såg framför sig hur killarna trasslade in sig och skrek
och inte kom loss. Hämnden är ljuv. Killarna smög ju alltid

på dem och försökte spöka eller kasta äppelkart eller annat de hittade, men framför allt var målet att rasera allt som de sov i. Nu såg de fram emot en mysig och spännande natt, om inte Dennys pappa kom och förstörde den igen och var arg för att sonen inte var hemma i stället för att "vara ute och ränna", som han kallade det. Simone och Vingen var övertygade om att han måste ha glömt eller förträngt hur det var att vara tonåring. Livets roliga kanske tog slut efter att man har fått barn och blivit fyrtio, eftersom man bara blev irriterad om någon annan försökte göra någonting roligt. Om nu vuxna ville ha tråkigt jämt så behövde de inte dra sina barn med sig in i sina tråkiga liv.

Simone längtade faktiskt lite efter Denny. De hade inte setts på ett tag. Det hade aldrig funnits någon storslagen förälskelse, inte från hennes sida i alla fall, inte ens den allra första tiden. De känslor som hon ändå hade gick upp och ner. Dennys humör och beteende avgjorde ofta hur Simone kände. Lite pirr i magen fanns kanske, ibland, men framför allt så var en tom plats fylld. Simone visste inte riktigt om hon ville fylla den eller om hon helt enkelt bara behövde fylla den. Det kändes som om behovet blev hennes vilja, utan att hon egentligen inte ville allt hon kände behov av att göra. Var det detta som kallades för "the classical dilemma between the head and the heart"…och att hennes huvud sa till henne att hon behövde en kille, medan hennes hjärta inte hade behovet av just denna kille?

Denny blev i alla fall lätt chockad över att hon ville vara ihop med honom. Detta höjde både hans självförtroende och hans status bland killarna, och det var en riktig merit i hans alldeles nypåbörjade tjejreferenslista. Fast ingen förstod varför de var ihop egentligen. De var skolans parmysterium som alla försökte lösa. Simone, som enligt många skulle kunna få vilken kille hon än pekade på, hade valt en kille i sjuan, som dessutom var ett halvt huvud kortare än henne själv. Hans storebror var retad som en av skolans största nördar. Simone hade lärt känna Dennys bror nu och tyckte att han faktiskt var en skön kille och ibland riktigt rolig, men det kom liksom inte fram i skolan, vilket kanske inte var så konstigt eftersom han säkert blev lika osäker bland de andra killarna som Simone blev bland tjejerna.

Varken Denny eller hans bror tillhörde de eftertraktade killarna. Vilket enligt Simone bara var ett plus. Ju mer eftertraktad en kille var desto svårare var det att både få honom och att få behålla honom. Denny hade inte varit ihop med en enda tjej och hade inga erfarenheter av något som hade med tjejer att göra. En gröngöling inom kärlekskonsten, kallade killarna honom. De hade bilden av sig själva som världsvana, de som charmade och avverkade brudar i ett och menade att de var specialister på allt man behövde veta om det motsatta könet. Simone kände sig faktiskt lite tryggare med att Denny inte var så erfaren, för då kanske hon förhoppningsvis kunde framstå som lite mer spännande. Och kanske skulle hon då dessutom slippa oroa sig för att tjejerna skulle försöka förstöra hennes förhållande och ta honom ifrån henne, som de brukade försöka göra, bara för att de tyckte att det var roligt eller för att sätta henne på plats. Hon "skulle inte tro att hon var något". Det verkade nästan vara som en sport för dem. Till och med hennes gamla dagiskompis, Sabina, hade blivit likadan. De hade lekt mycket tillsammans, trots att Sabina var två år äldre än Simone. Men de slutade att umgås för länge sedan. Sabina hade tidigt börjat ett utåtagerande liv med allt vad det innebar av både revolterande gäng, sex, alkohol och rökning av diverse substanser. Simone tyckte synd om henne. Hon kände ju till hennes bakgrund, hur alla i fosterhemmet hade behandlat henne. Simone kunde se henne ibland men mest av allt hörde hon talas om henne, hur killarna tyckte att hon var billig och lättfotad. Ibland kallade de henne för "madrassen", och det hände att de kastade småpengar efter henne när hon gick förbi. Enligt innetjejerna var Sabina "en bitch" och "too much" av allt, som de sa, men de såg henne ändå som ett potentiellt hot när det gällde konkurrensen om killarna.

Hur skulle killar ha det egentligen? Skulle man vara cool eller inte? Skulle man försöka vara svår att få eller skulle man vara lite flirtig? Om man gjorde som de ville så blev man kallad billig. Och hur skulle man egentligen vara för att passa in hos tjejerna?

Under många år hade Simone noga iakttagit tjejerna, speciellt de som var mest populära i klassen och på skolan. Hon försökte lista ut hur man skulle vara klädd, hur man skulle sminka sig, hur man skulle prata och skämta…men ju mer hon tänkte på det och försökte komma på hur hon själv skulle behöva förändras desto mer blyg, tillbakadragen och tystlåten blev hon. Hon accepterade att hon aldrig skulle få tillhöra "innegänget". Hennes självförtroende höll sig bara uppe när hon kände att hon fick bekräftelse från killarna. Hon byggde det på det, och blev då beroende av dem. Den allra största rädslan var att bli helt ensam och utanför. Ignorerad av alla.

Simone kände aldrig att hon helt kunde lita på sin enda tjejkompis. Vingen kunde vara oberäknelig, och svänga väldigt fort mellan att vara jättetrevlig och säga saker i förtroende till henne och helt plötsligt vräka ur sig elaka saker och bara gå därifrån. Och aldrig fick Simone en förklaring, aldrig ett förlåt. Utan de fortsatte som om ingenting hade hänt. Följden blev en osäker Simone, som var mer än glad över allt roligt de gjorde men som var ständigt beredd på att det roliga kunde ta slut när som helst, utan att hon gjorde någonting eller i alla fall utan att hon förstod vad hon själv hade gjort för någonting. Vingen kunde få för sig något, läsa in något som hon tyckte var fel och som hon själv trodde att Simone tyckte eller tänkte, och då kunde det braka loss. Svartsjukan var också en svår balansgång för Simone att tackla. Vingen både visste och såg att Simone var oerhört populär bland killarna. Att Vingen nu hade lyckats fånga Franke, som bodde på gården bredvid henne, gjorde Vingen stolt men ändå orolig. Orolig för att Franke skulle bli kär i Simone om de umgicks mycket, men stolt över att hon brädat Simone och hunnit först med att haffa honom. Han var helt klart en riktig snygging. Simone fick akta sig för hur hon pratade med Franke och för att inte le för mycket mot honom. Det var ju så kul att de kunde umgås alla fyra, som ett gäng. Sådant hade saknats i Simones eget liv, så hon var rädd om det. Vingen hade skaffat sig ett järngrepp om Franke. Hon var väldigt kontrollerande och bestämde det mesta i deras relation. Men Simone tyckte att han verkligen verkade vara kär i Vingen för han behandlade henne som en prinsessa. Simones relation till Denny var långt ifrån prinsesslik. Hon kände att de var nog ganska omaka, och hon önskade mest att han skulle "växa upp". Han skulle behöva några år på sig för att mogna, tyckte hon. Han var rätt så larvig, och överfascinerad av att tänka på och prata om allt som hade med sex att göra. Han verkade peppad av de andra killarna i hans klass och det slog över till en fixering. Men hon gillade honom ibland. Han kunde se henne i ögonen på ett sätt som gjorde att hon smälte och han var charmig emellanåt, men i en annan stund kunde hon störa ihjäl sig på honom, på saker han kläckte ur sig och på hans flamsiga barnsliga sätt. Nu hade de varit ihop i fem månader och hon visste inte riktigt hur hon skulle göra med honom. Det fick visa sig. Hon visste i alla fall var hon hade honom. Han hade lindad sig själv runt hennes lillfinger, och det kunde vara riktigt störande emellanåt.

Efter en slapp och skön dag med solande, musiklyssnande, grismatande, grisgosande och Lilians supergoda hönsgryta med citron- och marängpaj till efterrätt, så närmade sig klockan äntligen åtta på kvällen. De behövde nästan ingenting för att sova på höskullen. En hopvikt tröja som huvudkudde och en filt som täcke samt lite proviant att knapra på, sedan var nattplaneringen klar. Ficklampor var förstås ett måste. Simones mobil var nästan urladdad men hon visste att ingen brydde sig, i alla fall inte någon mormor. Även om Simone skrev något, av ansvar och pliktkänsla, så läste hennes mormor i alla fall inte meddelandet förrän långt senare och hon svarade nästan aldrig samma dag. Var det något viktigt så var man tvungen att ringa. Undrade hon inte hur Simone hade det? Oroade hon sig aldrig...? Hon skickade i väg ett ”Kommer kanske imorgon kväll.” och kunde sedan släppa det.

De låg och småpratade lite tills det började mörkna, och det var rätt så sent eftersom majkvällarna redan var långa och ljusa, till fördel för dem som ville vara ute länge men till nackdel för dem som ville smyga på killar. Vid elvatiden smög de ut. De tog en omväg genom hagarna först och upp en bit i skogen. På det sättet kom de runt från andra hållet utan att bli sedda.

Det var alldeles tyst inuti det stora militärgröna tältet. Tjejerna tittade på varandra, bytte förstående blickar, och smög sedan fram till tältets ena kortsida. Väldigt låga röster hördes nu.

- Du skulle ha varit med…det var dyngbra och sååå sjukt snyggt ljusspel på skyskraporna...jag fattar inte…huuur många miljoner går inte det på!

- Men om någon har pengar så är det väl han?

- Joo…livet är orättvist.

- Har du hört något från Inez?

- Mötte henne förut. De skulle sova på höskullen i natt. Ska vi gå dit och spöka lite? Har du tagit Inez på brösten? Är de fina? Det har jag gjort på Simone. Värsta snyggaste har hon!

- Va? Nej, det har jag inte. Man kan inte bara göra sådana saker hur som helst. En tjej kanske inte vill det.

- Joodå, det är bara att testa. Spjärnar de emot så får man försöka mer en annan gång. Vill de inte så får man tjata. Då vet du inte om Inez har hår mellan benen?

- Öh… Nej, det vet jag inte. Lägg av nu.

- Det har Simone. Det är bara att sticka ner handen och känna. Simone tittade på Vingen och försökte viska men nästan fräste till henne; "Han ljuger!". Simone kände hur hon började koka inuti av ilska och förödmjukelse.

- Vi går härifrån. Jag vill inte träffa dem! Ingen av dem! *Guuud...jag dör... Äckliga Denny! Nu kommer jag att få skämmas ihjäl för all framtid! Vad ska Franke och Vingen tro om mig? Jag hatar Denny!*

De tog sig tillbaka samma väg, och gömde sig i hökojan som de byggt upp av stora balar.

- Vad äcklig han är! Denny bara skryter! Han vet ingenting. Men han ska förstås verka supererfaren inför Franke. Fast han försöker alltid att kladda förstås, fast jag tycker bara att han är jobbig då. Jag ska göra slut! Egentligen gillar jag honom inte. Fast bara ibland. Äsch, jag vet inte. Det är olika beroende på hur han beter sig. Det värsta som finns är när han tjurar för att han inte får som han vill. Och när han är som ett klängigt plåster. Men nu hatar jag honom!

Simone såg bedragen ut.

- Men bli ihop med Dugga i stället då? Han har gillat dig i heeela grundskolan. Han avgudar dig. Han och Franke brukar ju hänga och de spelar hockey ihop. Då kanske de kan hänga här tillsammans i stället? Så dissar du knäpp-äckel-Denny. Duggas bruna ögon är ju såååå fina. Fast Frankes är finare. Allt på Franke är finare. Jag är världens lyckligaste! Han är inte som Denny i alla fall. Franke är underbar mot mig. Tänk att han har valt just mig!

Simone fick bara ur sig ett enda ljud.

- Hm…

Men Simone hade minnen av Dugga, och minnena smakade inte alls gott utan smakade blött järn och var inte alls romantiska. En kväll, i sexan, när hans kompisar hade stuckit hem och bara de två stod kvar, så hade han utan ett ord gått fram till henne och tagit sig friheten att köra in sin tunga i munnen på henne, bara för att han ville det och trodde att hon ville detsamma. Eller, rättare sagt, han hade inte ens brytt sig det minsta om att ta reda på det. Och efter det så kände sig Simone nästan lite rädd för honom. Om han kunde göra så, utan att fråga eller bry sig om vad Simone ville, vad kunde han göra nästa gång…och när han nu var äldre? Hon var inte alls bekväm när han var med.

Han tittar alltid så på mig...som om han skulle vilja äta upp mig...fast på ett halvt bedjande sätt. Som om han vill att jag ska "ge efter". Kanske skulle han kasta sig över mig igen, om tillfället gavs? Det skulle jag aldrig mer ge honom.

- Nej! Inte Dugga.

Hon lät tvärbestämd.

- Slutpratat om honom som alternativ.

Vingen studerade höskullens takbjälkar och ljuset från utelyktornas sken som sipprade in genom springorna. Hon funderade intensivt, det syntes.

- Kanske Kronan då?

Simone såg Axel framför sig. Hans långa hår, hans gängliga kropp, hans pussvänliga mun och leende blå ögon.

- Jag tror att jag gillar honom...fast han bara tjatar om att jag ska röka hela tiden. Han höll fram en fimp sist och tyckte att jag skulle röka färdigt den. Och han snusar också. Då kan jag inte pussa honom av två anledningar. Han stinker. Det är synd.

- Sorholde då? Han är charmig. Och hygglig. Men kanske inte så spännande. Inte som Franke i alla fall.

- Hygglig? Det låter som en tråkig tant eller farbror.

- Snäll då? Det är väl inget fel med en snäll kille?

- Nej… Vad är snäll egentligen? Att låta andra få som de vill?

- Jag vet inte riktigt. Det är väl att behandla andra som man själv skulle vilja bli behandlad? Typ. Har jag läst någonstans.

- Ja, men det lät bra. Det gillar jag. Ja, det passar på Raul. Han är snäll men inte mesigt snäll. Jag funderade just på om jag var snäll eller dum…eftersom jag inte låter Denny få som han vill.

- Men man ska inte alltid låta killarna få bestämma. Jag låter inte Franke få bestämma över mig, utan jag bestämmer över honom i stället.

Simone tittade på Vingen, lite fundersamt.

- Hur går det ihop med det du sade? Menar du att det är rätt? Vingen såg beslutsam ut, som om hon visste bättre och behövde lära Simone lite angående kärleksrelationer.

- Ja, såklart. Killar ska inte vara för säkra på någonting. De blir bara stöddiga då. Och blir de stöddiga och tror att de kan äga tjejer…ja, då går det inte att vara ihop med dem alls. Man ska försöka att låta dem få bestämma lite, så att de inte tröttnar, men inte för mycket för då tröttnar de också. Då blir tjejen ingen utmaning för dem. Och killar vill ha utmaningar. Alltså, Franke får bestämma när det gäller vissa saker. Som till exempel vad han ska ha för kläder på sig. Och han kan få komma med idéer om vad vi ska göra. Resten bestämmer jag.

Nu tycker jag faktiskt synd om Franke, och att Vingen inte alls är värd att få vara ihop med honom. Då kan man alltså vara för snäll. Och Franke är alltså det.

- Stackars Franke… Och det här står han ut med? Jag skulle aldrig våga vara så bestämd som du. Jag skulle vara rädd att killen skulle göra slut då. Det är väl därför som det är så jobbigt med Denny. Han håller på för att jag inte vågar säga ifrån ordentligt.

Simone backade tillbaka bandet i tankarna, och de stannade en liten stund på sonen Sorholde.

Raul är en riktig charmknutte. Hans smilgropar och hans busiga ögon under den långa luggen gör honom verkligen dögullig. Han är nog riktigt kul och mysig att vara ihop med. Man behöver nog aldrig ha en tråkig stund med honom. Men hans föräldrar verkar jättestränga och lite konstiga... Har hört att släkten är katoliker. Han kanske inte får vara ihop med någon alls?

- Jag skulle vilja vara ihop med någon som i alla fall inte är lik Denny. Och jag skulle vilja bli superkär. Och att killen bara ser mig och är superkär i mig.

Vingen tittade på Simone och skrattade till.

- Bröderna Lännertz då? Båda två samtidigt, för det går väl inte att välja bort en eftersom de är tvillingar…haha! Two for the price of one?

- Vad knäpp du är! Nu har du ju en hel lista. Det är väl inte som att snurra på chokladhjulet heller? Jag kan väl inte bara "ta någon" på din lista?

Vingen såg lite allvarligare ut igen.

- Du ville ju ha förslag. Och hjälp. Vi får väl sova på saken. Den rätte kanske dyker upp i drömmarna i natt?

- Ja…eller också drömmer jag om att jag har ett helt harem springande efter mig…och sedan vänder jag mig om och ser desperat ut och börjar springa efter dem i stället och de springer för livet…haha!

De skrattade åt bilderna som de fick upp i huvudet.

- Jag behöver i alla fall inte springa mer. Det låter jobbigt att inte ha hittat någon som är perfekt. Men alla kan väl inte ha samma tur som jag. Det finns bara en enda Franke, och jag tog honom. Och han ska alltid vara min. Hoppas att vi gifter oss.

Vingen hade en ton på rösten som Simone inte gillade, en överlägsen ton. Och hon påminde alldeles för mycket om de andra överlägsna tjejerna i skolan, som alltid försökte trycka ner henne i skorna så att hon skulle känna sig liten och dum och mindre värd.

- Det var snabba ryck. Hålls du redan där…efter ett halvår i nian?

- Ska du säga! Du har ju alltid börjat med att testa om efternamnen på killarna passar ihop med ditt förnamn.

- Det var i lågstadiet och mellanstadiet. Det var länge sedan! Ska vi sova nu? Jag orkar inte tänka mer. Jag får väl snurra på killhjulet en annan dag…

Vingen och Simone lät förnuftet råda. Inlindade i filtar somnade de ganska snabbt. När de hade sovit en stund vaknade de av att kojan brakade rakt ner på dem och de fick de tunga balarna i huvudet. Efter det följde ett dubbelt asgarv och bländande ficklampor rakt i ansiktena.

- Hahaha... Är det här ni är? Trodde ni inte att vi skulle hitta er?

Tjejerna var inte på humör för detta, varken innan de somnade eller nu när de hade somnat tungt och fått en brutal väckning. Simone hade inte ett uns av tålamod kvar med Denny, och den lilla längtan hon hade haft tidigare på kvällen var totalt utraderad.

- Lägg av…det är inte kul...gå och lägg er!

- Är ni tjuriga?

Simone blängde på Denny.

- Vi vill vara ifred.

Denny såg riktigt förolämpad och stött ut.

- Skit i det då!

- Nej, jag vill inte vara ifred! Franke! Jag vill inte vara ifred!

Vingen satt upp i höet, med kläderna och håret fullt av torra strån, yrvaken och rädd för att Franke skulle bli sur, han också.

Killarna stack i väg lika snabbt som de kom, och Simone kände sig lättad. Men också besviken och arg, igen.

- Vad har du nu gjort! Åååhh…

Vingen såg förtvivlad ut, men Simone lugnade henne.

- Han blir inte sur på dig. Kanske på mig, men jag tror att han fattar att det är Denny jag är sur på. Vi måste sova nu. Kan vi inte gå in i stället? Det kliar och jag har hö innanför kläderna och överallt i håret och munnen och öronen och usch, det är vasst!

I stället för att bygga upp kojan gick de in och sov i huset. Det kändes inte kul längre och det hade blivit lite kallt, nu när de kände efter.

Dagen därpå var det ett lika underbart väder igen. Sista söndagen innan sommarlovet kändes oerhört avstressad. Inga prov och läxor var kvar i skolan, utan det var softa lektioner med lättsammare genomgångar och utvärderingar samt mycket fika, utespel och tävlingar. Så ingenting väntade och stressade någon av dem.

- Kan vi inte åka och fråga Wenke om vi kan få rida en långtur på islänningarna? Ta en heldag med matsäck?

Simone tyckte att hon hörde det bästa som ett par öron kunde höra denna dag. Hon beslöt sig för att inte ägna en enda promilles tanke åt Denny.

Sagt och gjort. En rad pussar mellan Sunes små rosa öron, näs-mot-tryne-gnugg och lite flaskfrukost till honom startade morgonen. Sedan gick de in och bredde en hög med mackor och packade ner dem tillsammans med festisar och en förpackning chocolate chip cookies, tog moppen och drog till Lilla Torpemo och Wenkes islandshästar. Hon blev glatt överraskad och de tog allihop en fem timmars lång ridtur;

grusvägen till Murrån, genom Västra Hökbys skogar, den vackra stigen längst med Källan, och tillbaka till Wenke igen. Det blev tölt och galopp och hopp över stockar och diken. Det värkte i både lår, vader, ljumskar och skinkmuskler, men det var det värt. Simone önskade att det fanns en parfym med hästdoft, med inslag av läder, balsampoppel och lindblommor. Hon fnissade för sig själv när hon tänkte på att den förmodligen skulle bli en jättesuccé för hela en person; henne själv.

På kvällen tog hon moppen hem igen, hem till ett tomt hus. Hon hann lägga märke till att det lyste inifrån den lilla svarta stugan, mitt emot deras egen hustomt. Och hon såg en svag siluett av Nic bakom de helt fördragna gardinerna. Och Simone började fundera på varför en obebodd lillstuga plötsligt var bebodd på konstiga tider, och varför en familj som hade det största och lyxigaste huset i hela samhället, med omnejd, skulle ha en dotter som hellre var i lillstugan på nätterna.

"<u>Söndag 31 maj</u>

Jag har bestämt mig för att göra slut med Denny. Jag har fått nog. Han har gått över äckelgränsen nu. När vi tältade förra gången, när Oskar var med, så var han också äcklig. Och nu har han varit det igen. Nu skröt han om att han hade tagit på mig mellan benen. Åt Franke! Det har han inte. Även om han försöker hela tiden. Och han lurade mig förra gången när vi tältade. Han tog sin lillebrors hand innanför min tröja så att Oskar kände på mitt bröst. Sedan skrattade han. Båda skrattade åt mig! Och när vi kysstes så ville Oskar också vara med och kyssa mig. Jag fick brotta bort honom. Jag står inte ut! Men vem ska jag vara ihop med då? Jag kan ju inte ta vem som helst heller. Vingen har tur. Franke är ju bäst. I skolan sa Ben och Raul att de inte fattade varför Franke var ihop med Inez och jag var ihop med Denny. Det borde vara tvärtom. Att jag, som var snyggast, borde vara ihop med Franke. Men jag tror inte att jag är snygg, och jag skulle aldrig våga vara ihop med Franke. Jag skulle hela tiden vara rädd för att han skulle lämna mig och titta på andra i stället och göra slut. Då är det bättre att inte prova och inte riskera det. Förresten är han ändå upptagen. Jag har inte bestämt mig för vem jag ska välja i stället för Denny. Någon som inte är för snygg. Någon som jag får behålla utan att någon försöker ta honom ifrån mig."

Simone hörde att mormor kom hem.

Så sent det är. Mitt i natten. Undrar om det är Folke hon har varit hos? Vi lever verkligen var sitt liv. I samma hus.

- Nu är jag hemma! Jag ser att det lyser och att du är vaken.

- Ja. God natt, mormor.

Hon släckte lampan. Från sängen kunde hon se ut över trädtopparna, och solnedgången syntes alltid från hennes rum. Hon älskade färgerna och dramatiken i solnedgångarna. Men nu var det kolsvart ute, och endast lite månljus över de högsta tallarna. Simone blev alltid så vemodig när hon tittade bort mot den mörkbelagda draperade horisonten. Långt där borta...fanns någonting som hon längtade efter. Det var en längtan som nästan gjorde ont. Inte alls lik den längtan som handlade om någon kille. Hon kunde bara inte greppa var den egendomlig känslan kom ifrån, men hennes själ tycktes längta efter något som fanns längre bort än det hon hade här hemma. Hon kände sig ledsen och bara ännu mer ensam när hon tittade upp mot himlen. Så oändligt det såg ut. Tomt, mörkt, kallt.

2.

Sista skolveckan gick fort. Avslutningen hade varit minst sagt lyckad. De hade fått låna Axel Kronstigs morfars traktor med stort släp till. Han hade kört hela deras björkpyntade ekipage till skolan, och när det ringde ut för sommaren så hade hela klassen hoppat upp på flaket och de hade kört runt i Hasselbro i ett par timmar, runt, runt det lilla torget och alla innerstans gator. Och det kändes som en gymnasiestudent, med lika mycket jubel men med vanlig cider i stället för champagne. Så skönt det skulle bli att slippa klassen hädanefter. Speciellt tjejerna. För dem skulle Simone absolut inte sakna. Och många av killarna var hon oändligt trött på.

Men nu var det ett nytt fenomen som hade startat för Simone helt plötsligt. Hennes drömmar innehöll ett nytt element på nätterna; Franke. Det gillade hon inte. Eller...gillade och gillade...hon gillade drömmarna, men inte att det var just Franke som kom på besök i dem. Det passade ju inte in. Hade det varit på natten när Vingen sa att hon kanske skulle drömma om "den rätte"…så hade hon nog blivit förskräckt.

Franke var mysigare än någonsin inne i drömmarnas land. Den mannen visste inte hur snygg han var. Han verkade för det första vara både helt ovetande och obekymrad över hur han såg ut. Dessutom lika obekymrad över hur någon annan tyckte att han såg ut. Hur kunde man bli sådan? Fanns det något knep…eller någon medicin man kunde ta?

Simone längtade nästan till dessa hemliga nattmöten. Som om det var träffar med en hemlig mystisk Don Juan, som kom bara till henne och bara längtade efter henne. Men hon kände ett dåligt samvete för Vingens skull. Nästan som om hon gjorde Franke skyldig till att vara otrogen. Om hon gjorde Vingen arg så kanske hon inte ville vara med henne mer överhuvudtaget…

Franke var alltid så go och härlig och omtänksam mot andra. Han gav aldrig igen om någon var elak. Snäll mot alla i skolan och schysst även mot dem som inte hade förtjänat det. Men han kunde ändå säga ifrån. Han var inte rädd för att gå emellan och försvara någon. Han hjälpte till hemma utan tjat. Han tog hand om sin lillasyster som den bästa pappan nästan. Vingen var en riktig lyckost…hur hon nu hade burit sig åt för att fånga Franke. Men han hade nog inte hunnit se hennes jobbiga sidor då, utan bara den charmiga sidan.

Utseendemässigt såg Vingen ut som en helt vanlig tjej; cendréfärgad axellång page, blågrå lite djupliggande ögon, ganska raka ögonbryn, en aningens underbett och lite killaktig form på kroppen med smala höfter och ganska breda axlar. Kanske var det muskler efter gårdsarbetet hemma?

Simone hade koll på hur alla tjejernas kroppar såg ut i klassen. Alla hade olika former och inte en enda var lik någon annans. Allas bröst och rumpor såg också olika ut. En del hade utvecklats tidigt och en del hade knappt börjat, eller kanske inte blev mer utvecklade än de var nu. Och alla tjejer jämförde sig med varandra, och många granskade och kommenterade varandras kroppar och ansiktsdrag. Simone hörde till dem som hade utvecklats tidigt och fått mensen redan i fyran. Ju mer kvinnoformerna växte fram ju mer populär blev man hos killarna. Och ju mindre populär blev man hos tjejerna. Mot Simone började en systematisk utfrysning och särbehandling, vilket gjorde att hon själv sökte sig mer och mer till killarnas sällskap...vilket gjorde dessa väldigt glada.

Vingen var också retad och utfryst, men inte för att hon var populär hos killarna utan för att hon inte hade det så gott ställt hemma och inte kunde hänga med i att ha de rätta kläderna, rätta sminket och rätta prylarna. Familjen hade släktingar som de fick kläder av, så Vingen hade oftast ärvda kläder. Det var inget fel på dem, men det var ofta kläder långt ifrån det senaste modet. Sminket som Vingen använde var sådant som hon hade fått av Simone, som hade blivit över när Simone hade köpt nytt. Vingen målade sig oftast alldeles för mycket, nästan som om hon ville kompensera de omoderna kläderna med mer smink i ansiktet i stället. Dyr parfym fanns inte ens med i hennes tankar, utan det blev oftast en deospray av något billigt märke, till exempel från en vanlig mataffärs hygienavdelning.

Hon ägde bara en gammal mobil som hon fått av sina föräldrar. De hade inte råd att köpa en ny modell utan hon fick ärva en utan touchscreen, coola funktioner och bra kamera. De tyckte att det viktigaste var att kunna nå henne, att ringa och skicka meddelanden. Och det betydde att Vingen inte alls kunde hänga med i diskussioner om vad som hände på

Facebook, Instagram och Youtube eller skicka några roliga foton på Snapchat. Hon hade heller ingen egen dator utan fick låna pappans gamla dator ibland, för skolarbeten och annat viktigt. Den hade en tjockskärm och såg ut som hämtad ur en retrotidning från nittiotalet. Gamla grejer verkar fungera längre än nya, tänkte Simone ofta på. Det var underligt att den datorn inte hade brunnit för länge sedan. Vingen brukade få utbrott över hastigheten på internet, och det slutade för det mesta med att hon bad Simone fixa saker som hon behövde göra på hennes mobil i stället. När det gällde musiken så fanns det två skivspelare i deras hus, en för vinyl i finrummet, som bara öppnades när det var högtidsdagar, och en för CD-skivor och som Vingen fick ha på sitt rum. Något Spotify var definitivt inte aktuellt. Simone delade förstås med sig av sin musik när de umgicks och speciellt när killarna var med. Föräldrarna klarade nätt och jämnt av att få gården att gå runt ekonomiskt. Vingen visste det och förstod dem. Men kompisarna var hårda och ville inte förstå, utan hon blev en hackkyckling som retades för sitt omoderna utseende och stil i allt och till och med för sina hemförhållanden. Likt Dennys storebror, som retades för samma stil och samma sätt att leva. De kom båda från bondefamiljer med ganska många barn som kämpade med att få största delen av sin försörjning från sina gårdar. Man levde ett liv där man lagade och återbrukade saker och kläder. Tyckte man att det inte fanns någon rationell och övertygande anledning att köpa en ny sak, ja, då köpte man den helt enkelt inte, för pengarna behövdes för viktigare ändamål.

Vingens mamma och pappa hade ärvt pappans släktgård och de hade satsat på ett liv som bönder, med både åkrar, grönsaksodlingar och olika sorters djur. Vingen var van vid att inte få allt hon önskade sig. Hon hade växt upp med en massa omtanke på andra sätt i stället. I hennes familj hjälpte man varandra praktiskt. Barnen hade sysslor på gården, likt Ingalls-familjen i "Lilla huset på prärien", och det gjorde att barnen inte blev lika självcentrerade och lata som andra barn, enligt föräldrarnas egen utvärdering av uppfostringsmetoderna. Föräldrarna var stränga på ett sätt som man inte blev rädd för, men barnen fick inte så mycket frihet. Vilket gjorde Vingen till en ögontjänare ibland, som gjorde saker i smyg i stället. Men det fanns ändå en sammanhållning i familjen som Simone inte hade upplevt på länge. Kanske var det en av de stora anledningarna till att hon drogs dit så mycket och gillade att vara där.

Det var många år sedan som hon själv hade haft en riktig familj omkring sig. Sex år hade gått sedan Vendela flyttade. Men sju år hade gått sedan skandalen. Efter den så flyttade deras mamma ner till en lägenhet i Hasselbro, men Vendela och Simone stannade kvar i huset. Mormor tillkallades från nästan andra änden av landet, i alla fall i landets breda riktning, och flyttade in och tog hand om dem i stället. Till mormors inte riktigt så stora glädje. Men hon anpassade sitt liv efter de nya omständigheterna och hittade så småningom nöjen att fördriva sin tid med. Vendela såg till att komma hemifrån så fort hon blev myndig, och hon tog sin nyvunna efterlängtade frihet och drog i väg femtio mil norrut till Fyringsund. Bara för att hon kunde och fick. Där började hon om med sitt nya liv. I ett så litet samhälle som Bäckmål visste alla om vad man gjorde bara man stack ut näsan, och nästan innan man stack ut den också. Hastigheterna som ryktena spreds i verkade överträffa vindens, och mer likna internets binära kodsystems. Skvallret var konstant och skvallrarna var ständigt alerta, och intresset för alla invånarnas aktiviteter och relationer var större än omsorgen om dem. Kontrasten till Bäckmål, den befriande anonymiteten hon fick, gjorde att Vendela äntligen kunde slappna av igen. Och sakteliga glömma.

Simone kände ofta att hon ville beskydda Vingen. Var det någon som visste hur det kändes att vara utfryst så var det hon själv.

Simone började redan i mellanstadiet att få höra pikar om sitt utseende…att hon hade fel form på öronen, för trubbig haka, för liten näsa, för tjocka läppar, för stor rumpa, för långa ben…vilket gjorde att hennes självförtroende hade rasat i botten under den tiden. Hon blev mer och mer inåtvänd och grubblande, både hemma och i skolan. Det spelade ingen roll att hon var som en sockerbit med en massa killflugor ständigt kretsande och surrande omkring sig och som ständigt ville ta på henne och smaka på henne. Frågan var om det blev hennes räddning…eller om det blev hennes tunga belastning. Hon kunde inte riktigt se hur det skulle kunna komma någonting gott ur allt detta, efter hur hon kände sig nu. Allas fixering vid hennes kropp, åt båda hållen, hade gjort Simone misstänksam och rädd. Rädd för att vara ”fel”. Vem bestämde egentligen vad som var ”rätt”…?

Nu hade hon i alla fall äntligen fått en tjejkompis i Vingen, även om de var lika mycket osams som de var sams. Det hade tagit nästan hela grundskolan att hitta en vän att vara med. Simone bestämde sig för att hon aldrig skulle kunna förstöra någonting för henne. Och absolut inte berätta om sina drömmar på nätterna. Simone längtade inte längre efter Denny, tvärtom. Hon hade försökt att meddela honom genom

Messenger att det var slut, men han vägrade att acceptera det. Hon skulle bli tvungen att åka dit och prata med honom, i samband med att hon träffade Vingen någon dag. Men hon behövde hennes stöd, kände hon. Annars skulle han väl övertala henne att fortsätta ett tag till. Men hon var rysligt trött på honom. Han hörde av sig hela tiden, dygnet runt, och hon kände sig jagad. Så fort mobilen plingade till kände hon hur pulsen ökade och hur irriterad hon blev. En sista varning hade han fått. Slutade han inte så skulle hon blockera honom.

Simone hade lagt sig i hammocken på baksidan av huset och kollade lite nyheter på Instagram. Ett inlägg handlade om chokladtårtor och hon blev extremt sugen på choklad. Hon hade blivit en riktig finsmakare inom chokladvärlden, och åt hellre ingen choklad alls än choklad av en sämre kvalité. Den tummade hon inte på. En utvecklad chokladgourmé, en beroende chokladist utan återvändo, kallade hennes mamma henne. Om man fick ha en enda last i livet, en lustfylld frestelse som man fick säga ja till utan dåligt samvete, så tyckte Simone att valet var så enkelt att inga alternativ ens fanns. Killar kunde hon nog leva utan, i kortare perioder åtminstone. Men relationen till chokladen...den kunde hon inte vara utan ens för en enda dag. Det behövdes inte stora mängder jämt, men små bitar ofta. Njutning i bit för bit. Hon hade läst någonstans att kvinnor blir lyckliga av ämnen som finns i choklad, och Simone kunde bekräfta det med all säkerhet. Det blev ett lyckligt liv tillsammans. Helt friktions- och komplikationsfritt. Och de skulle aldrig skiljas åt, varken av lusten eller av nöden. Blev Simone fattig i framtiden tänkte hon alltid prioritera sitt behov av choklad, för att inte lida någon allvarlig brist. För fanns ingen annan lycka, så fanns lyckan i och genom chokladen. Så den kunde hon i så fall alltid utgå ifrån.

Nu gick hon mot den lilla affären i samhällets centrala kärna. Det var en liten kärna som bestod av ett vägkors utan trafikljus, ett gammalt Folkets hus, ett litet kyrkokapell, en låg- och mellanstadieskola, ett nedlagt postkontor och så...tack och lov...den lilla, men ack så betydelsefulla, affären.
Simone brukade hamstra och alltid ha ett lager chokladpraliner hemma, för det gjorde henne lugn att veta att de små läckra bitarna bara låg där ifall hon akut behövde dem. Men nu hade hon njutit av den sista nougatfyllda pralinen igår kväll.
Mormor brukade få uppdraget att köpa med en ask från Pralinboden nere i Hasselbro, men nu hade hon försummat Simones beställningar genom att inte shoppa lika mycket utan mest bara bli bortskämd av Mario på restaurangen eller på Relaxens spaanläggning. Mario brukade hyra hela anläggningen för Elins skull. Han ville säkra att ingen annan karl såg Elin i bikini, och då eventuellt få för sig att göra en framstöt på hans kvinna. Kapitlet "Mario" var ett nygammalt mormorskapitel. Han hade börjat uppvakta henne efter att Simone och Elin hade varit på hans restaurang och ätit en kväll, för några månader sedan. Simone tyckte att hans fjäskande hade varit löjligt, men också roande. Det var lustigt att se en farbror bete sig som en tonårskille, fast i och för sig med lite mer finess och etikett-taktik. Mormor hade blivit flamsig och fnittrig, precis som Simone tyckte att de som gick i sjuan var. Det hade varit så pinsamt. Han fick mormors telefonnummer och hörde givetvis av sig direkt samma kväll. Av någon anledning så träffades de bara några gånger då. Simone visste

aldrig riktigt angående mormor, som var så ombytlig att Simone aldrig hängde med i svängarna. Sedan hade den där Folke dykt upp hemma, men Simone funderade på om inte Mario ändå hade varit ett bättre val för mormor, med tanke på mormors krav på flärd, nöjen och spänning i tillvaron. Och nu så var Mario på tapeten igen. Mormor hade ringt till honom och sagt att hon inte kunde glömma honom och hans magnifika restaurang, och så enkelt var det tydligen för mormor att skaffa sig en karl. De satt tydligen bara och väntade. Nu var det bara Mario som gällde. Och hon var helt absorberad av honom och hans perfekt passande livsstil, för henne och hennes önskningar.

Bäckmåls lilla affär hade nu äntligen börjat med naturgodis, och där fanns faktiskt en sort som fick Simones smaklökar att dansa åt det exalterade hållet. Det var små ljusa kulor av belgisk choklad, med en liten bit ekologisk lakritsmelass inuti. Och sedan var de rullade i lakritspulver. Hon visste att hon var tvungen att köpa en rejäl påse. Ceremonin var att ta exakt fyra kulor i taget, stoppa två innanför varje kind och sedan sakta tugga medan chokladen flöt ut i munnen och blandades med den perfekt aningens saltade lakritsen. Fullständig harmoni i en liten godiskula! Simones högsta önskan var att själv kunna utbilda sig inom denna extraordinära konstart och experimentera fram nya spännande och oemotståndliga pralinsorter. Att få koka och röra och smaka fram ljuvligheter att bjuda andra på, likt Juliette Binoche i favoritfilmen "Chocolat". Ett sådant chokladproffs ville hon bli och så ville hon leva!
Simone fick syn på det tuffa gänget som stod bakom affären, bakom containrarna med grovsopsorteringar. De trodde att de

var jättetuffa i alla fall. Tvillingarna Erik och Leffe Lännertz stod och rökte. Raul hängde över sin röda moped. Han var förbjuden att röka. Gjorde han det så skulle de konfiskera mopeden, hade föräldrarna sagt. Tillsammans med killarna stod tre äldre tjejer, från gymnasiet nere i Hasselbro. Hon kände igen Ann-Li Linussons storasyster och äldsta systern Drugan. Simone undrade om det var tjejerna som lärde de yngre killarna en massa dumheter, eller om det var tvärtom. Duggas syster ropade till Simone.

- Du! Dugga letar efter dig.

Simone nickade lite och gick in och handlade. Och mötte sedan Dugga i kassan. Han gick före ut, och han verkade för ovanlighetens skull lite blyg och skruvade lite rastlöst på cykelstyret när hon kom ut, som om han höll på att justera det.

- ...Hej...hur är läget?

- Nu är det bra.

Simone menade att chokladen var säkrad. Men det tog Dugga som en uppmuntran och trodde att det var för att hon träffade honom där. Han tog frimodigt sällskap med henne hemåt, och cyklade bredvid i snigeltakt och knapp styrfart. När de nästan var framme vid hennes hus harklade han sig nervöst.

- Öh...jag har en fråga till dig...Erik undrar om han får vara ihop med dig?

Det kom utan en tvekan ett snabbt "nej" från Simone.

- Då undrar Leffe om du vill vara ihop med honom.

Simone tvärstannade.

Vad är det här...är det en tävling, eller? Fast nu blev det ju som Vingen skojade om...att jag tydligen kan få båda Lännertz tillsammans. "Ödets ironi", eller? Inte min önskedröm i alla fall.

- Du kan hälsa "nej tack" till honom också.

Hon skyndade på stegen och var framme vid tomtgränsen. Han halvropade efter henne.

- Vänta! Får jag vara ihop med dig då? Snääälla… Bry dig inte om de andra. Var bara ihop med mig! Du ska få allt du ber om, hur mycket och ofta du vill!

Hon vände sig om och tittade rakt på honom.

- Nej, det är inte det jag vill!

Dugga blev tyst först, men tog mod till sig en sista gång.

- Men vad vill du då? Jag gör vad som helst. Köper choklad till dig varje dag, för du verkar gilla choklad.

- Tror du att man kan tjata sig till en tjej? Muta och trötta ut henne tills hon till slut säger "ja"?

- Det brukar funka.

- Då är du mer lik Denny än jag trodde, fast det funkar inte för honom. Inbilla dig inget hos mig. Hade du svarat annorlunda så kanske jag hade tänkt på saken en hel stund.

- Men jag vet att du är ledig…att du har spolat Denny. Jag har kollat. Varför ha en liten gröngöling när du kan få en riktig kille?

Hon sneddade kvickt genom jasminhäcken och över gräsmattan. Men hon hörde hans irriterade slutkommentar.

- Tjejer…

Driver de med mig? Har de slagit vad om vem som ska få mig och vem jag ska svara ja till? Jag är ingen vinst som man ska vinna eller byte som man ska fånga! Har de gått ihop och planerat något för att testa mig? Jag kan inte lita på någon av dem. Och jag är verkligen inte kär i någon av dem heller. Och vem har sagt till Dugga att jag inte är ihop med Denny? Han måste ha pratat med Franke. Jamen, så bra då…då fattar i alla fall Denny att vi inte är ihop längre. Skönt att bli av med dem allihop!

Det blev som vanligt en brottningsmatch inom henne, där misstänksamheten mot killarnas uppsåt och planer och hennes egen osäkerhet över vad hon betydde brottades med den konstigt nog bakomliggande mysiga känslan av att vara eftertraktad och efterfrågad. Och hon var nästan arg över att känslan var dubbel. Varför kände hon sig uppmuntrad…om hon nu ändå inte var intresserad av någon av dem?

Det kändes på något vis lättare att få möjligheten att säga nej, och veta att någon ville ha henne...än att få ett nej av någon hon själv ville ha. Några tyckte om henne i alla fall. Hon fick någon form av värde, genom killarnas beundran. Eller vad det nu var. Hon var i alla fall ett föremål för någonting. Men det var inte gratis, och hon visste inte hur hon skulle orka betala priset. För om hon inte orkade med beundrarna…vem skulle då ge henne det hon behövde?

Det var ibland en balansakt på en lös och alldeles för gungande lina.

$$3.$$

"*<u>Fredag 12 juni</u>*

I eftermiddag kommer mamma och syrran. Äntligen! Det är så roligt när vi ses allesammans och det är jättesällan ju. Hoppas att mamma orkar med allt. Jag ska försöka hjälpa till så mycket jag kan. Vara en bra dotter som hon kan vara stolt över, och inte bara vara stolt över Vendela. Jag vet att hon är mer lyckad än mig på alla sätt: har bil, fin lägenhet, jobb och pengar, är alltid snyggt klädd. Alla tycker att hon är snäll, hon är populär, har en massa tjejkompisar osv. Jag vill bli som hon. Hoppas att jag kan få hjälp med det. Ska kanske be till Gud om det, om han nu finns. Jag tror inte det men man kan ju hoppas. Det borde finnas någon slags god kraft. Och jag är rädd för döden också. Men nu ska jag inte tänka på så många jobbiga saker utan på helgen i stället. Den blir awesome!"

Juni hade aldrig varit vackrare än denna dag. Simone satt ute på trappan och kände att det var den ultimata drömsommardagen. Mormor var i Hasselbro och hämtade Vendela vid tågstationen, och plockade upp Boel på vägen. Nu var det städat, gräsklippt och fuskrensat i rabatterna. Det var någonting som mormor Elin inte fann vare sig roligt eller av betydelse, utan hon tog bara lite i ytterkanterna och liksom slätade över resten på ovansidan, för syns skull, och hoppades att ingen tittade längre in i rabatten. Boel skulle få dåndimpen om hon såg att hennes kära rabatter missköttes.

Dagen till ära hade Simone bakat sin specialpaj, eller rättare sagt en av de få hon kunde. Men den slog allt i pajväg. Jordgubbarna hade hon fått av Bonde-Kent, från hans stora jordgubbsodling. Några mer eller mindre märktes ändå inte, som han sa. Han ömmade för Simone och hennes familj och han var tacksam för att hon brukade sommarjobba hos honom. Simone älskade att laborera med smaker. Pajdegen var egentligen en helt vanlig deg, men pricken över i:et var kokosflingorna, mandelspånen och den hackade vita chokladen som Simone hade testat att blanda i degen. Det blev en riktigt läcker krispighet, krämighet och rostsmak på en och samma gång. Sedan togs pajen till gudomliga höjder när man åt den tillsammans med vaniljglass med ren bourbonvanilj i. Det slog nästan de fyllda pralinkulorna, enligt Simone. Men bara nästan.

I de sent blommande äppelträdens rosavita blommor surrade det högt, och avslöjade ett frenetiskt arbetande. Småfåglarna försökte para sig kors och tvärs som galningar, överallt, som om reproduktionen hängde på en enda dag. Simone fnissade först åt dem, men såg sedan hur alla honor flög i väg och jagades hela tiden och pickades i nacken och på rumpan.

Stackars alla honor… Tur att man inte är en fågel. Snacka om stalkers!

Arnold kom tassande, som en tiger på lur. Det cirkulerade

många munsbitar bara i hans trädgårdsrevir, och dessutom så kärlekskranka eller flyende från uppvaktare att de flesta var ouppmärksamma på omgivningen och dess faror. Arnold var döpt efter Schwarzenegger, eftersom han var så ovanligt kraftig över bringan för att vara katt. ”Har han smygtränat, mån tro?” kommenterade mormor när hon fick se honom som ungkatt. ”Han måste vara katthunken här omkring. Suck…tänk om karlar ändå kunde se lika vältränade ut som Arnold.”

Simone kunde inte längre minnas tiden när mormor inte hade några karlar att dejta, att ta hem eller åka till. Och ingen enda dög åt henne, inte längre än ett par månader i alla fall. Fingrarna och tårna räckte inte till för en räkning, inte ens för de senaste åren. Internet hade öppnat upp en ny värld för henne, med så många tillgängliga karlar som bara väntade på att någon skulle höra av sig. Och när mormor inte längre hade storstaden att vistas i, utan ofrivilligt hade flyttat till ett litet samhälle utan ”riktiga” nöjen ens inom tio mils avstånd, då blev dejtingsajterna en spännande värld för en rastlös kvinna på sextio plus, som levde upp igen och kände sig som både fyrtio och som en nyutsprungen blomma, värdig att plockas för den som lade fram tillräckligt många skönklingande ord och oemotståndliga inviter.

Simone tyckte att hennes egen mormor betedde sig ansvarslöst och att hon till och med hade blivit en desperat karlfixerad tant. Det passade inte alls ihop med hennes önskan och bild av en mormor. Speciellt inte att en mormor nästan aldrig var hemma och tog hand om sitt barnbarn, utan i stället dejtade gubbar på löpande band. En del gubbar tyckte Simone synd om. De dumpades alltid om de blev för efterhängsna, för fjäskiga, för svartsjuka, för självupptagna och… ja, inte stämde in på mormors önskningar runt en Casanova senior. Mormor hade en checklista. Den var både rolig och sorglig på samma gång, tyckte Simone. Den innehöll en lång rad kriterier för att passa in som lämplig kandidat; "stilig, flott klädd, rik, gentleman, helst stort hus, gärna egen båt, gilla att resa, gilla att skämma bort sin kvinna, bjuda på restaurangbesök, inte ha vuxna barn hemma, inte vara en toffel, händig, högutbildad, snygg kropp, världsvan, generös, pålitlig, god hälsa och vigör, viril, underhållande, ungdomligt sinnelag". Simone undrade hur Folke hade kvalat in på denna lista… Det måste ha varit någon slags charm som hon inte förstod sig på.

Hur kunde mormor få så många beundrare…efter att ha lagt ut denna superkräsna långa lista? Var det så många som ansåg sig själva uppfylla allt det som mormor ville ha? Var det mormor eller gubbarna som levde i en fantasivärld…? Bra självförtroende måste de ha i alla fall, bara för att våga höra av sig till hennes mormor.

Simone satt och funderade på sin mycket annorlunda mormor. Eller var hon annorlunda…? Tänk om alla blev så där? *Vad är mormor ute efter egentligen? Någon att gifta sig med? Ärva en förmögenhet och hus i Spanien? Nej, mormor skulle säkert slå rekord i att dissa så många som möjligt under ett par årtionden. Kunde hon inte bara åka på gammeldans i logen ute i Byvilla, eller någon lagom lugn bingoträff med PRO?*

Det fanns en önskelista även i Simones dagbok. Hon gjorde den efter att hon sett sin mormors. Hon tyckte att kraven inte borde vara alltför svåra att leva upp till, jämförelsevis. Det var hennes hjärtas önskan i alla fall.

I dagboken stod det:

Nu kom äntligen bilen. Vendela hoppade ur och halvsprang fram till Simone. Fast hon åkt ända från Fyringsund, över femtio mil, så såg hon jättefräsch ut.

- Min favoritsyrraaa…ååååhh,sååå härligt att träffas igen!

- Haha…vilken tur, eftersom du bara har en. Åh, vad jag har längtat efter dig! Efter båda förstås!

Både Vendela och Simone kvittrade i falsett ut sin glädje över att ses igen. Det var ett helt år sedan de sågs sist. Vendela hade inte haft varken möjlighet, tid eller ork att åka till dem tidigare. Simone hade inte känt att hon velat åka ända till Fyringsund och tillbaka om Vendela ändå inte hade tid att umgås. De hade bara cybersetts på mobilen. Och Simone följde sin systers vardag på Instagram.

Boel däremot hade inga "sådana moderniteter", som hon kallade det, utan "en hederlig telefon" med vanliga stora knappar och sladd. Hon spjärnade emot den nya tidens teknik så mycket hon bara kunde. Helst ville hon att allting skulle gå så långsamt som möjligt, gärna ända tillbaka i tiden till häst och vagn i stället för de snabba, farliga bilarna. Och

”Vad var det för fel på papper och penna? Om vi hade fortsatt att ha det, och något skulle hända, så skulle allt fortfarande fungera i så fall...ifall till exempel Putin kommer, eller data-hackare utplånade hela elektriska systemet”, som Boel sa och trodde, ”Då skulle minsann ingenting fungera längre.”. Bara hon själv skulle ha varit tillräckligt klok och förståndig och ha kontanter gömda i en låda, till mat och det viktigaste. Hon passade in i periferin av det nya samhället, och hon tillhörde den generation som skulle bli den sista stoppklossen för landets utveckling. Och hon hade bestämt sig för att ta sin beskärda del av det ansvaret och göra det hon kunde; leva precis så långsamt som hon önskade att allting skulle gå, och precis så bakåtsträvande som hon orkade och förmådde. Kunde hon göra revolution på sitt sätt, så skulle hon.

Boel hade sakta klivit ur bilen och sett sig trött omkring, som om hon kikade efter vart hon hade hamnat. Hon kisade mot Simone och såg lättad ut, som om hon åkt över halva jordklotet och äntligen kommit fram, i stället för att ha fått skjuts en mil på tjugo minuter.
- Mitt hjärta, kom! Får jag en stor kram.
Det blev bamsekramar med Simone i mitten, som kände en sådan bubblande glädje över att ha fått hem dem.
- Bästa dagen!
Simone lyste exakt så som hela denna junidag lyste.
Elin hade gått före in i huset och började ta fram allt till det planerade välkomstfikat, och hela gänget gick genom huset och ut till baksidans lilla uteplats. Egentligen var den inte så liten men den var inramad av vildvuxna krusbärsbuskar, stora cerisa pionbuskar och höga vita syrener på båda sidorna, så den kändes omslutande och intim utan någon insyn. Simone

hämtade jordgubbspajen, som sakta hade värmts upp tills den var ljummen, och hon tog med glassen från frysen. Dofterna av jordgubbspajen, kaffet, syrenerna och pionerna blev en sådan ljuvlig blandning att Simone tyckte att den nästan blev en konkurrent till hennes önskehästparfym.

Vendela såg beundrande på sin lillasyster.

- Vad fin du är! Så jättefin! Och håret, så långt det har blivit. Jag har alltid velat ha ditt vackra hår. Lyllo dig, som fick mammas självlockiga. Jag fick spikrakt och inte en enda liten böj.

Vendela drog i sina nyckelbenslånga hårtestar. Det såg plattat ut med tång, men det var så platt i sig självt.

- Men du har ju jättevackert hår och jag vill ha ditt hår i stället! Och så blankt det är i solen!

Simone menade varenda ord hon sa.

- Ja, jo, jag har haft i silkesdroppar, som är jättedyra…men det får man ta. Nu är det min riktiga hårfärg i botten igen. Men jag gjorde lite slingor nyss. Espresso, hette färgen. Tänkte att det skulle passa till min naturliga beigebruna frappinofärg…haha!

Boel suckade och skakade lite på huvudet.

- Ni är roliga. Varför vill man alltid ha det man inte har? Lockiga rakpermanentar sig eller plattar sönder håret, och rakhåriga permanentar sig eller lockar sönder det. Ingen är nöjd med vad den har fått. Det sliter bara ut håret att hålla på så hela tiden, att färga och bleka och slinga och allt vad det nu heter.

Snusförnuftiga mamma hade talat.

Men Simone insisterade.

- Jag skulle vilja se äldre ut. Man ser äldre ut i rakt hår. Och det är liksom mer glamour över det.

- Men Simone…vem vill ha glamour när man kan få lugn och ro?
Boel lät resignerad.
Simone bytte samtalsämne och tog fram ett foto från mobilens galleri.
- Nu ska ni få se på min nyfödda underbara bebis!
- BEBIS?
 Boel såg plötsligt pigg ut.
- Ja! Lilla Sune. Döpt efter gammelmorfar. Jag har adopterat honom, för hans mamma ville inte veta av honom. Nu flaskmatar vi honom med någon slags grisvälling.
Hon höll upp bilden och alla skrattade.
- Ja, jag säger då det…du har alltid varit en sådan djurälskare. Hur ska du uppfostra honom nu då? Var ska han bo när han blir större? Här?
Boel såg mycket tvivlande ut, med tankarna på sin egen mors antipati mot djur.
- Jag får ha honom hos Vingen. Hela tiden, hoppas jag. Och nu har jag köpt ett koppel till Sune och ska börja träna honom framöver när han har växt till sig. Han ska bli som en hund, hade jag tänkt, och följa med mig överallt och gå fot och räcka ”fin klöv” och sitta fint.
- Det skulle jag vilja se…
Boel log mot Elin.
- Mamma, det vore väl trevligt med en till familjemedlem? Ni kan ju bygga en hundkoja åt honom och ha honom här. Som vakthund. Han kanske kan grymta högt och skrämma bort objudna gäster.
Elin himlade med ögonen och skrattade till.
- Aldrig! Men Mario behöver säkert lite kotletter till restaurangen.

Simone och Vendela tittade argt på Elin, och till och med Boel gjorde det.

Vendela hörde att hundarna i inhägnaden började skälla, och tittade bort mot Schessmans baksida.

- Där är Nicole! HEEEJ! Whoooohoo!

Vendela vinkade allt vad hon kunde. Nic både såg och hörde, och kom gående mot dem.

- Nämen...är DU här! Det var länge sedan!

De kramade om varandra.

- Hur har du det nuförtiden? Jobb? Kille? Trivs du i Sund…någonting?

Vendela dämpade sig en aning, i både röstläge och kroppsspråk.

- Jo, det är bra. Fyringsund, är det. Det är sååå skönt att vara långt från denna håla. Jag behövde sannerligen börja om på nytt någonstans där ingen kände mig. Så skönt det är att vara anonym. Ingen vet ett endaste dugg om en. Man kan låtsas som om ingenting har hänt och nästan glömma alltihop helt. Men man blir förstås påmind när man kommer hit och hälsar på. Kille…jaa...jag hade en kille, som jag tyckte var fin…trodde var fin…ett tag, ett halvår. Men han gillade visst min kollega bättre än mig. Så han var först otrogen och sedan blev jag helt utbytt. Och han pratar knappt med mig längre, fast vi måste ses ibland på jobbet. Och jag fick jobb på Pressbyrån vid stationen. Det får duga så länge. Men det är jobbiga tider och rullande schema med långa kvällspass. Sedan har jag ju läst in ämnen på Komvux samtidigt. Har bestämt mig för att utbilda mig till något riktigt bra men vet inte riktigt vad jag ska välja. Polis kanske…eller brandkvinna. Jag har ju alltid tränat väldigt mycket så jag skulle nog klara fysprovet. Och jag är tuffare än somliga tror…haha!

- Det lät ju som både bra och dåliga nyheter. Vilket killsvin du hade!

Simone hoppade upp från stolen.

- Inte ett ont ord om killsvin, för jag har ett och han är den goaste och snällaste i hela världen!

Alla brast ut i gapskratt. Vendela förklarade.

- Okej, okej. Simone har blivit med grisbebis.

Nic fick veta att denne lille skyddsling bodde hos familjen Vingsten.

Hon vände sig mot Vendela igen.

- Har du någon kontakt med Amber?

- Nej. Det blev för jobbigt…för oss båda, tror jag. Men hur mår Louise och hur mår du själv?

- Jag kan inte gå in på det… Det kunde vara bättre. Jag orkar inte bo inne i huset längre så jag bor i lillstugan. Man jag kan inte säga mer. Louise bor kvar därinne. Men jag måste tillbaka nu. Har lovat mamma att ta hand om alla hundarna och det kommer besökare hit som eventuellt ska köpa valpar.

- I lillstugan…helt själv? Kan man bo där? Tillåter dina föräldrar det?

Nu var det Boel som flikade in.

- Jadå, jag har nästan allt jag behöver. Man nu måsta jag kila. Kul att se dig, Vendela! Titta över om du hinner, innan du åker tillbaka. Jag är hemma hela helgen. Hejdå, allihop!

Boel tittade frågande på Vendela, med ogillande rynkad panna.

- Ska du bli polis eller "brandkvinna"? Det är för farligt för dig. Vill du inte ha någon lugn och ro alls, eller leva ett vanligt normalt liv?

- Men jag känner att jag skulle vilja hjälpa människor, och skydda andra mot brott och brottslingar, kanske vidare inom

KRIM. Jag tycker det verkar jättespännande och jag skulle vilja vara med och befria samhället från brottslingar. Göra en insats, och fånga dem och sätta dem bakom galler. Det finns för många som går lösa och förstör andras liv.

- Jo…det har du rätt i. Men måste DU göra det? Av alla? Jag är rädd om dig. Du har sett för många svenska deckarserier.

Blicken som Boel gav henne var fylld av både oro och en massa kärlek. Elin svarade snabbt.

- DU har sett för många deckarserier. Och tror att allt och alla är farliga.

- Det tror jag väl inte? Jag ser förresten på deckarserier för att jag är intresserad av att se när de onda grips, att de inte kommer undan. Det ger mig ett hopp om en bättre värld, och om människor som kämpar för det goda. Jag blir uppmuntrad av det.

Vendela nickade.

- Precis, det är ju så jag känner också. Jag vill vara den delen som kämpar för de goda krafterna. Det goda måste väl vara att beskydda människor från de som vill skada andra, som utnyttjar andra och bryter mot lagarna?

Boel såg inte övertygad ut.

- Jo. Men inte min fina dotter… Kan du inte jobba med något på kontoret då? Eller i något laboratorium? Det ser faktiskt riktigt spännande ut när de försöker lösa ledtrådar och kolla fingeravtryck och DNA och så. Du ska väl inte springa runt och jaga och skjuta och hamna mitt i en massa otäckt bråk?

- Men mamma…

- Kan du inte bli konditor i stället? Eller bibliotekarie? Baka goda tårtor eller låna ut bra böcker till folk. Deckare till exempel. Det är också viktiga jobb, till allmänhetens nytta.

- Det vill jag bli! Jag vill öppna en egen pralinbutik, som Juliette Binoche. Ja, för mig så finns det inget finare och viktigare jobb. Och man får provsmaka hela dagarna och ta med det som blir över hem. I alla fall om jag själv äger butiken och bestämmer. Man har kommit fram till att man blir lycklig av ämnen i choklad, speciellt kvinnor, och jag är ett bevis på det. Forskningen kan hjälpa mig att sälja praliner, som hälsokost, i stället för lyckopillren som läkare skriver ut till höger och vänster.

Simone hade en lyster i ögonen och ett brett leende när hon berättade om sina drömmar. Boel nickade och log mot först Simone och sedan mot Vendela.

- Precis. Lyssna på din syster, Vendela.

- Hur ska vi sova nu då?

Vendela funderade vidare, på vilken säng hon skulle få. Det var inget stort hus de hade. Elin drog lite på svaret.

- Du och Boel kan ta dubbelsängen. Jag kan...sova hos Mario.

- Och vem är Mario nu då? Ett nytt stackars offer?

Det var en pik från Boel, som mycket väl visste att hennes mor trodde att hon blivit ung igen, eller i alla fall skulle ta igen tiden som hon hade förlorat i ett intetgivande äktenskap. Enligt Elin själv så hade hon bara utvecklats till det bättre, från en torr vissen blomkrake till en prunkande praktlilja.

- Åja, han är nog rätt för mig. Han har det väldigt gott ställt och förstår hur man uppvaktar en kvinna. Han är stilig också och luktar gott. Jag kanske slår till!

Boel såg inte ett dugg intresserad ut.

- Det tror vi när vi ser det…

- I alla fall, han är delägare i en stor restaurangkedja i Bosnien och har en restaurang i Hasselbro också. Av alla ställen på jorden. Hur kan man välja Hasselbro? Och han har en stor trevånings sutterängvilla med pool och bastu och jacuzzi och gym i källaren. Jag kan bo där i helgen, för er skull.

Simone tittade på henne men Elin tittade snabbt bort. Kanske gnagde samvetet lite över att hon knappt var hemma överhuvudtaget, och att uppoffringserbjudandet dels var mer regel än undantag och förmodligen var hennes förhandsval denna natt i alla fall.

De hade en trevlig eftermiddag, med en liten rundtur i trädgården. Det var mest Boel som var intresserad. Hon var utbildad florist och kunde rabbla varenda växt på latin. Hon suckade och förfärades över hur igenväxt allting var och påpekade hur vackert och välskött allting hade varit "en gång i tiden", som alla redan visste och hade hört förut. En perfektion färdig för reportage i någon tjusig trädgårdstidning. Simone nöjde sig med att det fanns blommor som luktade gott och bär att äta och baka med och fruktträd att ta mellanmål ifrån.

- Var är Arnold då? Lever han?

- Jajamän, han är i sitt esse, och som den värsta vagabonden. Som O'Malley i Aristocats ungefär. Vild och tam samtidigt. Men jag tycker inte om att han äter fåglar. Häromdagen låg det en halv fågel på trappan. Blä! Kan inte katter bara äta frön och nötter...

- Ja, jag vet att du önskar att alla djur fick leva…men hundar och katter som människan har som husdjur måste ha kött som mat. De skulle nog bli sjuka om de tvingades bli vegetarianer. De har det liksom i sig att jaga andra djur och äta upp dem.

- Men det är så grymt och otäckt! Man ska inte döda djur. Inte grisar heller. Jag står inte ut med tanken på att min Sune skulle ha blivit mat. Kanske skulle han ha blivit

kattmat…usch! Han har också känslor. Det ser jag. Jag känner det! Djur kan också njuta av livet och få stunder när de känner att "nuuu är det livet på en pinne".
Boel skrattade och kramade om Simone.
- Ändra aldrig på dig. Var alltid så här underbar…och var rädd om ditt fina hjärta.

På kvällen satt de samlade på baksidan igen och åt de efterlängtade och efterfrågade räkcrepesen, som bara Boel kunde göra så goda. Boel hade uppbådat krafter till en matlagningskväll, med stor hjälp av Simone och Vendela. Eller rättare sagt, Boel satt på en stol och talade om vad döttrarna skulle göra. Elin gick mest runt och såg otålig ut.
Hundarna från hundgården skällde igen, eftersom de fick främmande besök på kvällskvisten.
- De är tjusiga, hundarna. Men kääära nå'n, vad de måste skräpa ner inomhus.
Elin gillade inte att städa.
Familjen Schessman hade en kennel med afghanhundar bakom sitt stora hus, i en jättestor inhägnad bort mot skogskanten. Belinda var "lyxfru", som Alister kallade det, och hade kenneln som sin lyxhobby. Och uppfödningen gick väldigt bra. Afghanhundar var dyrgripar för familjer som hade höga inkomster, och köparna tyckte oftast att just den hundrasen var något alldeles extra att visa upp för grannarna. Att stoltsera med en tjusig hund på var sida blev till ett stiligt ekipage på promenaden.
En familj hade kommit denna fredagskväll, och de tog med sig två bedårande valpar med sig hem. Nu hade Schessmans bara tjugotvå valpar kvar.
Boel tittade på Vendela.

- Har du någon ny kille då, efter Pierre?

Vendela hade rannsakat sig själv, efter att hon hade blivit sviken och lämnad. Vad hade hon gjort för fel? Kunde hon ha varit annorlunda? Bekräftat honom mera? Lagt mer tid på sitt utseende? Ändrat sitt utseende? Hon hade inte kommit på några bra svar.

- Jag ska nog vara själv ett tag nu. Inte rusa in i någonting nytt på en gång. Man kan behöva hitta sig själv också, efter att ha gått på en hård smäll…rätt i både nyllet och hjärtat.

Simone såg med bekymrad blick på henne.

- Men kommer du inte att känna dig ensam då, då? Jag menar...jag känner mig alltid ensam när jag inte har någon kille. Liksom…som om ingen vill ha mig. Fast jag vet att de vill det…ganska många.

- Men man kan inte ha en kille bara för att man känner sig ensam. Tänk om man inte är tillräckligt kär...eller kär överhuvudtaget? Sådant märks, förr eller senare. Och då känner sig den andre sviken på grund av det i stället. Det kanske nästan är värre än att bli lämnad för någon annan. Nej, förresten, det är värre att bli dumpad som en gammal tråkig sak som någon tröttnat på, eller som man får veta att ingen varit intresserad av från början en gång. Att vara ihop med någon för att vara någons sällskap, mot ensamheten, det kan inte kännas speciellt kul. Om man inte vill detsamma, förstås.

- Men de vet ju inte om det. De blir bara glada över att de är ihop med en tjej.

- Och hur glada blir de när de märker att tjejen egentligen inte känner något för dem?

Simone tänkte ett tag.

- Jag tror inte att de känner så mycket de heller. Det verkar vara en sport, att få tag på den tjej man vill ha. Och sedan

”Yes, jag fick henne!”…som om det är en prisbuckla att visa upp.

Vendela sänkte rösten och såg med kärlek och medkänsla på sin syster.

- Du låter väldigt pessimistisk för att vara så ung. Du låter som någon som är typ trettio år och har blivit utnyttjad av killar på löpande band.

Simone tittade ner.

- Jag känner mig som trettio ibland…

- Nej, det kan du inte göra. Överdriv inte. Inte ens jag känner mig som trettio. Nu får du rycka upp dig, Simone. Du är sexton år och borde vänta lite med att ha killbekymmer. Du borde göra roliga grejer med tjejkompisar, och inte trassla in dig med killar som inte verkar bry sig utan bara är stora egon. Vänta tills du blir äldre och välj någon som du blir dyngförälskad i och som det håller med. Man kan hoppas och försöka i alla fall. Satsa på plugget. Gör inte som jag, som hoppade av flera gånger och krånglade och inte kunde bestämma mig. Jag måste utbilda mig nu, om jag vill ha ett jobb som jag brinner för. Visst, det kan väl vara kul på Pressbyrån också…eller kul och kul…ett tag i alla fall. Men jag brinner för att hjälpa både människor och samhället. Jag vill ha mer action, och att det händer grejer. Men det är segt att sätta sig i skolbänken igen och nästan få börja om från början.

- Joo…men jag har nästan inga tjejkompisar att vara med…och killarna går det liksom inte att bara vara kompis med. Det blir alltid strul och någon som får känslor eller så.

- Men Nicole då? Hon är väl en bra tjej? Och ni bor ju grannar. Ni skulle kunna hänga och ha superkul ihop.

Jag tänker INTE tala om hur Nic är mot mig. Då kommer jag att få skit för det i skolan sedan…ifall hon får reda på det.

- Nic är med i tjejgänget i klassen. Hon är den mest populära tjejen...som alla vill vara med. Jag är inte som hon. Hon är inte direkt dum eller så…men hon är inte direkt snäll heller. Hon gör ingenting. Är bara med dem, och verkar inte bry sig. Det är som om jag är luft…eller luft som man undviker.
- Vi kan gå över dit imorgon kväll. Du och jag?
- Okej...men mig pratar hon knappt med.
- Det ordnar sig.
- Förresten tycker jag att du visst kan bli polis, en som man kan ringa till om någon är elak, och så kan man hota med att du kommer...och ifall jag kör för fort så säger jag att ”min syrra är polis så säg till henne om det är något, så fixar hon det”. Och så kan du fixa cool skjuts i polisbilen ibland.
- Knasboll...haha!

4.

Mitt i natten hade Elin kommit hem, inte speciellt smygande tyst utan mer som om hon verkligen med flit ville väcka upp hela huset för att få en massa uppmärksamhet. Hon slängde runt med väska och kläder och nycklar, stånkande och snörvlande.

- Vad är det, mamma? Har det hänt något?

Boel kom stapplandes från sovrummet, helt vimmelkantig.

- Ja, det kan man säga! Idioten till karl friade till mig förut, på restaurangen! Och det kom in en som spelade dragspel och en som spelade fiol…och…och…det var fruktansvärt! Alla glodde! Det enda jag fick fram var ”jag ska tänka på saken”. Stämningen i restaurangen sjönk ner till frysgrader. Usch...så förargligt det var!

- Såja, såja...sätt dig ner nu. Men var han inte den rätte, sa du?

Boel försökte tålmodigt att lyssna på sin upprivna mor.

- Jo, men det var mest huset och restaurangkedjan jag tänkte på… Jag kan ju inte GIFTA mig heller. Hur ska jag då kunna ha roligt i livet? Då är jag ju fast! Mario är väldigt svartsjuk och vaktande på mig hela tiden. Som en livvakt nästan. Jag skulle kvävas!

- Jaja...men då var det kanske det bästa som kunde hända nu då? Då kan du ju släppa honom…om du har bestämt dig.

- Ja, han var inte rätt. Bara ett tag. SÅ! Nu har jag tänkt färdigt på saken.

Elin snöt sig högt och ljudligt. De andra hade också kommit och alla satt nu i köket. De visste inte riktigt om Elin grät för att hon var ledsen eller arg eller bara tyckte synd om sig själv efter en gräsligt pinsam situation.

- Jag håller med dig, mormor. Livet är krångligt med karlar. Det är inte lätt.

Simone klappade henne på axeln och strök henne tröstande på ryggen.

- Men det finns fler därute. Mister du en står dig tusen åter…eller vad du nu brukar säga till mig.

Elin tittade på henne och såg både förundrad och lite lugnare ut.

- Tänk, en så förståndig dotter du har, Boel, som kan säga så kloka ord till en gammal stollig tant.

Vendela ville också vara med och säga några tröstande ord.

- Du är inte en tant, mormor. Du är en välbevarad mogen frukt. En passionsfrukt, med ovanligt mycket passion i.

Elin började skratta högt.

- Haha…men passionsfrukter är ju bara mogna och goda när de nästan har skrynklat ihop sig helt. Där fick jag vad jag förtjänade.

Alla skrattade hjärtligt nu. Och Elin kunde till och med känna sig lättad och till och med vid lite gott mod, efter kvällens bravader, trots förödmjukanden och tappade ansikten. Hon skulle hitta någon annan. Hon skulle låta någon ny få uppvakta henne. Fast bara på hennes egna villkor.

På lördagen var det lite växlande molnighet och enstaka små regnskurar, så de hade mest varit inne och ätit gott, och fikat, och ätit igen, och spelat släktens olika favoritspel.
Lite lagom sent på kvällen gick Vendela och Simone till den lilla stugan som Nicole sa att hon numera bodde i. De stora hundarna kom framrusande när de gick förbi inhägnaden, men de skällde inte utan gav mest ifrån sig lite dova läten och morranden. Det var verkligen majestätiska och vackra hundar som de födde upp, var systrarna överens om. Simone tittade på de mindre valparna och gillade deras uppsyn bättre än de storas.
- Jag skulle ändå mycket hellre vilja ha en liten hundras. En sådan där med spetsiga stora öron med tofsar på.
Vendela höjde lite på ena ögonbrynet.
- En fjärilshund? Ja, de är ursöta. Jag skulle nog vilja ha en hund med lite mer krut i, typ en intelligent schäfer som lyder minsta vink.
- Det är bara för att du vill bli polis, eller hur? Men intelligensen hänger väl inte på storleken? Då skulle ju alla långa och breda människor vara smartare än alla korta och smala.
- Haha! Jo, det handlar väl om hur man tränar dem också, och så lite avel och gener. Men en fjärilshund som tuff polishund? Jag ser det framför mig…hur alla jag jagar blir jätterädda och springer för livet...från min bjäbbande fjärilshund som springer en kilometer i timmen.
Nu skrattade de båda åt sina inre syner.
- Alltså…bor Nicole hääär inne? Varför? Vet du det?
Vendela såg frågande på Simone.

- Nej. Men jag har sett henne komma ut härifrån på morgonen, och att hon varit här på kvällen den senaste tiden.
- Men de har Hasselbro kommuns största och lyxigaste hus.
Det lyste i den lilla svarta stugan. Mysigare liten stuga fick man nog leta efter, men de tyckte ändå att det var högst märkligt att en tonårsdotter till en av de rikaste familjerna de kände bodde ensam där när alla bekvämligheterna plus en massa space fanns i det stora huset. De knackade försiktigt. Nics siluett kom fram till den smala dörren, den tunna gardinen drogs bort och hon öppnade åt dem.
- Hej! Vad kul att ni kom över! Kom in. Jaa...här är mitt lilla bo. Vad tycker ni? Är det inte mysigt?
Nic såg lite stolt ut. Simone granskade hennes ansikte. Fanns där någonting att avläsa…? Hon undrade nyfiket över skälet till hennes valda boende. Och hon undrade över hur hon överhuvudtaget vågade vara ensam här, med bara mörk skog bakom gaveln. Det var ett litet ynkligt lås över dörrhandtaget. Bara en liten metallgrej som man tryckte ner.
- Är du inte rädd när du sover själv härute? Jag skulle tycka att det vore otäckt på nätterna...när det prasslar i buskarna alldeles utanför. Tänk om någon skulle bryta sig in? Huvva!
- Nej, det är inte så farligt. Jag har ju hundarna alldeles utanför. De skulle skälla om de såg eller hörde något.
- Jamen...då skulle jag bli ännu mer rädd! Förresten så skällde de inte alls när vi kom.
- Men de såg er tydligt och har känt er lukt och sett er förr. I alla fall dig, Simone.
Vendela såg lite bekymrad ut, för Nics skull.
- Men...äter du mat här? Du måste väl vara därinne också? Man måste väl duscha och så, och gå på toa?
Nic såg nu ännu mer bekymrad ut än Vendela.

- Jag försöker att hålla mig undan så mycket som det går. Jag vill inte vara därinne alls. Vi skickar sms, mamma och jag. Och hon berättar om pappa har kommit hem eller om han har åkt. Då går jag in och får matlådor av henne. Och gör allt jag behöver i badrummet. Maten kan jag värma i min mikro här. Jag har till och med en liten minispis ju, med en miniugn. Fast jag kan inte laga mat, men försöker att lära mig lite enkla grejer. Men det blir nog mest onlinepizzor och sallader, om jag ska vara helt ärlig. Och när jag behöver gå på toa så sätter jag mig bakom stugan. Det är ingen som ser mig...tror jag inte. Jag har inte hört några rykten hittills i alla fall.

De fnissade tillsammans. Simone tyckte att det faktiskt lät lite spännande.

- Ja, jag har ju nästan likadant, kan man säga. Fast i en lite större stuga. Mormor är nästan aldrig hemma. Fast jag har vanlig toa, tack och lov.

- Varför är hon inte hemma hos dig då? Min mamma får inte gå någonstans. Hon måste hålla sig här. Hon får inte träffa någon utanför familjen...inte utan att pappa är med, eller med hans tillstånd.

- Ja...öh...mormor träffar folk ibland...och så sover hon borta ibland, hos dem hon träffar.

- ”Folk”? Män? Är hon ute och festar...och struntar i dig?

Nu kände Simone att hon var tvungen att försvara sin mormor.

- Nej, hon festar inte och hon struntar inte i mig. Hon gör nog så för min skull. För att jag ska få lite frihet, säger hon...och för att jag ska få sova och inte bli väckt.

Vendela och Nic tittade på varandra och log lite sneda leenden.

- Inte bli väckt? På grund av vadå?

Nic blinkade åt Vendela.

- Sluta! Ni får det att låta som om mormor håller på med äckliga saker. Hon gillar att träffa trevliga karlar, har hon sagt. De gör säkert ingenting konstigt. Kanske går på restaurang eller så.

- Jojo...hehe... Nåja. Hur som helst, jag tycker om att vara själv härute. Men jag oroar mig för Lo...som är kvar därinne. Hon är så liten än.

Nic såg sorgsen ut. Hennes stålgrå ögon blänkte lite. Det fanns något i ögonen som inte Simone hade sett förut. I skolan var Nic väldigt populär, och en eftertraktad vän för alla tjejerna, definitivt alla innetjejerna. Det var som om det var det mest naturliga som fanns, en självklarhet att hon alltid skulle finnas som förstahandsval i alla sammanhang där man sökte sällskap och umgänge. Simone var osäker på om det var hennes bakgrund och familj som var anledningen, eller om det var hennes utseende och sätt att vara och klä sig på. Hon hade förstås studerat Nics sätt att vara mot andra, hennes sätt att skämta, hennes klädval, hennes val av intressen på fritiden, hennes sminkning och frisyr...ja, allt var noggrant dissekerat, från en som alltid stod vid sidan av alltihop. Frisyren och sminkningen var lika proffsig som en fotomodells. Kläderna som en mannekängs. Kroppen och hennes gångstil likaså. Den hade likaväl kunnat formats av en skolad gång från en catwalk. Kroppen var lång och gänglig som en modells. Simone ville se likadan ut, ha hennes mer rakare kroppstyp, utan kurvor, som Simone bara tyckte drog åt sig alltför stor uppmärksamhet. Och välformade bröst var inte till en fördel, tyckte hon själv, utan ett par små vore mer praktiskt och skulle heller inte stjäla så mycket energi att försöka dölja. Simone önskade sig en kropp som inte lockade till sig killars blickar hela tiden. Hon ville inte vara en vandrande kropp, utan en vandrande tjej. Som Nic. Hon hade mer respekt med sig, tyckte Simone. Hon fick mer respekt naturligt, på något mystiskt vis. Killarna stod inte och väntade på henne bakom hörn, bakom hus och i olika rum, för att försöka komma åt att tafsa på hennes bröst och bak och mellan benen. Men Nic hade en stil som inte Simone hade. En självsäkerhet, integritet och tydligare beslutsamhet. Berodde det på vem hennes pappa var? Skulle föräldrar och släktingar göra en sådan skillnad? Fick en tjej respekt bara för den sakens skull? Nics pappa var en av de rikaste som Simone hade hört talas om. Alisters släktingar kom från Londons innekretsar, från förmögna familjer som bildat bolag och företag som gått fruktansvärt bra. De fick möjligheterna att uppfylla alla sina drömmar, att köpa och göra precis vad de ville, och tack vare det så frotterades de med den engelska betydande eliten. Belinda var ett ständigt samtalsämne i alla dessa kretsar, och i alla andra också. Avundsjukan över att just hon lyckades snärja en sådan förmögen och tjusig karl var enorm. Att få bo i denna lyx och överflöd, och att få tillhöra den åtråvärda kändisvärlden, verkade för många vara livets upphöjda mål nummer ett. Men Belinda var inte bara mycket yngre än sin man, hon var också intelligent och med ett tilldragande utseende. Inte en typisk klassisk skönhet, utan en fascinerande uppenbarelse som liksom fick en naturlig uppmärksamhet på grund av sin utstrålning och sitt ovanliga utseende. Hon var en magnet, med sina ljusa grå ögon och sitt mörka hår, med sitt passionerade inre som lyste igenom hennes svala yttre. Hon hade stått på egna ben och utbildat sig, och hade inga planer på att bli en hunsad hemmafru, men Alister fick henne med tiden att foga sig efter hans vilja. Men han fick kämpa hårt och länge med att bryta ner hennes. Hon blev en utmaning för honom, men han gillade utmaningar.

Näst intill en hertiginnestatus hade Belinda fått, och den följde med från London ända till lilla Bäckmål, till Alisters förtret. Det lilla samhället hade passat in i Alisters strategi och tankemönster, med sin till synes frånvaro av manliga hot och med sina möjligheter till mer kontroll. Men Belinda skaffade sig en popularitet som hunduppfödare av högsta rang, och fick en uppmärksamhet som var långt större än hundarnas meriter och byggde på mer än efterfrågade hundrasvalpar. Den uppmärksamheten gjorde Alister misstänksam. Folk kunde ringa och vilja komma för att titta på hundarna bara för att få säga att de varit där och "hälsat på familjen Schessman". Kenneln var svepskälet för att få in en fot hos familjen. Kanske en liten möjlighet att kunna få lägga ut en selfie på sociala medier, med Belinda bredvid sig. Att dessutom få köpa en av valparna vore nästan som att säga att de hörde ihop med familjen, genom släktskapet familj-hund-familj.

Simone iakttog Nic. Det var inga modekläder som satt på henne idag. Inte de senaste gångerna hon sett henne heller. Hennes kortklippta svarta hår låg i och för sig alltid lika snyggt, oavsett vad hon gjorde. Simone var övertygad om att det måste vara på grund av någon dyr superklippning eller någon mirakelsprej eller liknande, alla gånger från London och inte från utbudet i Hasselbro. Axlarna hängde lite framåt, och hennes hållning var inte så rak som den brukade. Nic fick syn på att Simone tittade på henne, och hon rätade genast upp sig och drog fingrarna genom den spretiga svarta luggen och drog den åt sidan.

- Vill ni ha fika? Jag har lite kakor som mamma och Lo har bakat. Något engelskt recept.

Vendela tittade på Simone och båda nickade. Nic gick bort till en liten hylla där hon hade en lång rad av små burkar med vackra mönster.

- Te? Kaffe? Cola? Öl? Jag har tretton sorters te, över hälften är från England, såklart.

- Öl? Har du ÖL?

Simone lät så paff så att Nic började skratta.

- Jaa. Jag har vin också.

- Men…var har du fått det ifrån?

- Hemligt. Men det får inte komma ut att jag har det här. Man är ju liksom inte riktigt myndig än.

- Nej, verkligen inte. Mormor skulle smälla av om jag drack något, och skulle väl ringa socialen om jag skulle ha något hemma. Men hon litar på mig. Hon har sagt att "de erfarenheterna får du göra när du blir stor".

- Klokt sagt av mormor, tycker jag.

Vendela log mot Simone, och vände sig sedan mot Nic.

- Jag provar gärna ett engelskt te, ett riktigt te för en gångs skull. Vilken sort som helst.

- Och jag kan ta samma som Vendela, tack.

Simone tittade betänkligt på Nic, som om hon inte riktigt litade på vad hon skulle hitta på.

Vem är hon egentligen? Hur vågar hon? Vet hennes föräldrar om att hon har alkohol här? Hon verkar så ledsen. Det måste ha hänt någonting i familjen…kanske något bråk.

Nic satte på vattenkokaren i det lilla pentryt och hällde sedan upp vattnet i en tjusig keramikkanna med en liten sil i, där man hällde i teblandningen. En liten söt burk med honung, med en miniträsked i, och tunna citronskivor på en assiett dukades fram. Och en sorts kakor som Simone tyckte såg ut som om självaste himlens moln hade kommit ner och landat på fatet. Ena sidan på kakan hade moln som från en solig dag, och den innehöll vanilj. Den andra sidan på kakan med moln som från en ovädersdag, med smak av choklad. Däremellan fanns en krämig fluffighet som smakade len mascarpone och grädde och vanilj. Allt dekorativt spritsat. Det var sagolikt vackra kakor och himmelskt gott. Simone hade aldrig varit på ett engelskt tea party…i ett hemligt näste…med hemlig alkoholförvaring…en sen sommarkväll som denna. Inte någon kväll överhuvudtaget. Det kändes vuxet på något sätt. Som ett brittiskt topphemligt agentmöte, där man planlade strategier inför kommande uppdrag.

Efter en stund skulle Simone och Vendela gå tillbaka till huset, men innan de gick blev Nic allvarlig och såg på Vendela.

- Du…kan du hålla tyst om en sak?

- Ja, det vet du. Självklart.

Nic sneglade snabbt på Simone men fortsatte sedan att prata med Vendela.

- Jag vet inte hur det här slutar… Jag vet inte hur vi ska ta oss ur detta. Kan inte säga mer nu. Men om jag behöver ringa dig…om jag behöver din hjälp…får jag ringa dig då?

- Du kan alltid ringa. När du vill. Jag finns där, när och om du behöver det. Lägg till mig på Facebook också. Där finns alla kontaktuppgifter.

- Tack, snälla! Det ska jag direkt. Öh…jag kan lägga till dig också om du vill, Simone? Vi är väl inte kompisar där?

Nej, det är vi inte. Men du har ju 2348 vänner…så hur skulle du kunna hålla koll på mig, som inte betyder någonting alls annars.

- Visst. Gärna. Jag är mest inne på Instagram, men vi kan ju vara kompisar där också…om du vill?

- Ja ja. Klart… Då så. Hejdå, Vendela…vi kanske inte syns
på ett tag. Eller också gör vi det. Vi får se.
Vendela kramade om Nic och de gick sedan hem över
Schessmans välansade mörklagda gård.

"Lördag 13 juni

*Jag har haft en spännande kväll. Nic har pratat med mig och
vill att vi ska ha kontakt. Det trodde jag aldrig. Vi fick komma
in i hennes lilla hus och hon bjöd på fika. De verkar ha problem
i familjen. Hon såg lite ledsen ut och hon såg inte ut som hon
brukar. Hade inte alls samma coola sätt och snygga kläder hel-
ler. Det var nästan så att hon såg ut som mig och hade min stil.
Tänk om man kunde bli en fotomodell. Plus ägare av en pralin-
butik. Fotomodell vore bra för då kanske jag skulle få mer re-
spekt hos tjejerna. Tänk att få bli en känd modell som får åka
runt i världen och vara med i tidningarna. Jag kan i alla fall
drömma om det. Fast jag har fel utseende. Har fel sorts ansikte
och fel form på kroppen. Det verkar så i alla fall. Hur ska jag
någonsin kunna få respekt hos tjejerna i skolan? De skulle nog
vilja vara med mig om jag var kändis. Fast kanske bara för att
jag var känd och de skulle få säga det till folk och skryta med
det. Men det skulle räcka för mig. Jag skulle få känna mig om-
tyckt i alla fall. Jag skulle kunna få en känd pralinbutik då
också, och göra reklam för den, och den skulle bli superpoppis
och trendig. Fast jag skulle få äta mindre choklad. Om jag ska
vara lika smal som Nic. Hon kanske är lite snällare än vad jag
har trott. Innerst inne. Hon var det idag. Jag får till och med
vara hennes vän på Facebook. Bra att hon känner Vendela.
Börjar längta efter Sune och hans goa kramar. Hans kärlek är
äkta. Och min till honom. Jag ska aldrig svika honom eller
lämna honom. Min lille älskling!"*

5.

Idag skulle Boel och Vendela åka tillbaka till Hasselbro och Fyringsund. Alla tog en ny lång och skön dag tillsammans och bara pratade, åt gott, tittade på lite foton och strosade runt i trädgården. Det var en fin gammal trädgård. Den hade väl i och för sig sett mer välvårdad ut i gångna tider men den hade något gammeldags charmigt över sig i sin blandning av vild-vuxenhet och anandet av plantering av ädlare fina perenner. Simone jämförde Schessmans trädgård med deras egen. Där fanns det en perfektion och stilrenhet och teman i trädgården som mormor inte ens visste namnen på. Ingen kunde egentli-gen bry sig mindre än mormor, av själva det som växte, men utseendet kunde hon klaga över och deras egen brist på klass och känsla för smak i jämförelse med grannens flotta skap-else. Boel blev både sårad och höll med henne, eftersom skul-den till just detta endast var Elin själv.

Simone struntade i vad mormor tyckte. För henne själv var det en lycka att få gå omkring och plocka av trädgårdens ri-kedomar. Hon hade upptäckt att om man kokar in bär i sock-erlag och sedan häller fin kvalitetschoklad över så blev det

66

en fantastisk smakupplevelse. Syrligt, sött, lent och smältande men med någonting mer som hände i munnen, något att linda in i den smältande chokladen och tugga ihop den med. Favoriterna var syltade krusbär med ljus choklad, syltade bigarråer med mörk choklad och syltade päron med vit choklad. Kräm var det också tacksamt att göra. Mormor var helt galen i Simones äppelkräm som hade kokat med en hel vaniljstång i. Det var en order varje år att koka massor så att mormor hade i frysen att ta av. Vinbären var lite svårare, eftersom de var ganska starka i sin syra. Simone märkte, efter lite experimenterande, att det var gott att baka bröd med vinbär i. Det blev spännande smakbrytningar om man tog ett grovt mjöl och blandade i olika vinbär och honung i degen och sedan toppade med riven ost ovanpå bröden. Vendela hade dessa som favorit och kunde äta dem tills hon nästan fick kolik. Boel gillade Simones jordgubbspaj med vit choklad i degen allra mest och åt alltid den länge och sakta, lika sakta som hon gjorde allting annat, och bara njöt.

Till middag åt de Vendelas indiska gryta. En stadig tradition vid familjesamlingar, men som dök upp i unika små varianter. Vendelas intresse för asiatisk mat hade bara ökat med åren och hon älskade, liksom Simone, att experimentera i köket, men helst med spännande exotiska ingredienser och kryddblandningar i maträtter. Efterrätten var en megastor glassbomb med Simones touch, vilket betydde smält nougat och choklad över hela vaniljglassberget och hallon och jordgubbar runt hela härligheten. Rostade hasselnötter ströddes över. Voila! Färdig för ett bröllop, tyckte de alla.

Simone satt och tittade på sin familj. Det var så sällan de var samlade allihop, och tiden blev så dyrbar tillsammans. Varför blev det inte oftare? Hon tänkte på sin mamma, som hade så mycket tid egentligen. Men alltid så sa hon att hon inte orkade. Hur kan man inte orka någonting alls, inte ens ibland…? År ut och år in? Kommer aldrig orken tillbaka någon gång? Mamma såg regelbundet ledsen ut…som om hon fortfarande sörjde en förlust som krossat hennes hjärta. Det var som om någon hade dött, fast ingen hade dött. De träffades inte så ofta men när de gjorde det var det som om allt stod stilla, hade fastnat.

Hon hade förändrats från förr och Simone saknade sin utåtriktade glada mamma, som älskade att umgås med vänner och hitta på roliga saker, utflykter, små infall…som att åka någonstans och bo på hotell, spontanshoppa kläder, boka in konserter eller revyresor eller bara fixa till ett litet party i trädgården med inbjudna grannar och bekanta.

Hon hade en hobby som hon älskade. Ända sedan ungdomen var hon en passionerad violinist. Och hennes berörande musik och känsliga inlevelsefulla sätt att spela hade gjort henne efterfrågad i symfoniorkestern när det skulle ges storslagna konserter. Hon var en finkänslig och inkännande själ, ända ut i fingertopparna. Simone hade ärvt hennes känslighet, vilket var till både en fördel och en nackdel, kände hon själv. Nu hade mamma tappat allt, kändes det som. All lust och all inspiration hade blåst ut genom hennes livsfönster, och hon hade inte ens tagit upp fiolen ur fodralet sedan flytten…som om den påminde för mycket om en tid i hennes liv som hon inte ville beröra, inte ens genom noter fast de skulle kunna bytas ut. Och Simone blev så ledsen när hon såg det, för hon visste inte vad hon skulle göra för att kunna hjälpa henne, mer än att bara fortsätta att älska henne och finnas där om hon behövde det.

Det var som om mamma och mormor hade bytt plats, tyckte hon. Mamma slutade sminka sig och bry sig om hår och kläder, satt mest hemma framför Tv:ns alla engelska serier, träffade inga vänner...utan var frivilligt övergiven, i ett egenvalt eremitliv. Efter allt som hänt, med Roland inblandad, hade hon blivit som en mussla. En skygg mussla som ingen fick öppna och titta in i och som vägrade att öppna sig och titta ut. Inget intresse fanns för det motsatta könet. Det var som om en själslig istid hade kommit…och hon visste inte hur hon skulle tina upp igen. Om Simone själv hade fått välja vad hennes mamma skulle göra så skulle hon ta med henne till frissan och välja en ny och fräsch frisyr och uppiggande hårfärg åt henne, ta med henne ut och peppa henne att uppdatera sin garderob lite, till rätt årtionde åtminstone. Hon skulle vilja att mamma hittade en eller ett par väninnor, att fika med, kanske gå på konstutställningar, teater och musikkonserter med, någon bokcirkelkurs…eller vilken kurs som helst, bara någonting öppnade upp ögonen på henne. För livet fortsatte och levdes utanför hennes eremitage, men hon själv levde bara genom fiktiva människors manusskrivna och konstgjorda liv i apparaten.

Simone hade massor av förslag och kreativa idéer som skulle kunna muntra upp henne och kanske få henne att vidga vyerna från Tv-soffans hörn. Psykologikurs kanske...så att hon förstod att hon behövde vakna och leva sitt eget liv. Hon tittade rakt fram dygnets allra flesta timmar, med en hjärnaktivitet som enligt forskarna var nästan lik en sovandes, i stället för att se runt omkring sig. Hon behövde möta sanningen, att allt som hänt i hennes förflutna inte var hennes fel, inte på något sätt, och att tiden sakta rann förbi henne och ifrån henne…men vem skulle visa henne den sanningen?

Mormor hade tagit den roll som mamma borde ha, när det gällde att passa på att leva livet. Men det var som om mormor levde det febrilt för dem båda två. De var två ytterligheter, som åkt ner i två diken, tyckte Simone. Ena diket hette "allt" och det andra hette "inget". Och ingen av dem ville hålla sig på vägen, mitt emellan. Simone själv ville helst gå mitt på vägen, men hennes egna känslor drog henne oftast mot mormors dike "allt". Hon liknade henne i mycket.

- Har du någon kille nu för tiden då, Simone?

Boel tittade på Simone, som tittade ner först och inte visste vad hon skulle svara.

- Jag vet inte riktigt. Har och har…eller hade och avslutade. Eller inte riktigt avslutat heller, för att jag inte riktigt vet hur jag ska göra med allt, och han är så jättejobbig…men ibland gullig. Nej, jag vill inte ha honom…men han vill inte fatta att jag har gjort slut. Hur ska jag kunna göra slut med någon som vägrar? Och han är äcklig och dum också. Jag blir tokig!

En lång frustrerad suck kom från Simone.

Boel log mot henne, med både empati och igenkänning i blicken.

- Kärleken är komplicerad. Har han varit dum? På vilket sätt är han äcklig?

- Ja, det kan man verkligen säga att han har och är. Han har vräkt ur sig saker bakom ryggen på mig, till andra killar…hur många vet jag inte, men en garanterat. Han skryter och hittar på sådant som inte är sant, för att verka cool. Jag har tappat känslorna för honom för det. De små känslorna som jag hade kvar. Och han är äcklig för att han har sagt äckliga saker och gjort äckliga saker. Hur ska jag kunna lita på honom igen?

Nu vaknade Elin till i hammocken.

- Det går inte att lita på dem. Det är det största misstaget man kan göra. Titta på din pappa, som exempel, och på hur det gick för din mamma. Och för Amber. Fy tusan, vilket ruttet praktexemplar av bottenlös lögnaktig ruttenhet!

Boel reagerade fortfarande stark när Rolands namn nämndes.

- Men måste du dra upp Roland, i det här! Jag vill inte prata om honom och inte höra hans namn mer.

Vendela såg irriterad ut.

- Men mormor, du kan väl inte ta honom som ett exempel för Simone? Han representerar väl inte en genomsnittsman, eller hur?

- Den perversa ryggradslösa hummern är visst ett bra exempel. Man tror att de är vettiga och vanliga men bakom den fasaden så döljer sig en slipprig, slemmig sluskofil. Inte alla män kanske, men hur ska man våga ta reda på vilka?

- Nu får du sluta! Lägga av med ditt snack. Vi vet att du tycker att han är värd mindre än en lort under din sko. Och vi vet att det han gjorde mot Amber var sinnessjukt. Men nu pratar vi faktiskt om helt vanliga killar, och de är inte som honom. Några enstaka kanske, men de allra flesta är nog hyggliga killar som vill träffa en tjej för att både ha ett normalt förhållande och för att kanske bilda en familj med. Det finns players, i och för sig…men jag tror att om man är försiktig och tar det lugnt och lär känna varandra under en längre tid så visar det sig rätt så snabbt.

- Men Vendela…det är inte alls säkert att det visar sig rätt så snabbt. Jag vet kvinnor som har upptäckt konstiga saker successivt, och efter flera år är den som de är ihop med en helt annan person än den som de först träffade.

Boel tittade på Vendela och försökte få ögonkontakt med henne. Men Vendela såg arg ut och såg ner på gräsmattan i stället.

- Jag vet att Pierre var en skit. Att det han gjorde mot mig var uselt…men jag tror ändå på både kärleken och på fina förhållanden där man ömsesidigt bryr sig om varandra. Och jag vet att det finns fina killar därute. Det gäller bara att hitta dem och lära känna dem…eller rättare sagt att sålla ut dem från resten i mängden. Jag tror att vi tenderar att döma andra för snabbt. Men det är väl likadant med tjejer i så fall. De kan vara riktiga skithögar de också. Och både vara otrogna och players och behandla killar som skit. Utnyttja dem, rent ut sagt.

- Gör som jag, Simone. Låt dem uppvakta dig, bjuda ut dig och ge dig lite lyx och passion. Lite roliga resor och upplevelser. Så ser du om de är något att ha. Det är stor skillnad på att ha roligt och att bli fast i någonting. Du ska låta dem få jaga dig lite…inte verka för åtkomlig eller efterhängsen eller vara för lätt att få. Det är ett spel. Men de tror att det är de som spelar det och styr det, fast det är vi som håller i korten och har allt i våra händer.

Boel såg nästan lite förskräckt på sin årsrika känslo- och åsiktsstarka mor.

- Hur kan du vara så cynisk, mamma? Du är ju mycket värre än jag. Och detta rekommenderar du till ditt barnbarn? Att spela spel med killarna och utnyttja dem medan hon funderar? Du är helt otrolig…vet inte vad jag ska säga…

- Kalla mig klarsynt. Jag vet hur de funkar, eftersom min egen statistik talar för sig själv. Och din!

- Min statistik? Hur kan den tala? En av en?

- Nej, hundra procent ärkeidiot! Det är mycket det.

- Jag orkar inte… Lyssna inte på henne, Simone. Lyssna på din kloka syster, som faktiskt kan lyckas vara objektiv. Till skillnad från mig och mamma. Och det fast Vendela nyligen har blivit så hemskt sviken.

- Man måste inte alls hålla på och spela spel, mormor. Jag spelade ingenting med Pierre. Han bara fanns där och vi blev jättekära. Vi vågade satsa båda två…men med facit i handen så gick allting lite för fort. Jag lärde inte känna honom tillräckligt, tror jag. Eller annars så hade detta hänt även om vi hade varit ihop i flera år. Det vet jag inte. Kan man styra allt…alla känslor som kommer och går, som finns kvar eller försvinner? Man kanske utvecklas åt olika håll och ifrån varandra. Eller får känslor man inte kunde räkna ut innan. Hur ska man veta allt, för resten av livet?

Elin var inte övertygad. Tvärtom.

- Jo…man borde kunna styra vad man tänker med i alla fall. Somliga tänker med det de har mellan benen medan hjärnan är urkopplad. Eller också är den ikopplad men berusad, och ändå gör som den egentligen skulle vilja…fast den i andra stunder är lite mer kontrollerbar. Det får man heller aldrig veta.

Vendela kontrade med att påminna sin mormor om fredagskvällen.

- Hade du inte nyss en fin ordningsam man som beundrare, som till och med ville gifta sig med dig?

Elin svarade lite hetsigt tillbaka.

- Menar du att bara för det så skulle jag veta att han inte var ett dåligt parti, en katastrof gömd bakom ett snyggt draperi? Så enkelt är det inte, och det är min triumf att jag vet om det.

- Och hur länge hade ni lärt känna varandra? Tre veckor, som vanligt, enligt ditt eget schema? Jo, jag vet ungefär hur det går till, "mormor player".

Vendela var nu för uppretad för att fortsätta diskutera med sin mormor, och valde i stället Simone.

- Du kanske skulle vara singel ett längre tag? Inte för att ha mamma som förebild eller mormor som avskräckande exempel, utan för att du själv skulle må bra av det. Jag tänker nog välja det ett tag, känns det som. Om man bara direkt efter ett förhållande börjar om igen så tar man nog med sig saker in i det nya. Och man hinner inte fatta och smälta vad som hände och varför det hände. Det är så lätt att klandra sig själv…och älta och grubbla på vad man kan ha gjort för fel och vad man kanske skulle ha fattat att man skulle ha gjort annorlunda. Det behöver inte vara mitt fel överhuvudtaget. Eller också har jag del i det och behöver kanske förbättra eller förändra saker. Man kan behöva lite perspektiv utifrån, och det får man inte när man precis är insyltad i saker. Det måste få ta sin tid. Känslorna är i kaos ju. Ilskan är så stor. En ny kille skulle förmodligen inte få en ärlig chans. Mina misstankar och min rädsla kan ju inte utgå ifrån att jag kommer att bli lämnad igen. Jag kan inte leva i rädslorna hela tiden. Som mamma och mormor gör.

Boel såg irriterad ut.

- Hallå! Jag tror inte att alla är likadana. Men jag bryr mig inte, och vill inte ta reda på saken heller. Det är skillnaden.

Simone såg med både en undrande blick och med medlidande på henne.

- Men…vill du inte alls hitta någon att älska och dela resten av livet med? Någon trevlig och gullig som kan pyssla om dig lite?

Boel såg med suspekt min på henne.

- Du, det där låter som om jag skulle ha ett hembiträde. Det är i och för sig snart dags för det.

Vendela gav henne en trött min och blick.

- Visst…för du är ju hela fyrtiofyra år.

Simone kände sig både bekymrad över hur mamma levde och ville muntra upp henne och försöka få henne att bli gladare igen. Hon tänkte på två alternativ, skaffa husdjur eller man. Men frågan var vad som passade bäst för mamma. Men hon kunde väl inte vara lycklig och må bra helt ensam, år efter år?

- Blir det inte ensamt? Och långtråkigt? Saknar du inte att känna pirret av att vara kär, mamma? Och efterlängtad och uppskattad?

- Inte alls. Hm…det sista kan jag lika gärna få av en katt. Du ser, man kommer långt med hemtjänst och katt…haha! Skämt åsido. Nej, riskerna med en man är för stora och insatsen för hög. Jag törs inte mer…inte en gång till. Jag trodde av hela mitt hjärta att det Roland och jag hade var unikt och speciellt. Han verkade älska mig. Det kändes så. Jag hade aldrig kunnat tro…aldrig i hela universum kunnat ana…att han var kapabel till…nej aldrig! Men du, Simone, du måste våga satsa och våga tro på kärleken. Du är så ung. Och du är inte så desillusionerad som jag och mamma. Bli inte det! Men ta allting lugnt och försiktigt. Kasta dig inte in i förhållanden. Man kan tro att man känner dem.…men…hur som helst, jag trivs med att vara ensam. Jag har valt det. Mitt liv är lagom dramatiskt, och det som händer kan jag styra över.

Elin gav henne en syrlig min.

- Får du din dramatik från Tv-serierna? Hemskt kul och lagom. Förresten, jag känner mig faktiskt ung, jag med. Yngre än mitt eget barn, verkar det som.

Elin sträckte på sig och såg lite stolt och nöjd ut.

- Ja, du verkar regrediera, mamma. Du går bakåt och hamnar väl snart i barndom igen och får börja om från början.

Alla utom Elin började skratta. Hon såg sur ut och rynkorna mellan ögonbrynen veckade sig ordentligt.

- Jag får faktiskt min energi som jag har från männen. De ger mig något att leva för och att se fram emot, och deras uppvaktning piggar upp mig. Jag får beröm, komplimanger och känner mig ung och vacker. Det är faktiskt viktigt, så det så! Annars skulle jag nog deppa ihop fullständigt och sitta som en sorglig figur som inte brydde sig om någonting. En fönstertittare eller en Tv-tittare. Som du.

Hon blängde på Boel. Vendela blev upprörd, å sin mammas vägnar.

- Lägg av! Det är väl en fri värld? Man kan väl vara både lycklig och ha roligt fast man är singel? Eller går inte det alls? Är lycka bara förknippad med ett förhållande med en man? Om mamma inte vill ha det, så låt henne vara och låt henne leva som hon känner är bäst för henne själv. Hennes själ kanske behöver detta. Din skulle kanske också behöva lite lugn och ro och lite ensamhet. Och du kanske skulle behöva hitta lite trygghet i dig själv, mormor?

Elin fick plötsligt en trotsig min, som om hon hade varit ett barn som blivit förmanad av en förälder.

- Jag är trygg. Jag är trygg för att jag vet vad jag vill och behöver. Du talar som om du vore min mamma. Du är tjugofyra. Vad kan du lära mig? Du tror att du vet mer än mig angående män, men där har du fel.

- Nej, jag kanske inte vet lika mycket som du…men jag vill nog inte det heller. Inte om man blir så där.

- Nej, nu pratar vi om någonting annat. Vi kan väl inte bli osams…nu när vi äntligen ses. Vad ska du göra efter sommaren då, Simone? Är gymnasievalet klart?

Boel hade flyttat över fokus till Simone och försökte se lite gladare ut.

- Men mamma, det har jag ju berättat flera gånger. Du har minne som en guldfisk.

Elin kunde inte hålla sig tyst.

- Hon är i sitt flytande vakuumakvarium hemma och kommer bara ihåg Tv-tablån. Selektivt urval, kallas det.

Nu såg även Boel ut som en arg och trotsig unge.

- Vad du tjatar om denna Tv. Ge dig någon gång, mamma!

- Ditt liv finns ju i den.

Elin sträckte ut armarna och mätte upp Tv:ns storlek.

Boel andades långsamt ut och in ett par gånger, som för att hämta lite mer tålamod och styrka.

- Nej. Jag återhämtar mig fortfarande. Och det gör jag genom att vila. Och när jag vilar så har jag Tv:n på. Det känns liiite roligare än att titta ut genom fönstret och låta mina grannar tro att jag spionerar på dem hela dagarna i ända. Jag har faktiskt posttraumatiskt stressyndrom, om du har glömt det.

Elin höjde på ena ögonbrynet.

- I sju år?

- Jaa. Det kan ta tid, sa läkaren. Jag måste få ta det lugnt utan någon som helst stress och yttre jobbiga faktorer. Som jobbiga mödrar, till exempel.

Hon gav Elin en skarp blick, som faktiskt tystade Elin.

Boel fortsatte att försvara sig.

- Och jag kan väl inte hjälpa att jag får bakslag hela tiden och att sjukskrivningen förlängs. Posttraumatiskt stressyndrom är inte skoskav precis.

Elin började fundera på sina egna upplevelser.

- Jag kanske också har fått det, efter Marios offentliga frieri? Det kom faktiskt som en chock och jag känner mig lite matt i pälsen.

Boel började känna sig uttröttad, igen.

- Ge dig! Det passerar faktiskt inte obemärkt förbi. Du är exakt som du var dagen innan. Möjligen jobbigare. Du behöver nog en större chock än att en gubbe friar.

- Det var jättehemskt för mig.

- Vad tror du dina gubbar får då? De kanske har fått stressyndrom allihop? Posttraumatiskt Elin-syndrom…haha! "Sprids som en mystisk löpeld bland äldre män. Nu varnas alla över femtio för epidemin och rekommenderas att hålla sig inomhus. Kommer landstingens ekonomi att krascha? Regeringen vädjar till EU om hjälp." Haha…det här var roligt, mamma…hahaha…

Vendela kunde inte låta bli att fylla på med ännu ett skämt.

- Helt plötsligt fick E-post en ny betydelse!

Nu ville inte Elin lyssna längre utan snörpte ihop munnen till ett smalt streck och vände sig demonstrativt bort.

Vendela och Simone vågade inte skratta, för mormor såg minst sagt sammanbiten ut, från topp till tå.

Simone försökte avleda och svarade på sin mammas upprepade fråga.

- Jag ska gå restauranglinjen, med inriktning på konditor. Det ser ut som att jag kommer in. Då går min högsta dröm i uppfyllelse.

Vendela stöttade Simone direkt.

- Ja, du ska göra något som känns meningsfullt för dig. Jag lyssnade alldeles för mycket på vad mina kompisar skulle välja och vad de tyckte att jag skulle göra. Nu har jag äntligen bestämt mig. I alla fall åt vilket håll jag vill gå.

Simone tittade på mobilklockan.

- När går tåget, apropå det?

- Vi ska packa ihop nu och åka neråt snart. Vi har ett par timmar på oss. Men vi kan väl ta en fika först? Med dina chokladpraliner som du pratade om förut?

Boel såg bedjande på sin dotter och log brett. Simone blev lycklig direkt.

- Jag har gjort extra för att ni skulle komma. Till dig, mamma, har jag gjort en sort med en jordgubbe i mitten, marsipan runt om och sedan doppat den i en blandning av mörk choklad och hasselnötskräm. Till dig, Vendela, har jag gjort en med lakrits i mitten, doppat den i smält nougat och sedan ett lager ljus choklad ovanpå det. Mormor, du har ju din favvo, med fudge i mitten och rullad i en chokladblandning med hackade mandlar. Och jag gillar alla!

De slickade sig runt munnen och såg lystra ut. Boel såg både stolt och glad ut.

- Kära barn, det är tur att vi har dig! Vilken perfekt utbildning och vilken talang du har. Dina smaklökar kommer att göra succékarriär!

6.

Det skulle ta tio dagar innan Vingen skulle komma hem igen. Simone kände det som om tiden måste ha bestämt sig för att fördubblas och gjort en överenskommelse med naturlagarna om att hon borde övas i tålamod och uthållighet och i att vara ensam. Tålamod var inte Simones starkaste sida, och ensamheten kände hon var okej om hon själv tillfälligt hade valt den, men bara påträngande, enerverande och nerbrytande när hon avskydde den och försökte fly från den. Bara för att hon visste att tio hela dagar var tvungna att gå så var det ännu värre. Annars kunde hon koppla av skapligt bra och njuta av vackra sköna sommardagar. Men inte denna gång. Och hon ville få ett avslut med Denny, men inte träffa honom själv utan Vingens stöd.

Lilians pappa hade fått en hjärtinfarkt så hela familjen hade åkt till sjukhuset i Kungsmyr. Ulfs bror Åke skötte om gården och djuren medan familjen Vingsten var borta. Så då vågade Simone inte åka till Sune, och det gjorde henne ännu mer otålig. Vad skulle Åke säga om hon kom farandes och sa att hon "skulle bara träffa sin gris"?

För att fördriva tiden bestämde hon sig i alla fall för att ta en tur på moppen. Det var alltid roligt att åka, både långt och fort, och speciellt på slingriga skogsvägar och låtsas att man körde en terrängtävling. Mopeden var helt fel för det ändamålet, men den gick rätt så bra ändå där hon brakade fram så kottar och stenar och barr yrde om hjul och skärmar. Hon kunde inte låta bli att ta en sväng förbi Röre, och kom den här gången från andra hållet, som när man hade varit i Hasselbro och skulle hem till Röres bygd.

När hon närmade sig Vingstens gård såg hon att det stod ett par omslingrade på den lilla grusvägen upp till Frankes hus. Franke kunde hon urskilja, men det stod en okänd person med armarna lindade runt honom. Hon kisade mot dem och funderade på vem Franke stod och höll om, och tänkte att det måste vara någon släkting som ville krama hejdå...tills hon såg vem det var och höll på att ramla av mopeden. Den frisyren och gestalten hade varit en välbekant syn den senaste tiden: Nic!

Whaaaat! Vad gör HON med Franke! Vad är det Franke gör? Vad håller han på med? Det här måste Vingen få veta! Hur...vad...!? Jag fattar ingenting. Jag tänker inte stanna och prata med dem. Jag kör förbi och låtsas att jag inte ser dem...

Hon drog gasen i bottenläget och stirrade bara rakt fram nu, och dånade förbi två förvånade figurer...som släppte varandra och backade ett par steg, som om de hade blivit påkomna med en otrohetsaffär.

Simone kände sig tvungen att direkt reda ut denna spektakulära upptäckt och slängde sig över mobilen så fort hon var hemma.

”Jag har precis kommit hem. Varit ute och åkt en sväng. Åkte förbi ditt hus. Vet du vilka jag såg? Franke och NIC!!”

”VAAA! Är du säker?”

”Hundra! De är otrogna, båda två! Hon har snott din kille!”

”Nej, alltså vi är inte ihop längre. Han sa helt plötsligt att han inte ville vara ihop med mig. För att jag bara bestämde över honom. Han tycker inte att jag är snäll. Så han hade inga känslor kvar längre utan ville gå vidare.”

”Jaha. Varför har du inte sagt något? Visste du att han har blivit ihop med Nic i stället?”

”Vi har inte varit hemma och jag har varit så arg på honom. Och jag känner mig så dum. Ångrar att jag varit så kontrollerande och bestämt så mycket. Han sa att han inte hade någon frihet. Nej. Jag visste inte att de hade blivit ihop. Oj, vad han hade frihet länge. Flera dagar. Kanske en dag. Han snackar bara en massa BS.”

”Ok. Och jag som blev så arg. Då har du och jag samma läge nu då. Singlar igen. Kommer du hem snart?”

”På onsdag nästa vecka. Om det inte händer något mer.”

”Hur mår din morfar?”

”Han klarade sig. Som tur var. Men han får ligga kvar här ett tag. Han är svag och de vill se att allt fungerar bra. Mormor är så orolig och ledsen."

"Så skönt att allt ändå gick bra. Men hur går det med Sunes mat? Tar din farbror hand om honom ordentligt, eller vem gör det? Jag hoppas att du har ordnat allt eftersom du inte har sagt något."

"Jadå, han lovade att han skulle mata honom. Han är grisvan."

"Tack! Då behöver jag inte oroa mig. Hälsa alla."

"Det ska jag göra."

Simone låg på sängen och mobilen damp ner på mattan med en duns.

Jaha…nu måste jag lugna ner mig ett par hekto. Hur gör man det på beställning? Ska jag låtsas som ingenting när jag träffar Nic härute igen…eller ska jag säga något? Jag vägrar att låta jätteglad för att hon är ihop med Franke. Och nu vet jag inte vad jag ska tycka om Franke längre. Fast jag har ju sagt till Vingen att hon måste vara schysstare mot honom. Det är bara att vänta med att åka till Röre tills Vingen är hemma.

Det var sämre väder ute nu. Som tur var skulle det bara vara tillfälligt. Simone passade på att läsa i kapp lite tidningar och till och med börja på en bok. Hon älskade hälsotidningar med hälsotips, reportage och forskning kring mat, smarriga bakrecept och dessertrecept, och hon hade verkligen ingenting emot att det ofta fanns tips på nyttiga varianter. Även om hon inte försökte sig på att verkställa allting nere i köket så blev hon inspirerad. Och hon drömde förstås om sin butik och allt vad den skulle innehålla. I hennes bildmapp i huvudet blev den alltmer underbar och omfattande för varje år som gick. Boken hon läste var en present från förra årets födelsedag. Den handlade om att alla är onormala tills man lär känna dem och att alla verkar normala tills man ser hur onormala och unika de är. En intressant paradox och tankevurpa. Hur bedömer vi våra medmänniskor? Och hur bedömer vi oss själva? Simone kände att hon blev granskad och bedömd ständigt, och att juryn som kom med domen alltid hade fastställt att granskningen lett fram till det onormala, inför alla som ansåg sig själva vara just normala. Hon blev skyldig till avvikelse. Men om hon själv var avvikande och onormal…varför var hon godkänd av juryn från det motsatta könet, till och med "med beröm godkänd"? Var deras slutsats att hon var avvikande åt det positiva hållet…eller? Hur kunde man vara fel och rätt samtidigt?

Hon sjönk ibland ner i ett deppigt sinnelag…en melankoli som inte var av hennes eget väsen…en mörk dysterhet och tomhet. Att få vara älskad var hennes högsta önskan, över alla andra drömmar. Att få vara respekterad hörde också ihop med den drömmen.

Varför är alla så ytliga och jobbiga? Och ändå så verkar inte knappt någon vara lycklig, innerst inne. Varför? När vi har det så otroligt bra egentligen. Fattas det någonting inuti själen? Om inte, varför känner jag mig inte lycklig, eller åtminstone lyckligare än jag är? Är jag glad så är det ju bara liksom tillfälligt. Typ, för att jag har träffat någon ny kille, eller att det har hänt något roligt i skolan. Eller för att jag äter choklad…hehe... Varför är människan aldrig nöjd…utan bara vill ha mer hela tiden?

Hon kände en längtan efter att formulera ner sina tankar med pennan. Det kändes alltid lättare på något sätt. Som om hon skrev till en vän som aldrig visade bort henne, som aldrig gav hårda fördömande svar på tal utan enbart lyssnade på ett tacksamt och tålmodigt sätt. Ett slags hjärtats poesi, som såg längre in bakom tankarna än vad Simone själv egentligen förstod. Det formades till en dikt.

”Längtan är evig
Lite är allt
Längtan till allt
räcker snart inte
Några nöjer sig med lite
De flesta vill ha mer
Mer
Allt
Men allt kan inte nås
inte allt
Inte riktigt allt
Därför är längtan till allt evig
Evigheten
Allt”

7.

Efter en nödvändig chokladpåfyllning i den lilla lokala affären gick Simone runt huset till baksidans uteplats. Värmens strålar hade kommit tillbaka, och hammocken bara stod och väntade på att intas och att få gunga någon i takt till en serenad av överentusiastiska, flöjtande småfåglar. Så fort Simone hade rundat syrénhörnet ropade Nic.

- Hej! Kan jag komma över en sväng?

Simone blev så paff att hon glömde att hon var arg på Nic och såg henne som en femme fatale som snott Franke från hennes enda vän.

- Visst.

Nic kom med snabba steg. Som om hon hade stått beredd på en startbana med broddarna djupt nere i underlaget. Hon såg allvarlig ut och lite ångerfull, men hon hade ändå ett vänligt ansikte utan högmod i blicken och utan arrogans i mungiporna.

- Du…jag tror att du kanske såg oss i måndags?

Simone tittade ner på sina sommarfrisläppta rosamålade tånaglar.

- Kanske det…

- Franke och jag har blivit ihop. Har Inez berättat att han har gjort slut med henne?

- Nu vet jag det.

- Ja...det gick lite fort alltihop...det var inte planerat så. Vi träffades nere vid badet i Hasselbro, i helgen. Det var ju så härligt väder så jag åkte dit i söndags. Då var han där. Och...han frågade om han fick komma över och hälsa på och titta på valparna. Och så gjorde han det. Och det ena ledde till det andra...och så...ja, du vet.

- I söndags?! Hur länge sedan var det han gjorde slut med Vingen?

Simone kände att pulsen ökade och att hon började bli upprörd igen.

- Han sa att han gjorde det efter skolavslutningen. Alltså för snart två veckor sedan.

Nu fattade Simone ingenting. I och för sig hade hon inte varit ute i Röre på ett tag, för det hade varit så mycket annat att syssla med inför avslutningsdagen.

Varför har inte Vingen sagt något? Är vi inte vänner eller...? Ska jag behöva få veta det av Nic! Vad hände egentligen mellan Franke och Vingen... Det kanske finns saker som jag inte vet om.

- Ok, jag fattar. Det gick väldigt fort i alla fall. Har du gillat honom länge?

Nic fick rödskiftande öron och tittade ner åt sidan.

- Nja...jo, det kanske jag har. Du ser väl hur ursnygg han är? Det tycker nog alla. Finare kille får man leta efter.

- Jaa.

- Inez verkar inte ha varit speciellt snäll mot honom.

Simone tittade Nic rakt i ögonen.

- Vad har han sagt?

Snackar han skit bakom ryggen på Vingen?
- Det var inget…
Nic bet bestämt ihop munnen. Men nu stod Simone på sig.
- Säg nu. Vad har han sagt om henne?
Nic tvekade länge.
- …att hon har slagit honom…och varit ett kontrollfreak.
Simones ögon blixtrade till.
Nic backade ett par steg. Hon kände att hon inte verkade speciellt övertygande. Och Simone, i sin tur, verkade inte veta speciellt mycket om vad som hade hänt.
- Du får tro vad du vill. Men det är så han säger. Han tycker att jag är snällare och vill hellre vara med mig i stället. Men han gillar dig. Alltså, som vän. Tro inget annat.
Nej, varför skulle jag tro någonting annat? När det kommer från dig...
- Jag ska gå in nu.
Simone ställde sig upp och började gå.
- Franke och Raul skulle komma förbi senare. Kom över om du vill.
- Det tror jag inte att jag vill…

Hon gick in och fick svårt att koncentrera sig på någonting annat än vad Nic hade sagt till henne. Helst av allt skulle hon vilja fråga ut Vingen och få reda på vem som ljög, hon eller Franke och Nic. Skulle hon alltså ha slagit Franke…som hon är så förälskad i och vill gifta sig med?
Det lät helt galet.
Nics ord gnagde i henne. Hon ringde upp Vingen.

- Hallå! Vad kul att du ringer!

- Ok, vad bra. Du, jag undrar en sak. Hur har du varit mot Franke, egentligen? Du har varit kontrollerande…och det vet jag ju…men har du gjort något annat mot honom?

- Öhh…vad menar du?

- Har du varit riktigt elak mot honom?

- Inte som han inte har förtjänat…i så fall. Har han varit dum så har han fått veta det.

- Vadå förtjänat? Vad menar du med dum? Vad är det värsta han har gjort…och vad är det värsta du har gjort?

- …han har sagt hemska saker till mig…om hur jag är.

- Och vad har du gjort då?

- Sagt hemska saker tillbaka.

- Inget mer?

- Jag kanske puttade ner honom från sängen en gång. Och kanske att jag gav honom en örfil en gång. Han var väldigt elak då.

- Har du alltså slagit honom?

- Slagit och slagit…det är väl inte att slå? En kille slår, och då är det jättehårt!

- Så kan man väl inte göra? Att slåss är väl att slåss, hur hårt det än är?

- Han fick ju inget märke en gång. Ingen blåtira eller så.

- Nähä! Blir det ok för det? Jag tycker faktiskt synd om honom. Jag skulle också ha gjort slut om någon slog mig.

- Du gör ju slut för allt. Ja, då kan ju du åka och trösta honom då. Du och Nic kan turas om att trösta stackars Franke. Puttinutten…stackars lillen, har han skvallrat.

- Nu är du jättetaskig! Och larvig. Han ska nog vara glad över att det är slut.

- Ni passar ihop! Alla tre! Och jag skiter i er!

Tvärt avbröts samtalet, och det var inte på grund av dålig täckning eller Simone.
Då hade Nic rätt. Och Franke gjorde rätt som gjorde slut, tycker jag. Vingen kan verkligen bli arg och då får man akta sig...men jag trodde aldrig att hon skulle kunna slå någon. Absolut inte den dyrkade Franke.
Simone gick ut på den lilla balkongen på ovanvåningens baksida, vid sidan av hennes rum. Hon satte sig i en av de två stolarna som stod där. Ingen syntes till borta hos Nic.

Simone gick in och ner till sin mormor, som ganska nyss hade kommit hem. Hon satt vid sin gamla stationära dator i vardagsrummet. Och hon såg väldigt upptagen ut.
- Vad gör du för något?

- Inget. Eller…ingenting viktigt i alla fall.

Mormor såg generad ut och skruvade lite nervöst på sig.

- Jo. Berätta. Är det hemligt?

- Jaa. Jag letar lite bara.

- Efter vad? Schampo…lägenhet…karlar?

- Hörrudu…nu ska du inte göra dig rolig. Tänk om jag letar efter alla tre?

- Haha! Gör du det, mormor. Schampo behöver vi. Lägenhet kan du ju kolla ut en tills jag flyttar hemifrån. Och karlar dräller det väl av, på dejtingsidorna. Det är väl bara att skicka efter en på postorder? Se till att det är bra reklamationstid bara, och minst fjorton dagars ångerrätt. Om det är en karl du söker…vad ska du ha honom till? Vet du det?

- Nej…inte riktigt. Eller jo, det vet jag. Jag vet nog mest vad jag INTE vill ha, och inte vill ha en karl till.

- Och vad är det? Att gifta sig med?

- Precis. Och att bli fast med, och ha tråkig med, och att leva i passionslös slentrian med.

- Brukar inte du säga till mig att livet blir som man gör det till? Och till mamma också?

- Ni ska inte komma ihåg så mycket av vad jag säger. Fast det är ju i och för sig just precis vad jag försöker göra nu…göra livet till vad jag själv vill. Alltså är jag en sällsynt vis kvinna…hihi.

Hon tittade på Simone och blinkade med ena ögat. Nu kunde de fnittra tillsammans.

- Kom då. Ta en stol och sätt dig bredvid mig och hjälp mig då, för sjutton gubbar.

- Sjutton! Ska du ha så många…haha!

- Ja, det blir finemang! Då har jag sexton på lager, som reserver.

- Knasmormor…hur har du blivit så här egentligen? Ska en mormor vara knasigare än sitt barnbarn? Är det inte tonåringen som ska vara killtokig?

- Jag är inte tokig. Bara livsglad. Och livsnjutare på gamla dagar.

- Får se då. Visa mig vilka alternativ du har hittat.

- Här är min profil. Visst har jag ett trevligt kort? Inte konstigt att jag får många brev.

- Men mormor! Heter du "Ungdomlig puma med klös"! Jag döööör…hahaha!

- Retas inte nu, kära du. Det är allvarliga grejer det här. Ja, mitt namn stämmer på pricken. "You see what you get".

- Ja, jag ser det. Du sitter med en päls på dig och har ett vinglas i handen. Snacka om att du har spacklat dig, du har ju alla regnbågens färger i ansiktet. Jaja…skriv inte att du känner mig bara.

Elin tittade på Simone. Ett par sekunder såg det ut som om Elin skulle skälla ut Simone, men hon började som tur var att skratta i stället. För Simone såg så lurig ut och kunde knappt hålla sig för skratt.

- Jamen, titta där…det där är väl en fin farbror?

Simone pekade på en äldre man med glasögon och ett milt leende, som såg förtroendeingivande ut.

- "En tango med dig"? Jaa, det låter ju passionerat och fartfyllt. 65 år. Vad har han mer för intressen då? Få se nu…"romantiska myskvällar, promenader med hunden, golfresor, boule". Han söker "en feminin, välbevarad kvinna i sina bästa år, helst någon som kan laga mat, som gillar närhet och fysisk kontakt och är vänlig, tillmötesgående, trofast, ödmjuk och tillgiven". Jag är väl ingen hund heller!

- Hahaha! Det här är roligare än jag trodde. Mer då? Kolla där, "Lång mörk främling", 58 år. Det är ju lammkött, mormor.

- Det är ju efter en film som heter så. DET lät spännande! "Här finns din långa mörka främling, som vill bli din långa mörka man". Åhh, så spännande det här är! Och jag som är så stormförtjust i lamm...mums för lammkött, marinerad i heta kryddor!

Simone hann få en snabb tanke som handlade om ifall mormor anspelade på sexiga karlar eller en maträtt, men valde att tro att mormor var en oskuldsfull gammal dam med möjligen ovanligt god aptit på både mat och livet.

Elin fnissade lite halvhysteriskt. Hon fortsatte sitt intensiva granskande.

- Hm..."Jag har ett stort hus med havsutsikt. Min stora segelbåt brukar jag segla med på somrarna men söker passande sällskap i den. Min äventyrslusta behöver sin dam som sällskap. Jag lovar fina viner, goda rätter, vackra platser, oförglömliga upplevelser och romantik på högsta nivå. Vi siktar mot stjärnorna tillsammans.". Yes! Där har vi honom. Jackpot!

- Det låter nästan fööör smörigt och lyxigt. För inställsamt. Jag tycker att du ska akta dig. Han kan vara vilken konstig filur som helst, och lova guld och gröna skogar bara för att han lärt sig att det lockar och biter på gamla damer.

- Du är så negativ, Simone. Här är det en man som vet vad en kvinna behöver. Och vet vad han vill med livet. Jag måste bara fråga om han vägrar att gifta sig. För vill han absolut gifta sig så backar jag ur.

- Du är obetalbar, mormor. Du måste skriva upp på en lapp vad han heter och var han bor, om du ska träffa honom. Så att jag kan ringa polisen ifall det är något.

- Äsch! Jag ska bara solochvåra honom lite. Det behöver inte polisen lägga sig i.

- Den här tycker jag att du ska välja. Ta den här i stället. "Finkänslig längtande man på 69 år. Äldre man med en ungdomlig själ och ork som en yngling. Söker dig: livsglada kvinna, som vet vad du vill och har stark integritet, som inte bara vill slösa bort livet på onödiga saker utan vill fånga möjligheterna och stunderna som ger guldkant och minnen för livet. Du bör ha en positiv inställning till livet för det har jag, och du bör älska att få spontana överraskningar och kärleksförklaringar, för det vill jag slösa på dig. Jag väntar och längtar. Hoppas du finns, mitt hjärtas ljuva blomma." Det är ju dig han skriver till, mormor!

Elin sken upp som en nyutsprungen pion, färdig att möta en ny strålande svärmisk sommardag.

- Han ser jättetrevlig ut, med sin kavaj och skjorta och slips. Proper och prydlig. Jag skriver till alla tre. Så får vi se hur svaren låter. Du får hjälpa mig sedan att välja, för du verkar ju fatta det här. Kloka unge.

- Härligt! Självklart hjälper jag dig. Nu måste jag gå ut en sväng.

Simone hade suttit lite rastlöst sista kvarten, för hon hade hört en moped i närheten. Hon kollade i köksfönstret. Mycket riktigt, där stod Rauls röda moped utanför Nics lillstuga. Hur skulle hon göra nu?

Hon bestämde sig för att gå ut och låtsas hålla på med sin egen moped, så kanske de skulle få syn på henne. Det var bara femtio meter mellan husen och inga stora träd i vägen. Simone syntes helt från stugan och det tog exakt sju minuter innan alla tre kom ut och kom gående i hennes riktning.

- Nämen, hej! Bor du här? Eller…det vet jag ju. Jag menar, är du här?

Raul kikade på henne under luggen, och hans ögon glittrade av bus och nyfikenhet. Hans charm måste ses och kännas på enormt radaravstånd, det var Simone övertygad om.

- Japp. Here I am. Kollar lite på moppen bara. Den lät lite konstigt förut. Vad gör ni då?

- Vi ska precis åka ut till Frankes. Nic känner inte för att hänga här. Vi tänkte grilla lite och tälta sedan. Ska du med?

Franke hade tyst stått lite bakom Nic och Raul, men han klev nu fram mot Simone.

- Ja, gör det. Det vore hur kul som helst. Jag bjuder på grillat. Vad du vill. Om du känner för det alltså…och inte har något annat inbokat.

Nic fyllde i.

- Snälla? Det vore verkligen roligt. Jag kan väl inte vara själv med två fina grabbar hela kvällen OCH natten.

Raul fick en cerise nyans i ansiktet. Franke tittade bedjande på Simone. Och Nic såg bara glad ut.

- Ok! Vänta lite, jag ska bara säga till mormor.

Hjääälp…vad sa jag ja till… Ska vi tälta i natt? Jag…med dem! Vad har jag gett mig in i? Tur att inte Vingen är hemma än.

- Mormor, jag åker ut till Röre, med Nic och två killar. Vi ska tälta hos en av dem.

- Åh, har du börjat umgås med Schessmans! Det var bra. Då har du ordentligt folk med dig.

*Lilla mormor…du skulle bara veta vad Nic har hemma i sin
lilla stuga.*

- Vi ses! Kramis!

Simone gick sakta mot ytterdörren, med ett ovanligt kraftigt
pirr i magen. Hon kände sig nästan lite illamående av den
plötsliga spänningen.

- Kan jag åka med dig?

Nic tittade försynt på Simone.

- Ja, hoppa upp bara.

- Tack. Då kan Franke åka bak på Raul.

Paren tog kurs mot landet, och Simone började känna en
känsla som hon inte hade känt på väldigt länge, kanske inte
sedan hon var liten. Hon var med i ett kompisgäng…och hon
kände sig lycklig ända in i själsroten. De tog den smala sling-
riga vägen som Simone brukade köra till Vingen, eftersom
två av dem inte hade hjälmar på sig. Simone körde först och
drog på så att Raul nästan hade svårt att hänga med. Hon och
Nic flög nästan över tallrötter och större gupp. Simone såg i
backspegeln att Raul skrattade. Hon hoppades att hon kunde
imponera lite på dem alla tre. Nic höll krampaktigt i sig i Si-
mones tröja och skrek till ibland i kurvorna och hoppen. När
de körde förbi Dennys gård så hoppades Simone starkt att han
skulle se de två ekipagen och förstå att hon inte ägnade en
endaste tanke åt honom längre. Plus att han gärna fick bli
svartsjuk och känna skuldkänslor och ånger över hur knäpp
han hade varit mot henne. Han hade mist henne och hon hade
gått vidare nu, till och med offentligt, kunde han ju gärna få
tro. I ögonvrån såg hon att nästan hela familjens manliga
medlemmar var ute på gården. Perfekt, då ser hela högen oss,
tänkte hon nöjt.

Raul och Franke körde nu sida vid sida med tjejerna, för de hade saktat ner och väntat in dem. De svängde upp till Frankes hus och parkerade.

- Hjälp, vad du kör, din galning!

Raul och Franke tittade med stora ögon på Simone och båda log. Kul, hon hade imponerat.

- Jag kör alltid så här. Det är mycket roligare.

Franke var på väg in i huset.

- Alla är hemma. De har tidig semester i år. Men vi sköter oss själva här ute. Jag hämtar lite fika först, så kan vi grilla senare. Tältet står i garaget, om ni vill hämta det.

De hämtade och satte upp tältet längst bort på den norra sidan av gården, så att det nästan gränsade till de andra grannarnas tomt. Men de var bortresta, så det alternativet kändes som det lämpligaste och mest insynsskyddade. Det var som en idyllisk, specialdesignad glänta, med äppelträd och högt vackert gräs, röda vallmon, smultron och en gammal gärdsgård på sidorna.

- Wow…vad fint det är här. Vilket guldställe!

Raul såg lyrisk ut.

- Det här var annat än vår lya i stan. Äntligen lite peace and quiet.

Franke hade dukat upp ett riktigt sommarfika, med glasstrutar och hembakade kanelbullar, läsk och en kaffetermos.

De bredde ut två stora täcken i gräset och sträckte ut sig och bara njöt. Fjärilarna flög runt omkring dem, lekandes tafatt. Koltrasthanarna hade tävling om vem som drillade tjusigast för koltrasthonorna. Det var nästan helt vindstilla och perfekt lagom varmt.

- Så fruktansvärt romantiskt.

Raul suckade en lång njutningsfull suck. Han hade rafsat åt sig en näve smultron och satt några på ett grässtrå, och han gav Simone resten att lägga på sin glass. Han lade sig ner och tuggade på både stråt och smultronen.

- Vi kan låtsas att vi är med i en film. ”Sommaren med Simone och Nicole”.

- Hahaha…vilken drömmare du är, Raul!

Franke hade roligt åt polaren. Han hade ett bättre förslag än film.

- Ska vi köra ”sanning eller konsekvens”?

Simone fick hög puls direkt, och kände sig obekväm.

- Måste vi…?

- Kom igen nu. Det är kul.

Nic skrattade och såg utmanade på killarna och blinkade åt Simone.

Franke snurrade sin läskflaska för att testa.

- Ok, det funkar här. Jag börjar.

Flaskan snurrade, stannade och pekade på Nic.

- Nå? Sanning eller konsekvens?

- Sanning.

- Då ska vi se... Hur länge har du varit helt dökär i mig?

- Du alltså…haha! …hela högstadiet faktiskt.

Franke sträckte stolt på sig.

- Ser man på, ser man på. Här går man och anar inte ens hur eftertraktad man är, och så går tjejer runt och trånar efter en i åratal.

- Nu är det min tur. Det här blir kul. Raul, sanning eller konsekvens?

- Sanning.

Nic såg illmarig ut.

- Har du en crush på Simone?

Raul såg jättenervös ut.

- Nej, förresten, jag vill ha konsekvens.

- För sent. Snurrad flaska gäller. Säg nu.

Simone kikade snabbt och lite försiktigt på honom. Att stirra hade nog fått honom att gå i väg. Hon tyckte lite synd om honom, för han såg ut att känna sig inmålad i ett hörn.

- Kan vi inte grilla nu? Jag kan gå och leta grillpinnar.

Raul reste sig upp.

- Sätt dig nu, fegis! Du är väl aldrig tunn? Ska det vara så svårt att kläcka ur sig svaret?

- Okej, okej, det kanske jag har…eftersom ni tjatar så. Nu ska jag gå och hämta grillpinnar.

Han reste sig igen och fick onödigt bråttom.

Franke tog över flaskan och snurrade igen.

- Jaha, då kör väl vi vidare då. Då hamnade den på dig, Simone. Sanning eller konsekvens?

Franke tittade henne djupt i ögonen. Lite för djupt och lite för länge, så även kinderna fick smultronfärg.

- Konsekvens då.

- Då vill jag……att du ger oss alla massage sedan, efter grillningen. Det vore gött.

Hon andades lättad ut. Massage kändes betydligt bättre än att göra något annat pinsamt, som hon hade varit rädd för.

- Det kanske jag ska klara av.

Franke log mot henne.

- Alla gånger…

Hon log tillbaka och det kändes bra igen.

Franke drack upp innehållet i snurrflaskan och gick och hämtade lite korvar, grönsaker, potatissallad, marshmallows och kex.

Nic satte sig närmare Simone och halvviskade till henne.

- Är det något mellan dig och Franke, eller? Det bara ser ut så, och det känns nästan så.

- Nej, nej. Vi är bara bra kompisar. Vi har ju umgåtts länge nu, eftersom han har varit med Vingen och jag med Denny.

- Vad såg du hos Denny, egentligen?

Simone såg först på Nic och sedan upp på molnen som sakta gled över det blå i slow motion.

- Vet inte. Någonting. Han gillade mig så mycket. Och det var något speciellt med honom. Fast det var kanske bara jag som lyckades se det.

- Det är mycket möjligt. Jag ser det inte. Han är ju inte en bråkdel så snygg som Franke och Raul till exempel. De är dessutom äldre och fattar mer.

Simone blev tyst och fundersam och visste inte vad hon skulle svara.

Efter en härlig grillstund, med mycket skämtande och garvande, dök ett par oväntade inkräktare upp. Denny och hans äldre bror kom cyklande. De stannade och hejade på gänget. Nic tog kommandot.

- Jaha, och vad ska ni göra då? Är ni ute på cykeltur så här sent på kvällen? Förresten, vart ska ni, eftersom vägen är slut för länge sedan?

Simone såg misstänksamt på Denny.

- Simone, kan jag få prata med dig?

- Du kan säga det du vill här och nu.

Denny såg ytterst besvärad ut, och såg ut som om han tänkte vända igen, men han tvekade och tog mod till sig.

- Jag vill att vi fortsätter att vara ihop. Det går inte annars…jag kan inte tänka…eller sova…eller ingenting. Du får inte göra slut.

Simone sneglade bakåt på både Raul, Franke och Nic. De såg kollektivt allvarliga ut.

- Men det vill inte jag. Det får du ta.

- Nej! Det tänker jag inte. Jag vill att du är min.

Franke backade upp Simone.

- Nu får du ge dig, Denny. Du bestämmer inte över henne. Låt henne vara.

Nic fyllde i.

- Hon kanske vill ha någon i sin egen ålder.

Simone fick mod av att de andra försvarade henne och stod där samlade bakom henne.

- Du behöver faktiskt växa till dig lite.

Denny tände till och blev arg.

- Ska du säga! Som inte vill någonting och inte törs någonting!

- Som om du är så rolig att vara med då. Som en barnunge som tjatar om godis hela tiden. Jag känner mig som en morsa till dig. Jag är skittrött på dig.

Denny tittade ilsket på Raul.

- Hon är inte ett dugg rolig, bara så du vet det. Du kommer inte att komma någon vart alls med henne. Så håll till godo!

Raul såg mer bestämd ut än Simone någonsin sett honom.

- Hon vill väl ingenting med dig! Varför skulle hon det, när du är som du är. Jag fattar varför hon gjorde slut med dig. Det är inte henne det är fel på. Det är dig det är alla fel på.

Denny höll på att explodera, men ställde sig lite bakom sin storebror.

- Hon tror att hon är så skitsnygg. Och erfaren. Men hon är skittråkig.

Nic gick fram till bröderna och spände ögonen i Denny.

- Så bra att du tycker det. Då kan du sticka härifrån och lämna Simone ifred. För alltid!

Hon vände sig till hans storebror.

- Och du, se till att han hittar en tjej som är lika pantad som han själv är. Stick nu.

De cyklande bröderna försvann väldigt fort. Simone vände sig bort från sina nya vänner. Hon kände hur det tårades i ögonen, och hon ville inte visa hur känslomässigt jobbigt det ändå hade blivit för henne. Hon kände sig överdriven och pinsam, och var rädd att de skulle tro på allt som Denny hade hävt ur sig. Nic kom fram och lade armen om hennes axlar.

- Lova en sak, att aldrig tänka en enda mer sekund på den lille tönten. Han är inte värd det. Vilken skitstövel!

- Ja…det kan jag lova.

Franke kom också fram.

- Nu släpper vi det här. Vill ni ha varsin öl?

- Har du också öl?

Simone råkade kläcka ur sig en tanke som kom så fort att den hann ut ur munnen innan hon kopplade vad hon sa. Nic gav henne en blixtsnabb blick.

- Jag menar, vi har det hemma ibland men mormor förbjuder mig att ta en.

- Hehe…men jag förbjuder dig inte. Det är bara folköl. Men det duger. En sådan här perfekt sommarkväll måste det till, annars fattas det något.

Franke log brett och kisade mot den korallröda solnedgången. Han såg sedan lite utmanande på Raul.

- Du då?

- Jag tror inte det. Är också förbjuden, hemifrån. Ni vet. Mina föräldrar är stenhårda.

Nic puttade lite på honom.

- Men kom igen nu! De är inte här.

- Nej…men jag har lovat.

Hon såg på Simone.

- Är du likadan? Alltså så noga?

Simone såg på Raul, som tydligen kände sig lite dum. Franke var redan på väg in efter ölen och vände sig om.

- Jag hoppar, jag också. Orkar inte med tjafs hemma.

Det blev en liten kamp inom Simone, men hon kände att hon vann den. Fast hon gärna hade velat vara cool inför Nic.

Den utlovade massagen väntade alla på och tjatade om, så Simone masserade plikttroget en i taget på rygg och axlar och nacke ända tills hon började klaga över kramp i fingrarna. Det blev väldigt populärt i alla fall, och utan hennes godkännande bestämde de att detta skulle bli en kommande tradition vid varje tältning. Simone bara log. Hon misstyckte inte. Att både vara uppskattad och att få den mysiga närheten som massagen gav, det tänkte hon inte protestera mot. Det var inte direkt otäckt att massera Franke, tyckte hon. Men efter massagen såg Franke på henne som om han läste in mer än en fysioterapeutisk amatörbehandling i hennes fingrar. Det var som om Simones fingrar hade talat ett tyst språk till honom, fast hon inte alls själv öppet ville avslöja sina budskap. Det blev en omedveten och oplanerad kommunikation, som gav förhoppningar och en respons tillbaka från Franke, men som också gav Simone ångest för vad hon tänkte och kände. Allt var tvunget att förbli en hemlighet.

De slöade, drack läsk och öl, och hittade på en massa historier om folk i klassen och på skolan. Och de hade hur kul som helst, denna annorlunda kväll i Simones unga liv. Hon njöt

nu, och hade med enkelhet lytt Nic och släppt Denny. Så
himla skönt livet kunde vara, kände hon. De hade en hel hög
med kuddar och täcken och liggunderlag. Som en inslängd
hop med människor låg de huller om buller i tältet, och blev
varma och lite trötta av öl, allt fluffigt runt dem, och all
kroppskontakt på den lilla ytan. Det blev till och med ånga
på plastfönstret. Ute hade det blivit lite kyligare. Det skulle
nog bli dimma och dagg i natt, och det skulle bara göra hela
omgivningen ännu mer förtrollad.

De somnade precis som de låg. Nic och Raul i ytterkanterna
och Franke och Simone i mitten. Raul somnade mitt i en
spökhistoria, där Denny och hans bror var zombies som hem-
sökte skolor och besmittade alla tjejer med ett virus som
gjorde att de bara tyckte om nördar som hade cyklar och hette
Dahlénius.

Det blev väldigt mysigt i tältet. Men trångt. Simone vaknade
till av att hon började frysa lite från marken under sig. Ligg-
underlaget hade en glipa som hon hade hasat ner i. Men hon
hade ett mörkt huvud alldeles tätt intill sig och en arm om-
kring sig, från ett håll som hon inte tänkte att något sådant
skulle kunna komma. Hon låg vänd mot Franke, och med
ryggen åt Raul. Raul snarkade, och sov definitivt. Hon fick
en känsla av att Franke inte sov så tungt. Men varför hade
han en arm om henne…och inte runt Nic? Värmen från hans
närhet gjorde henne förvånansvärt glad inombords, och den
spred sig även utombords. Hon kunde inte förmå sig att röra
sig en enda millimeter. Inte knappt ens andas djupt. Hon låg
blick stilla och bara kände hans andedräkt. Hans ansikte var
nog bara en näslängd från hennes. Oj…detta kändes alldeles
för bra. Det var inte värt att flytta lite på sig för att slippa
frysa från den kalla marken…nu när hon fick värme och den

nära kontakten med honom. Det gick inte att ens lyfta det minsta på huvudet för att se om Nic eventuellt sov. Det tordes hon inte. Han fick inte flytta bort armen från henne. Men Nic fick heller inte se dem.

Om jag bara blundar och låtsas sova…så kan hon inget säga. Hon vet ju inte att jag är vaken. Jag kan säga att "Vadå, vad har vi gjort? Han måste ha drömt eller gjort något i sömnen." Vi har ju sovit.

Hon tyckte att hon såg hans ögon öppna, men hon kan ha inbillat sig också. Mörkret var ganska kompakt därinne.

Nåja. Jag ligger blick stilla. Man kan ju inte göra någonting genom att inte göra någonting. Eller kan man det…?

Någon gång måste hon i alla fall ha somnat, för hon vaknade jättetidigt av att hon nästan skakade av kylan. De sista timmarna innan solen började värma lite mer var alltid värst. Men trots det så var natten den mest underbara som hon hade upplevt.

"Lördag 20 juni

Jag vet inte var jag ska börja. Vilken soppa! Med både bra och dåliga ingredienser i. Denny är förhoppningsvis historia i mitt liv. Forever! Hoppas jag aldrig mer ser röken av honom. Förutom den tillfälliga närvaron av zombierna Dahlénius har helgen varit den bästa i mitt liv! Tänk, igår försvarade mina vänner mig. Det är första gången som någon har hjälpt mig att säga ifrån till en kille. Men vad ska jag göra? Med mitt liv? Det är både underbart och krångligt på samma gång. Raul verkar gilla mig. Och han är supergullig. Men jag har känslor för Franke. Och han är ihop med Nic. Och vi är kompisar nu. Franke låg tätt intill mig i natt när vi tältade. Han sa ingenting, sedan när vi vaknade, men han var mer tystlåten än han brukar vara. Såg inte så glad ut som på kvällen innan. Undrar om det var på grund av vad som hände på natten? Nic kanske såg oss? Han kanske tyckte att han hade gjort något som var pinsamt, mot mig? Det kanske jag aldrig får veta. Jag törs ju inte fråga. Vi ska åka och bada sedan allihop, i eftermiddag. Får se hur allt känns då. Hoppas inte att Nic är arg för någonting. Henne vill jag inte ha som arg ovän. Hon skrämde bort Denny och hans brorsa. De blev nästan så rädda så de pinkade i brallorna. Önskar att jag var lika tuff som hon. Får försöka öva mig. Jag kan nog bita ifrån lite, men det blir mer som "musen som röt" jämfört med henne. Ingen får sådan respekt för mig. Tänk…Franke låg så nära mig att han nästan hade kunnat pussa mig. Vilken dröm! Men det är inte min dröm. Det är Nics dröm. Och hennes kille. Varför ska det vara så svårt allting?"

8.

Varje dag hängde de ihop, det nya gänget. Simone kände sig lyxigt glad och var tacksam för allt som de gjorde tillsammans. Förutom att hon hade förträngt Denny, och förpassat hela honom till stället längst in bakom och under alla andra minnen i hennes hjärndatabank, hade hon också glömt Vingen. Hon släppte till och med tanken på Sune ett tag. Men hon visste ju att han tillfälligt blev väl omhändertagen av Åke. Men nu hade hela Vingens familj kommit hem. Vingen hade hjälpt sin pappa med lammen när hon fått syn på de båda paren som körde förbi på två mopeder. Vingen tyckte att det gick att räkna ut på ett lillfinger att Denny var dumpad och att Raul hade tagit hans plats, och att de nu var två lyckliga par. Både avundsjukan och svartsjukan vällde upp inom henne. Både hennes pojkvän och hennes enda tjejkompis hade bytt ut henne mot andra. Någon egen skuld såg hon inte alls, utan såg enbart sveket och i hennes ögon de hemska brotten. Men hon skulle ge igen, och ta hämnd på ett sätt som skulle kännas lika hemskt som hon själv kände det.

Simone såg senare att Vingen hade skickad ett sms.

"Du måste komma hit och hämta din gris. Pappa säger att om du inte gör det så kommer grisen att slaktas."

"VAAA!! Men så kan han väl inte göra? Han hade ju lovat, sa du?"

"Han har ändrat sig. Det fattar du väl? Han kan väl inte ta hand om din gris hela livet. Du har tre dagar på dig."

"TRE DAGAR? Hur ska jag lösa det på tre dagar?"

Vingen svarade inte mer nu. Paniken började stiga inuti Simone.

Vad ska jag ta mig till? De är inte kloka, någon av dem! Det fåååår inte hända Sune någonting! Jag måste be mormor snällt...att jag gör vad som helst om jag får ta hit honom.

Hon tog trappen ner i rekordfart och rusade in till Elin som satt och drack kaffe i köket medan hon läste på mobilen.

- Du MÅSTE hjälpa mig! Vi måste ta hit Sune för annars kommer han att dö och bli mat!

Mormor såg inte ett dugg förvånad eller orolig ut.

- Ja, det är väl det som grisar är till för? De är skapta för att vi ska få någonting gott till potatisen och gräddsåsen.

- Vad elak du är! Han har inte förtjänat döden bara för att du är sugen på griskött till middag! Tänk på både hans och mitt hjärta! Mitt går sönder!

Simone blev kokande arg. En sådan iskall mormor trodde hon inte att hon hade.

- Så du kommer inte att hjälpa mig alls?

Elin tittade upp.

- Hur då?

- Genom att låta honom bo här.

- Men kära barn…vi kan väl inte ha en gris inomhus som bajsar överallt och tuggar sönder möbler och sladdar och kissar på dem så att det blir kortslutning och börjar brinna. Vi kan väl inte låta en gris få elda upp vårt hus? Det förstår du väl?

- Men herregud…är han automatiskt en mordbrännare för att han är en gris, eller? I ladan därute då, där jag har moppen?

- Nej, jag bygger ingenting. Det kommer att lukta svinstia över hela grannskapet. Vad ska Schessmans säga?

- Nic är min kompis. Det går nog bra.

- Nej, jag säger nej till det. Vi kommer att få ett dåligt rykte. Du får lösa det på något annat sätt.

Simone började gråta och sprang ut. Hon gick direkt och tog fram moppen och körde i väg. Hon tänkte bara på en sak: Sune. Hon måste rädda Sune.

Käre gode Gud…om du finns, hjälp mig!

Hon var på väg ut till Röre, men fick en ingivelse att hon skulle stanna till vid Sonias hus. Ingen syntes till, men hon gick ändå fram till dörren och knackade på. Nu var det inte tyst längre. Hundarna skällde högt i kör, och Simone funderade på hur Sonia klarade av att stå ut med detta oväsen. Men, men…de var ju så gulliga. Det var som hennes egen villkorslösa kärlek till Sune.

Sonia öppnade och blev jätteglad, och med en viftande gest förstod Simone att hon skulle skynda sig in och stänga efter sig. De kramade om varandra och Simone hälsade ordentligt på de entusiastiskt hoppande och flämtande pudlarna. De gick alla in i det lilla vardagsrummet. Sonia satte sig mitt emot henne och såg oroat på henne.

- Du gråtit?

Simone såg rödögd ut redan.

- Jaa…det har hänt någonting hemskt…min lille gris kanske kommer att dö…och jag står inte ut med tanken…och jag vet inte vad jag ska göra.

- Inget hem till gris?

- Nej. Min mormor vill inte ha en gris. Hon hjälper mig inte. Sune kommer att dödas!

Sonia satt tyst i några sekunder. Sedan pekade hon på sig själv.

- Sonias hem?

Simone tittade förvånat på henne.

- Ska DU ge honom ett hem, här hos dig?

- Ja? Bli bra? Du och gris glad?

- Menar du allvar? På riktigt? Jag kan komma hit jätteofta och hjälpa till!

Sonia nickade och skrattade.

Simone kände hoppet komma galopperande mot henne och Sonia blev en hjälte i hennes ögon. En hjälte med en kärlek som varken Vingens familj eller inte ens mormor tydligen hade ett uns av. Simone flög fram till Sonia och kastade sig runt hennes hals och kramade hårt och länge, och nu grät hon igen.

- Min finaste vän! Underbara, underbara Sonia! Vad skulle jag göra utan dig? Du är världens bästa!

Sonia skrattade bara. Och Simone skrattade också, medan glädjetårarna trillade. Sonia tittade på sina små pudlar med ömhet i blicken.

- Jag ha många barn. Alla älska ny bror.

- Haha…du är för gullig! Ja, Sune kan bli deras brorsa. De blir säkert lekkamrater. Sune är väldigt snäll. Och busig. Och jag ska försöka dressera honom lite. Men var ska Sune bo?
- Jag göra fint ute. Hus ute med maaassa saker i. Jag ha gris, inte saker.
- Ååååh, vad du är snäll! Det blir toppen! Men ska jag komma hit och hjälpa dig att bygga lite? Jag har några kompisar som kanske kan hjälpa mig.
- Ja! Bra. Jättebra.
- Kan vi börja på en gång? Jag måste hämta Sune senast på söndag.
- Ja, alla komma! Välkomna!

Nu blev det bråttom. Men en lycklig Simone åkte nu hem igen och sprang över till Nic direkt. De ringde killarna och alla samlades vid korsningen vid avfartsvägen in till Sonias lilla stuga. De gick in i uthuset och kollade hur det såg ut och insåg att det skulle ta lite tid att fixa detta, men alla ville hjälpa till ändå. De lyfte ut alla möjliga stora tunga saker, som Sonia sa att de som bott där förut hade lämnat kvar. Franke sa att hans pappa skulle kunna komma och hämta grejerna och köra i väg dem till både skrottippen och en second hand-affär. Det var verkligen en blandning av antika saker och rent skrot, men de tänkte att en del skrot kanske ändå kunde vara till nytta för någon som behövde reservdelar eller ville ta vara på och kanske renovera gamla saker.
Franke såg på Sonia.
- Vi har ju en skrottipp nästan där jag bor. Lite upp i skogen bara, vid Södra Källan. Och pappa kan låna kärra på jobbet, så det kan vi säkert fixa åt dig. Ska höra med honom när han kommer hem.

Simone kunde inte behärska sig utan gav en glatt överraskad Franke en stor kram.

- Tack, snälla du!

Hon gav de andra kramar också, för rättvisans skull och för att det inte skulle verka märkligt att välja ut en enda att kasta sig om halsen på.

- Så himla gulligt av er att hjälpa till!

I den andra änden av huslängan fanns en annan ingång. Där hittade de gamla verktyg och brädor. På den sidan hade det tydligen varit som en liten snickarbod och verkstad. Primitivt, men ändå gott och väl plats för en hel del grejer. På Sonias inrådan valdes förrådsdelen till kommande stia, eftersom de ändå redan hade tömt den.

De byggde i två dagar. Och gjorde till och med en uteplats som Sune skulle kunna gå ut på, för att kunna känna friheten i solskenet, böka i jorden eller bara ligga och gona sig i geggamojan om det blev riktigt blött och slaskigt ute.

- Tur att din tomt är så stor, Sonia. Och här stör han ingen heller. Mormor säger att grisar luktar skit på flera kilometers avstånd.

Simone såg på allt de hade gjort och kände en sådan glädje och stolthet. Stolthet över att de tillsammans hade byggt det finaste grispalatset en gris kan önska sig, och stolt över att det var hon och hennes kompisar som hade gjort det själva. Sune hade öppningsbara fönsterluckor ut mot stora gräsmattan, och en stor emaljerad skål med rosenknoppar att äta ur. Sonia ropade till dem från stugan.

- Kom, alla äta mat!

Alla gick tacksamma in och de satte sig i hennes enkla men ändå mysiga och ombonade kök. Det syntes att här bodde någon som inte hade det så gott ekonomiskt ställt, men som ändå med små medel hade återanvänt tyger och saker och även använt sina händer till handarbetskonst. Det var virkade skärmar på skomakarlampor, virkade dukar lite här och var, och en skir spetskant på gardinerna. I fönstret stod det stora urnor med arrangerade torkade eterneller och strån. Några få ramar med foton stod på en gammal vacker byrå av ekträ med mycket patina. Pinnstolarna hade handsydda dynor med volang. Det såg ut att vara ett vackert hem från en tid bakåt i tiden, men passade bra in på hela gårdens stämning och husets egen själ. Stilen som till exempel Schessmans hade skulle ha blivit helt malplacerad här. En äldre kvinna som kände värdet i mänskligt hantverk bodde här i stället. Inreda var också en konst, men konsten här var inredningens djupare egna värde. Över ekbyrån satt det ett litet vackert träkors. Och bredvid det ett inramat vykort med Jesus som leende tittade ner på ett lamm som han höll i famnen.

Nic lutade sig fram och tittade på maten som låg i den stora ugnsfasta formen.

- Dolmar. Vindruvablad. Hänga i taket ute. Koka ris, bönor, lök.

Sonia tittade glatt på Nic och även på de andra.

Nic såg imponerad ut.

- Åh, har du vindruvor hemma, och kan laga mat på bladen? Vad coolt!

- Varsågod. Äta!

Sonia hällde upp en aprikosfärgad dryck med gröna bladbitar som virvlade runt i kannan.

- Rot. Inga…fura?

Raul tittade på henne.

- Ingefära? Det är jättenyttigt. Vad är det gröna i?

- Citron. Bladcitron.

- Citronmeliss?

Hon log och nickade glatt mot honom.

- Du koka mat?

Raul rodnade lite och blev förlägen.

- Lite grann.

Han måttade upp en centimeter mellan pekfingret och tummen.

- Min mamma är kock. Jätteduktig i det franska köket. Hon jobbar på en fransk krog i Lekfors. Så hon får pendla mycket.

- Ahaa...

Nu var det Sonias tur att se imponerad ut. Hon såg sedan att han tittade en extralång stund bort mot väggen där hennes kors och tavla satt.

- Du tro på Gud?

Raul blev ställd. Han visste inte riktigt vad han skulle svara för frågan kom så plötsligt, som uppifrån det blå.

- Ja. Det gör jag. På mitt sätt.

- Mitt sätt?

Sonia såg frågande på honom. De andra såg dubbelt så frågande på honom. Han blev så mycket i fokus att han började skruva på sig lite och plocka med besticken.

- Ja…jag…jag tror att Gud finns. Vi går till kyrkan ibland. Jag hänger mest med för att de tjatar så mycket. Men när man väl kommer dit…så känns det bra på något sätt.

Han tittade på Simone, Franke och Nic.

- Vadå, tycker ni att jag är konstig och töntig nu?

Sonia hann först med att svara.

- Inte konstig. Klok!

Hon pekade på huvudet och hjärtat. Och pekade sedan på de andra.

- Tro på Gud?

Nic svarade snabbt.

- Vi är ateister. Ingen tror på någon slags gud i min familj.

Franke fortsatte.

- Jag tror på vetenskapen. Den har aldrig fel, utan den har bevis för allting i stället.

Sonia såg kärleksfullt på Simone.

- Jaa…jag vet inte riktigt vad jag ska tro…och tro på. Det känns som om det skulle kunna finnas en Gud. Men verkligheten säger att det inte finns en Gud. Jag ser ju ingen. När vi dör blir det nog bara svart… Men det känns läskigt.

- Hjärta se, inte öga. Han prata i hjärta. På natt jag sova. Vakna jätterädd. Gud prata med mig och hjälpa.

Hon satte händerna mot bröstet och tittade mot vykortet.

- Sonias land kriga jättemycket. Jesus hjälpa. Han är kärlek.

Nic blev obekväm av allt fokus på mannen på vykortet och på allt tal om något som hon bara tyckte var märkligt och enbart ett människopåhitt. Och nu blev det ännu allvarligare med prat om krig inblandat i det.

- Mmm, vad gott det här var. Så spännande att pröva nya maträtter. Är det en rätt som kommer från ditt hemland?

- Ja! Bästa mat i hemland. Alla älska!

- Drickan var också jättegod. Påminner lite om teerna i England. Vi hade ofta ingefära och citron i te. Man kan ha torkat citrongräs också.

Nic ville avleda den känsliga diskussionen och lyckades.

De njöt klart av den delikata middagen och tackade för maten.

- Men hur ska vi få hit Sune då?

Simones näst största problem var kvar.

- Vi kan väl ta honom på moppen? Han kan väl sitta i en låda med lufthål och så håller jag i lådan bakpå dig, Simone? Eller i en bag kanske?

Nic hade faktiskt kommit på en lösning, och den borde fungera. Sune skulle få sitt livs färd.

- Ja, jag kan ju köra lugnt och försiktigt…för en gångs skull. Det skulle vara för Sune då.

Alla skrattade.

Dagen efter åkte de ut och hämtade Sune. Vingen stod och blängde på dem, men sa ingenting. Ulf såg ganska neutral ut, som om han inte alls var inblandad i hämtandet. Simone tittade ner i marken, gick fram till Sune och lyfte upp honom, och sedan gick hon bara tillbaka till mopeden. De försökte få ner en vilt sprattlande Sune i en stor bag. Han fick panik av att se den mörka, till synes slukande, bagen. Simone tog på honom kopplet i stället och började med bakdelen. Sedan blev han så distraherad av båda tjejernas klianden och klappanden att han inte ens märkte att hela han plötsligt var nere i bagen. De lämnade ett stort öppet luft- och utkikshål.

Nic vinkade sarkastiskt och glatt till Vingen när de åkte i väg. Sune skrek lite emellanåt när de körde hemåt. Simone stannade med jämna mellanrum och de tröstade och lugnade honom. Han växlade mellan att titta på Simone och utsikten med att sprattla så att bagen gungade och krängde, så Nic fick ibland svårt att hålla balansen där bak. Sune hade växt ganska fort den sista tiden. Han hade börjat äta kornblandning, vilket var en skön avlastning för alla som matat. Nu hade han gått över sexveckorsgränsen och kunde hädanefter få lite vanlig grismat, mat från trädgården och även rester av Sonias mat. Han skulle få ett rikt liv hos henne, rikt på godsaker, frihet, lyckliga stunder, kärlek och omsorg. Som ett grisliv ska vara. Ingen oro och ångest för att hamna i en stekpanna. För det var Simone övertygad om att han skulle ha haft annars. Vingstens verkade vara kapabla till vilka hemskheter som helst. Det hade hon inte trott om dem, med sin omsorg om varandra i familjen. Och hur skulle det gå med Vingens gris? Gick lille Ingolf stekpanneödet till mötes nu? Simone rös och ville inte tänka mer på det.

De släppte ut Sune i hans utehägnad först. Han stod blickstilla en stund. Sedan började trynet vibrera. Hans lilla kropp satte fart och han krumbuktade och hoppade runt så att de blev riktigt oroliga att han skulle slå sig mot stolparna och brädorna. Han slirade i kurvorna och råkade halka in i stake-tet ett par gånger men han var lika fort uppe igen. Rätt som det var så stannade han och såg på Simone med sina plirande små ögon. Och hon tyckte att han hade en glimt i dem som sa att han var den lyckligaste kultingen på jorden. Som om han fattade, och hade känt nervspänningen. Efter ett tag gick han in genom svängluckan som de hade ordnat, åt lite ur sin ro-senknoppskål och somnade sedan därinne i den mjuka hal-men och sågspånet.
Simone hade i alla fall fått lite pengar av mormor till hans omvårdnad, som tyckte att det var ett billigt pris för att slippa ha grisen hemma. Bonde-Kent tog ett vänskapspris för halm och spån och lovade att hjälpa henne med det hon behövde framöver.
- Han älskar sin skål med rosenknoppar.
Simone kunde inte sluta att titta på honom genom fönstret och inte sluta att le med hela ansiktet. Nic tittade på henne.

- Det kan ju vara så att det är Sonias mat som han älskar också…haha!

Helt plötsligt öppnade Sonia ytterdörren och hennes krulliga barnaskara kom gläfsande, rakt mot Simone och Nic. De såg inte Sune, som var inne och tog en power nap. Simone blev rädd för hur Sune skulle reagera på pudlarna. De var ju inte de allra smidigaste i sitt presentationssätt. Men hon behövde inte fundera så länge. Sune hade givetvis vaknat av det som verkade vara hemska oljud utanför. Hundar var helt obekanta för Sune. Endast ett litet tryne stack nu ut från luckan. Inget mer.

Simone blev orolig.

- Åååh, jag går in till honom. Han kanske blev livrädd.

Den lilla rosa kroppen skakade. Han var både rädd och nyfiken, verkade det som. Sonia kom haltandes över gräsmattan och ropade till sig pudlarna. Och de lydde faktiskt, till tjejernas häpnad.

Det blev tyst. Simone kom ut med Sune i famnen i stället, och hon höll stadigt runt honom.

- Puh…han börjar bli tung nu, den lille rackarn. Nu ska du få hälsa på dina nya ulliga bröder. Titta här, Sune!

Pudlarna kom försiktigt fram och nosade. Några fnyste till. En backade förskräckt till gömstället bakom Sonias ben. Nu blev Sune lite modigare, däruppifrån den trygga välbekanta famnen. Han försökte luta sig fram och hälsa han också. Men så fort någon rörde sig ryckte han till.

- Prova att sätta ner honom i hans egen uteplats nu. Hundarna är ju på andra sidan. Säger du till dem om de skäller, Sonia?

Nic var van vid hunduppfödningen hemma och hur man får hundar att känna sig trygga. Simone satte ner honom i bortre hörnet.

- Så. Nu kan du kolla in dem i lugn och ro. Jag sitter här bredvid dig.

Sonia gick fram till staketet med pudlarna. De stod alla blick stilla och bara tittade tyst på varandra. Sedan gav Sune upp ett litet lyckoskrik och började springa runt, runt i sin hage. De suckade av lättnad och skattade åt honom. Efter sin voltigegalopp kom han smygande fram till långsidan där alla de andra stod. Han stack ut trynet mellan plankorna. Pudlarna kom fram och hälsade mer sofistikerat och artigt nu. Sune viftade på knorren och pudlarna på svansarna. Det här skulle gå bra och deras bekantande skulle bli riktigt roligt att följa. Det kände alla.

"<u>Söndag 28 juni</u>

Operation grisräddning avklarad! Jag vet inte vem jag ska tacka mest. Sonia, Nic, Franke, Raul eller Gud? Men jag är sååå tacksam och sååå lycklig! (Kan ju inte tacka mormor i alla fall, som bara tänker på sig själv. Likaså Vingen och hennes pappa.) Jag är nästan lika glad över mina vänner. Mina fina nya vänner. Vänner på riktigt! Jag tror att jag ska kunna slappna av med dem och lita på dem. Nic har visat sidor för mig som jag inte visste fanns. Hon har ställt upp som den finaste bästa vännen man kan ha. Franke är alltid schysst. Raul med. Men jag känner att jag inte är kär i Raul. Han känns mer som en supergullig brorsa. Inte som Franke i alla fall. Suck. Men det är guld värt att ha Raul som en vän. Fortsättning följer..."

9.

Veckan som gick hade varit underbar. De hade varvat att tälta och bada med att hänga hos Sonia och hennes lilla familjefarm. Pudlarna och Sune hade blivit så fina syskon att det var en glädje att bara sitta och titta på dem när de busade och tumlade runt. Nic och Simone hade satt upp ett lågt, enkelt fårnät runt Sonias trädgård, vilket gjorde det möjligt för de ystra och leksugna djuren att kunna springa sig trötta och nöjda på stora ytor. De sprang efter varandra i tafatt och varvade bärbuskarna så bären yrde runt bakarna på dem. De kom ifatt varandra ibland och några av dem fälldes av de andras ben. Det var många små ben inblandade i deras ruschar. Sune var förvånansvärt smidig. Det trodde inte Franke att han skulle vara. De hade vadslagningstävlingar ibland, om vem som skulle kunna hinna varvet runt först. Den som höll på någon som slirade omkull i en kurva fick minuspoäng. Sonia var väldigt road av ungdomarnas sällskap och de började alla bli riktigt tighta vänner nu. Det var som en liten Edens lustgård över alltihop, där de satt i gröngräset eller låg i hängmattan med endast djurens små roliga ljud, bofinkars drillande, någons skratt och trädens susande omkring dem. Raul hade gjort ett läskträd, eftersom han drömt om det ända sedan han såg på Pippi Långstrump som barn. Simone hakade på och gjorde ett godisträd, med små påsar hängandes i grenarna. Ett snöre hade gått upp och Sune hade fått en påse sura nappar i huvudet så att han gav upp ett illskrik av rädsla och sprang raka vägen in genom luckan till sin trygghet i lyxstian. De fick lirka och locka för att få ut honom. Pudlarna fick honom ändå ganska snabbt på nya tankar och sedan började de om med buset igen. Simone funderade på hur mycket bus det rymdes i en liten griskropp. Han skulle bli smal som en kolarem om han fortsatte så där. Men vad gjorde det, när ingen någonsin skulle få bita i hans skinkor.

Raul hade inte gjort någon typ av framryckning på Simonefronten. Han verkade vara helnöjd med att bara få vara där hon var. Ibland funderade hon på om han kände som hon, och att också han insåg att de fungerade bäst som kompisar. Simone önskade att det skulle kunna vara så, utan några jobbiga komplikationer och en röra av obesvarade känslor som låg och pyrde under ytan varje gång man sågs. Franke retades ibland. Det var som om han ville reta Simone och Raul för att söka efter någon slags respons från Simone, något tecken på att hon inte ville ha Raul överhuvudtaget. Antydde Franke att de var kära i varandra så kanske han i alla fall skulle få Simone att neka.

Nic verkade inte längre vara det minsta orolig över hennes egen relation med Franke. Det fick Simones samvete att skava och hennes hjärta att ifrågasätta vilken slags kompis hon själv egentligen var. Var hon lika hemsk och känslokall som hon anklagat andra för att vara? Andra hade ju haft som sport och mål att stjäla hennes killar och förstöra hennes förhållanden. Skulle hon nu vara likadan? Var "allt tillåtet i krig och kärlek", som det gamla uttrycket som mormor alltid sa, när hon själv skulle driva igenom någon plan för att endera avsätta en man från dennes självintagna inbillade plats eller när hon byggde upp strategier för att snärja något nytt "offer". Men stjäl man egentligen en pojkvän…om pojkvännen själv vill bli stulen? Är det inte ömsesidigt då? Ville killarna som hon hade varit ihop med bli stulna av tjejerna, när tjejerna förstörde hennes förhållanden? Det måste de ju ha velat…

Blir inte stölden värre om man sedan bara struntar i den man har stulit…mot om man har blivit förälskad på riktigt?

Vilken solidaritet var mest betydelsefull…den mot sin kompis eller den mot sina egna känslor? Var det inte skillnad på att bara vilja förstöra…och att vilja följa sitt hjärta, fast man kanske krossade en annan människas hjärta?

Simone hade många frågor, utan klara övertygande svar. Bara ångest när hon tänkte på dem. Att krossa andras hjärtan kändes horribelt…

Det var nu en av de svalare och ostadigare julidagarna, som alltid kommer som ett brev på posten, enligt en gnällig mormor. Simone låg i hammocken och gungade, trots vädrets nyckfulla vändning. Den hade ett brett tak som skydd och hon tyckte att det var extra avkopplande att ligga där och lyssna på vattendropparna som ploppade ner på taket. Det kom sköna vindpuffar som kändes friska och fräscha och det luktade våt jord och gräs blandat med de pastellrosa, gammeldags rosornas berusande doft. Äkta sommarkänsla, kände hon att det var.

Hon hörde en moped på avstånd, men som kom närmare och till slut åkte in med riktning mot kenneln. Simone satte sig upp och spanade mellan syréngrenarna. Franke hoppade av och Raul vände och körde i väg. Han gick fram till Nics fönster och tittade in, tittade sig sedan omkring och lyste upp när han fick syn på en liten bit av Simones gula tröja. Han gick till henne utan att tveka.

Mitt framför henne stod nu en läskigt fräsch Franke, och hon försökte att hålla huvudet kallt och inte bli alltför nervös. Hon tyckte att han var så snygg att han nästan var hotande. Han hotade hennes moral och hela tankeverksamhet...han rubbade henne känslomässigt, och hon hann känna sig arg över det. Hon tänkte först låtsas att han var ett hologram, men blev avbruten mitt i sina försök att distrahera sig själv.

- Jaså...du är här och har det mysigt. Utan mig?

Han såg på henne och log stort. Hennes nervositet minskade inte av den öppningen.

- Jamen, du är väl på väg till Nic, eller hur?

- Ja. Hon har visst inte kommit hem än. Jag blev lite tidig. Raul skulle i väg och släppte av mig. Jag får väl vänta här.

Han klev fram och satte sig bredvid henne i hammocken, och började gunga den med ena foten på gräsmattan. Det blev en lång tystnad. Han såg inte alls ut att vilja prata, utan det blev nästan lite tryckt stämning i hammocken.

- Lägg dig du. Jag kan massera dina fötter och betala tillbaka för all massage som du har gett mig.

Simone lade sig ner igen och svängde upp fötterna i Frankes knä. Han tog hennes ena fot och började massera den. Hon ryckte till.

- Aaaah...nej, inte så...det kittlas för mycket!

Franke tyckte att det var väldigt underhållande och började skratta högt, och fortsatte därför att göra likadant på båda fötterna samtidigt. Simone skrek och sprattlade och försökte komma ur hammocken, men Franke var för stor och satt i vägen.

- Sluta! Eller flytta på dig!

Hon fick nästan panik, för ingen var så kittlig som Simone. Det gick inte att bli det. Och hon tyckte att det blev så obehagligt att det gjorde ont i kroppen. Hon blev arg av det. Han slutade tvärt.

- Oj…förlåt. Vilket temperament damen har.

Han hade ett roat flin i ansiktet. I stället började han att småkittla henne på magen och på sidan av bröstkorgen, fast försiktigare och med ögonen fästa på Simones ansikte, för att inte gå över gränsen igen så att hon fick ett utbrott till.

- Här då? Är du kittlig här då?

- Vad tror du?

Simone skrattade men lät honom hållas fast hon var spänd som en fiolsträng och beredd på en attack igen. Närheten till Franke, och att de var på tu man hand, gjorde också Simone spänd. De brukade aldrig vara ensamma. Det här var första gången någonsin. Med tiden hade det byggts upp någonting mellan dem som ingen verkade vilja sätta ord på. Franke sökte närkontakt och kunde inte låta bli att ta på henne, nu när de var ensamma. Simone tittade nervöst åt Nics håll. Hon var rädd för hur detta skulle se ut, från Nics sida. De fick inte gå för långt. Kittlas var oskyldigt om man inte tafsade, vilket hon litade på att Franke absolut inte skulle göra.

- Vill du ha fika eller något?

Simone kände att hon ville bryta situationen.

- Mer än gärna.

De reste sig och gick in. Huset var tomt. Elin skulle inte komma hem förrän på kvällen. Simone gick in i köket och tog fram lite olika sorters chokladpraliner och gjorde en flaska bubbelvatten. Hon kände helt plötsligt att Franke stod alldeles bakom henne.

- Hur kan du vara så fin…

Hon kände en hand på var sida om midjan. Franke stod tätt intill henne nu.

- Du fattar inte hur snygg du är…vilken fantastisk kropp du har. Ända sedan jag såg dig första gången så har jag velat ha dig. Det har varit en plåga att se dig med Denny…

Simone blev stel. Hon rörde sig inte och vågade knappt andas. Hon kunde ha vänt sig om och tagit ett par steg åt sidan. Hon hade kunnat säga ifrån. Puttat bort honom, som hon gjort med en del andra som närmat sig henne som om hon vore ett vandrande smörgåsbord att ta för sig av. Men inget i henne ville nu att Franke skulle flytta på sig. Nu stod han där, och höll om henne. Och andades i hennes nacke och sidan på halsen och viskade i hennes öra.

- Men Nic? Nic då?

Hon viskade knappt hörbart tillbaka. Som om hon skulle skrämma i väg honom om hon höjde rösten det minsta. Att pratet skulle bryta det magiska.

- Också i stället för dig.

Hon kunde inte tro vad hon hörde. Nu snurrade allt inom henne… Det var ingen trevlig upplevelse i huvudet. Men desto trevligare utanför. Men Simone kände sig stressad. Hon ville vända sig om och kyssa honom…men då var det kört. Hon visste precis vad hon ville göra med Franke. Men hennes rädslor tog överhanden. Hennes undermedvetna bestämde hennes nästa val.

- Ska vi fika nu då?

Rösten kom tillbaka. Frankes armar försvann och han backade en aning.

- Ok…

Hon tog brickan och svängde runt och gick mot dörren utan att vända sig om och se på honom. Men hon hörde att han gick efter. De satte sig i hammocken igen. Han såg på henne. Hon såg inte tillbaka på honom utan började att prata praliner i stället.

- Den här måste du smaka, den är doppad i en blandning av nougat och mörk choklad.

Simone tog en pralin och förde den resolut fram till munnen på Franke.

- Gapa!

Hon lät som om han var hennes lille son som skulle ta sin medicin. Han gapade utan protester.

- Mmmm…vad gooott… Är du lika god som denna? I så fall är jag redan beroende av dig.

- Nej, inte alls. Jag smakar som gammelfarmors gamla ulltofflor. Denny klagade jämt på det.

Hon fnissade och vågade titta honom i ögonen igen. Och Franke började skratta. Äntligen var det normalt igen. Simone slappnade av lite mer. Nu slog en bildörr igen, och en till några sekunder senare. Vid garageuppfarten nere vid vägen stod Schessmans stora bil. Nic, Lo och Belinda var hemma igen. Simone skruvade på sig och kollade snabbt hur hon och Franke satt. Om det på något sätt skulle synas, eller anas det minsta…att de nyss varit som limmade vid varandra. Stressade och förvirrade tankar satte fart i hennes hjärna.

Jag har väl inte gjort något? Var det någon så var det väl Franke? Gjorde vi något farligt egentligen…kan man inte krama vem som helst? Varför skulle man inte få krama om en av sina bästa vänner? Vad sa Franke egentligen...varför sa han så där...gillar han MIG? Jag har ju drömt om det...och kanske känt det...men nu har han sagt det...och det är alldeles overkligt. Vad ska jag göra...förutom att låtsas som ingenting? Jag blir tokig på det här...varför måste han göra så här? Fast jag vill att han fortsätter... men nej, det kan han inte, får han inte. Vi blir bedragare. Jag klarar inte av det!

Nic vände på huvudet i riktningen mot deras hus och fick syn på dem bakom buskarna. Hon vinkade. Franke reste sig direkt.

- Jag går dit. Vi...hörs.

- Japp.

Livet är så orättvist... Varför ska jag vilja ha den enda killen som jag inte kan få?

Simone kunde inte koncentrera sig på knappt någonting alls längre. Tankarna bara malde...men nu som en frustrerad, trögdragen kvarn, om och om igen, runt, runt, runt. Och hon såg ingen ljusning och slut på rundgången.

Elin kom hem, och ordningen var återställd. Simone gick till kylskåpet för att se ifall hennes mormor hade tinat upp något ätbart.

- Där är du. Äntligen! Nu ska du få hjälpa mig. Jag har fått svar för länge sedan. Av alla tre gubbarna. Ska jag visa vad de skriver? Du lovade, Simone!

Simone suckade, och var noll komma noll intresserad av att hjälpa mormor att välja gubbe. Simone var mer intresserad av att själv välja kille...någon som inte var förbjuden. Men den enda hon ville ha var förbjuden frukt. Det gjorde henne bedrövad och oinspirerad till allt annat.

- Jo, jag kan ju hjälpa dig lika mycket som du hjälpte mig med Sune.

Direkt fick hon dåligt samvete över att hon lät så elak. Hon brukade inte ha lust att häva ur sig spydigheter.

Elin tittade skamset på henne och såg också ledsen ut.

- Förlåt mig, kära lilla vännen min. Vi kan väl i alla fall säga att det var tur att den snälla invandrartanten tog hand om honom?

Simones ögon tårades nästan.

- Hon är guld värd. Och hon har ett hjärta av guld också. Förresten, vet du om att hon är religiös?

Elin studsade nästan till, och såg förvånat och nästan bestört på Simone.

- Men vad säger du? Är hon en sådan där konstig prick? Ja, vad får folk allt ifrån? Jag träffade en man en gång som var religiös. Han tjatade nästan hål i huvudet på mig…att jag skulle säga ja till Jesus. Vadå "ja"? Ja, tack? Ja till att han ska göra vadå? Han lever väl inte en gång? Det var ju för två tusen år sedan.

- Sonia säger att han lever, att Gud gjorde honom levande igen, och att han bor i hennes hjärta. Det sa prästerna på konfirmationen också.

- Vilka stolligheter och galenskaper. Nej, då tror jag mer på spöken och döingar som går igen, gamla släktingar som kommer och hälsar på och enerverande ex som hemsöker en. Jag tänker i alla fall hemsöka alla mina. Kom nu och hjälp mig.

Simone orkade inte argumentera emot mormor, som var alldeles för hetlevrad i sitt sätt jämfört med Simones mer dämpade grubblande nya sinnelag.

Hon satte sig vid Elins dator och kikade på dejtingsidans inkorg. Elin började läsa upp breven.

- Här är den första som jag skickade till, han som lät som om han ville ha en hund. "God dag! Så angenämt att du vill korrespondera med mig. Jag ber å det allra högtidligaste att få ditt telefonnummer så att jag kan få höra din ljuva stämma. Den måste vara ljuv om den kommer från en sådan ljuvlig varelse som på fotot. Önskar att vi ska kunna träffas för umgänge så snart som möjligt. Har dock en viktig fråga att ge dig först. Finns det en hängivelse för människans bästa vän, mån tro? Har hon hund? Det är inte ett krav men en önskan från min sida. Då är vi säkerligen själsfränder. Tango och hundar håller livslågan brinnande. Sänd ett svar snarast. Tillgivna hälsningar från Din Siegvard, alias "Tango med dig".
- Men NEJ, inte han. Vilket stolpskott! Du gillar ju inte ens hundar.
Simone skakade på huvudet och suckade.
Elin skrattade åt Simones kommentar så att hon nästan kiknade.
- Vad "byråkratig" han lät. Så där pratar man väl inte nuförtiden? Han måste ha fastnat i stenåldern. Du skulle dö av tristess. Och speciellt om hundar är det viktigaste i livet.
Simone tittade på Elin.
- Nästa.
- "Hola!" Nu är det den mystiske mörke mannen med båt. Åh, han är nog spanjor, och jag avgudar allt som har med Italien och Spanien att göra. Männen är sååå snygga där!
"Mitt stjärntecken sa mig att du är den rätta för mig. Idag skulle jag få ett särskilt givande brev som skulle förändra mitt liv, enligt mitt horoskop. Du är varmt välkommen ombord på min segelbåt! Sedan ska vi segla tillsammans till sjunde himlen och rakt in i evighetens kosmos. Vill du sväva med mig bland molnen? Väntar på ditt ja och sänder en het kyss genom

etern, mi corazón. Varma hälsningar från Salvatore, din kapten.”

Simone vek sig av skratt. Elin såg nästan lite förnärmad ut.

- Jag tycker att han verkar sympatisk. Och kärleksfull. Och jag åker gärna segelbåt till himlen med honom.

- Menar du allvar? En som vill segla kosmos runt med dig? Nej, nu går jag upp till mig stället. Du är ju helt snurrig i kolan.

Elin stramade upp sig och fick en mild och blid stämma.

- Snälla, bara lite till. Jag ska lyssna på dig. Här är den sista, som du tyckte verkade vettig. ”Tack för svar! Det gläder mitt hjärta att du ville skriva till mig. Jag har tänkt på det du skrev i din profil, och det känns som om vi två skulle kunna få det trevligt och givande tillsammans. Jag vill gärna veta mer om dig och lära känna dig. Jag vill fånga livets gyllene stunder med dig. Så skriv till min privata mejladress. Hjärtliga hälsningar Robbe, Rolf-Bertil.”

- Men mormor, han låter ju helt normal. Är han för normal för dig? Du verkar inte samla på alltför normala gubbar.

Elin tittade på Simone med en osäker blick och min.

- Jag vet inte. Han låter inte så spännande. Lite alldaglig och tråkig, tycker jag. Jämfört med den himmelske båtmannen som vill ta mig till stjärnorna.

- Gör som du vill. Det gör du ju i alla fall. Men jag röstar på Robbe reko, fast han är gammal.

- Hm…

Elin svarade inte mer utan försjönk i sina brev igen. Simone gick upp till sig och försjönk i sina grubblerier igen.

"_Torsdag 9 juli_

Kan man få ett krossat hjärta utan att någon har krossat det? Jag är kanske den första. Jag känner mig deprimerad och ledsen. Hur ska jag orka leva nu? Den kille som jag känner mig förälskad i vill ha mig. Men jag kan inte få honom. Han tillhör min bästa vän. Jag kan inte förstöra något för henne, för jag vet hur det känns. Jag har fått en vän som jag alltid har längtat efter. Det tog nästan hela mitt liv. Killar kanske det finns gott om, i alla fall säger mormor att "mister man en står det tusen åter". Det finns inte tusen Franke. Men jag vet inte vad Franke ser hos mig. Vad det är han gillar. Han säger att jag är snygg och har en fin kropp. Det är ju bara en del av mig. Jag är inte bara min kropp. Jag är Simone. Ser ingen hela mig? Eller gillar Franke hela mig...plus min kropp? Då är detta ännu hemskare och sorgligare. Hur ska jag orka fortsätta att träffa honom nu? Mitt liv var enklare när jag var ett litet barn. Det är ingen höjdare att bli äldre och fatta mera. Det gör ondare."

10.

Regnet hade öst ner ett par dagar. Typiskt växlande industri-semesterväder, som gjorde att familjer som laddat hela vin-terhalvåret nästan fick depressioner och gick i kras. Simone tyckte att även hennes liv liknade ett liv i kras.

Nic hade bett henne om skjuts ut till Franke. Själv hade Si-mone inga andra planer för dagen än att åka in en sväng till Hasselbro och bara flanera lite. För att åtminstone få någon-ting annat att tänka på än sina egna bekymmer. Kanske skulle hon kunna fynda något snyggt klädesplagg och få en liten glädjekick. Hon kände att hon skulle behöva det just nu. Det var inget stort utbud i Hasselbro precis. Hela fyra affärer med kläder i. En för tanter, en för barn och två för blandade åldrar, där det rätt som det var kunde hänga riktigt moderna kläder. Det fanns en stor fabrikslokal som hade kläder på tredje vå-ningen. Hyran blev billig på grund av lokalens läge och omo-derna utseende både invändigt och utvändigt, men det brydde sig ingen om. Det ledde ju till bra priser och fyndmöjligheter för kunden. Man kunde se att det fanns många osålda lager-varor från andra företag, som affären förmodligen hade köpt in billigt, men trots det så hittade hon ändå oftast någonting som hon föll för. Visst, nätet fanns ju att beställa på, men hon hade blivit besviken några gånger för mycket för att ha lust att fortsätta köpa därifrån. Det spelade ju ingen roll om utbudet var nästan obegränsat om inte kläderna såg ut som de gjorde på bilderna. Hon ville känna på materialen och mäta på sin egen kropp och helst prova allt. Färgerna stämde nästan aldrig heller. En fin korallfärg kunde vara skrikröd i verkligheten, en petrol på skärmen kunde vara för illgrön, och till och med ett till synes svart klädesplagg kunde vara blåsvart eller grönsvart i dagsljuset. Och hon orkade inte hålla på att skicka tillbaka och byta, och dyrt blev det också. Hellre en dunderfin lite dyrare tröja med rätt färg och längd och sköna material än massor av billiga och osköna i det som visade sig vara fel färger.

Hon släppte nu av Nic och fortsatte i väg direkt, och åkte åt motsatt håll mot vad hon brukade. Och hon körde rätt så fort. Hon älskade fart. I andra kurvan, till den lite större grusvägen, kom hon in i kurvan lite för snabbt och missbedömde lagren av grus och sand vid vägrenen. Mopeden klarade inte av att svänga överhuvudtaget, och för första gången fick Simone sig en funderare på vad gravitation för ett fordon betydde i praktiken, för hon kunde inte annat än bara åka rakt fram. Framhjulet gick inte att ställa om. Hon hamnade på sidan i det stora diket, rakt framför kurvan. Innan hon ens hann känna efter om hon hade slagit sig någonstans eller hann tänka på hur mopeden såg ut så kollade hon sig omkring ifall någon hade sett hennes vurpa. På vänster sida stod en kille. *Var kom han ifrån? Säg inte att han såg alltihop...*

Så fruktansvärt pinsamt...han måste tro att jag inte kan köra...och att jag är en idiot.

- Hur gick det? Är du skadad?

- Nej, nej…jag tror inte det…kanske högerknät lite. Knäppa moppe! Den gick inte att styra.

Han lyfte upp mopeden, eftersom hon låg halvt under den, och hon kunde sedan resa sig upp själv.

- Var kom du ifrån? Jag såg dig inte alls.

Simone tittade granskande på honom. Han såg snäll ut. Han tittade rakt på henne med fast blick.

- Gick en promenad bara. Det är så fint väder igen och man måste passa på.

Några sekunders tystnad gjorde att Simone tittade ner på marken och killen kollade runt på omgivningarna.

Simone kände sig tvungen att fortsätta prata, för artighetens skull.

- Bor du här i närheten? Jag känner inte igen dig. Inte från skolan heller.

Han log och pekade upp mot skogen.

- Där uppe bor jag. Flyttade in ganska nyligen. Nej, jag har inte gått någon skola här i närheten.

- Bor du på skrotgården?

Han log ett genuint och stort leende mot henne.

- Ja, det var visst ett par skrothandlare som bodde där innan. Och det kan man ju lugnt säga att det syns. Men det passade ju bara bra eftersom jag också har den typen av arbete. Pappa, eller han är inte min riktiga pappa, och jag gillar att återbruka gamla saker. Han är fenomenal på att få gamla saker att bli fina och värdefulla igen.

- Ahaa…okej, ni bor alltså där nu. Låter spännande.

Simone blev riktigt nyfiken, på både vad de pysslade med och på denne vänligt leende kille.

- Kom förbi någon dag. Så får du se vad jag pysslar med. Jag är nästan alltid på gården.

Är han tankeläsare...?

- Det vore jättekul! Tack för hjälpen. Åååh...det blev repor på tanken och skärmen. Typiskt! Ska se om den startar...

Den gick i gång direkt och Simone vinkade och for sedan lite mer försiktigt i väg, lite omtumlad av både själva olyckan och av att ha träffat en ny kille.

Han var jättesöt ju! Och vill att jag ska komma hem till honom. Hm...vad kan detta betyda? Att det är meningen att jag ska träffa honom i stället för Franke? Är det ödet...eller vad det heter?

Simone åkte, mer glad i sinnet än på länge, den ganska långa vägen från Röre till Hasselbro, och hon misstänkte att de som körde förbi henne måste undra vad hon hade råkat ut för, men inte bara på grund av repor och smuts på henne och hennes moped utan på grund av att hon dessutom åkte runt med ett leende som hade klistrat sig fast.

Efter dagens slut låg hon och funderade.

Hm...vad ska jag ha för strategi nu då? Om jag åker dit imorgon så verkar jag alldeles för efterhängsen. Åker jag dit nästa helg...nej, så länge kan jag inte vänta. Onsdag eller torsdag då? Onsdag är fyra dagar...det blir bra...det är lagom. Jag kan säga att jag hade vägarna förbi och skulle till en kompis i närheten. Det är ju sant. Både Vingen och Franke bor ju ganska nära, även fast jag inte ska dit.

Onsdagen kom till slut. Det hade regnat massor hela natten och vägen ut till Röre var ingen höjdare för en vanlig moped när halva vägen var lerpölar och gyttja. Men Simone brydde sig naturligtvis inte om det. Det var aldrig några väder som begränsade henne om hon hade mål som hon ville till. En massa minusgrader, hagel och snöstorm kunde dock få henne att omprioritera lite grann. Den här dagen körde hon ännu fortare än hon brukade, i ren iver över att komma fram snabbbare. Att behöva dra lärdom av den purfärska dikeskörningen fanns inte alls i hennes tankar. I nuet fanns endast målet framför henne, inte transportsträckan dit.

Det stänkte ordentligt kring hjulen och varken hon eller moppen klarade sig undan de bruna och svarta kaskaderna. Eftersom hon hade tagit den vanliga vägen till Röre, den som gick till Vingen, var hon nu tvungen att köra förbi familjen Vingstens hus för att kunna fortsätta vägen upp i skogen till skrotgården. Gasen i botten, snabbt som en oljad rem, åkte hon förbi huset och hoppades att inte bli upptäckt av någon. Ingen skulle få veta om detta möte. Ingen!

En vänstersväng ledde upp genom den ganska stora täta skogen som sedan inte slutade förrän Hökby började. Mellan Hökby och Röre rann det en bred bäck. I slutet av den, vid den bortre änden, låg den lilla byn Murrån. Där delade sig bäcken och den största delen av det rinnande vattnet gick över i en större å, som byn var döpt efter. Men genom skogen var bäcken smalare och porlade fint över stenar och rötter och svängde och förvann för att längre ner komma fram ur mossan och ljungen och mellan blåbärsbevuxna stora stenar. Så rann den i kringelkrokar genom skogen, och alla kallade bäcken för Källan. En stor bohemisk och lite gömd gård fanns en liten bit in i skogen, och där såg det ut som ”hej kom och hjälp mig" tyckte flertalet av Röres invånare. Man suckade och beklagade sig över att denna soptipp och skrotupplag var det ingen som tog hand om. Stället bara stod och blev mer förfallet för varje år. Tur att den anskrämliga gården inte syntes från vägen, tyckte man.

Simone visste att det hade bott ett par äldre bröder där som mekade med bilar och traktorer men sedan blev bortkörda. Det talades om belåningar och skulder och kronofogdar. Mer visste hon inte. Nu hade tydligen en ny familj flyttat in och hon var spänd på att få se hur gården såg ut nu, ifall den var tillsnyggad och uppgraderad till beboelig och till belåtenhet för alla i bygden.

Hon kände sig plötsligt lite tveksam, och blyg…mer blyg än vanligt…och nästan lite dum.

Tänk om han inte ville ha besök...på riktigt? Han kanske bara var artig...och bara kommer att skratta åt mig och tänka "vilken korkad brud som kommer"? Att "det fattar man väl att man inte bara kan komma hem till någon man inte känner och inte ens vet namnet på". Ska jag vända? Men han har nog hört mig redan...

- Nämen, hej! Vad kul! Välkommen hit!

Inte ett spår av något av Simones antaganden syntes till. Tvärtom, han såg jätteglad ut.

- Haha…har du bytt ut din vita Yamaha mot en stor dalmatiner?

Inte förrän nu tittade Simone ner på mopeden och granskade gyttjepölarnas efterlämningar på riktigt, från en vinkel mer snett från sidan. Hon måste också skratta, för ekipaget såg helt vilt ut, som något från tropiska vildmarken, eller rättare sagt från sankmarkerna där djur som behövde en lerinpackning mot insekter höll till och doppade sig.

- Japp, jag hittade honom efter vägen och bytte. Pongo Aerox heter han. Såja, fin vovve, nu får du vänta på matte här vid staketet.

Hon klappade skrattande den vita springaren med svarta fläckar över tank och skärmar och klev av. Simone var oerhört lättad över de första minuternas möte. Då hade hon inte feltolkat hans inbjudan, utan den var seriös. Hon upptäckte nu sina ben och fötter, som tydligt visade vilket underlag marken hade.

- Jag är visst släkt med Pongo, jag också. Äsch, det torkar.

- Jag höll precis på och rensade lite i landet och planterade ut lite skott från växthuset. Vill du se? Hur är det med knät, förresten?

- Jodå, det gick bra. Lite skrap och ett rejält blåmärke bara.

De gick runt det hus som måste vara det som man bodde i, och bakom det stod dels en ladugårdslänga och ett gammalt växthus. Det syntes att det hade varit med ett tag, förmodligen i decennier, och det hade spräckta rutor lite här och var. Bredvid växthuset såg det ut att vara ett nyligen tillfixat trädgårdsland, och där var rader med kupad jord med hög grön blast som stack upp, och lite smalare rader med ljusgröna och rödgröna mindre blad.

- Det verkar som om intresset på gården har varit för både metall och fordon och mat och växter. Och det gläder mig, för jag gillar alltihop.

Han pekade på växthuset.

- Här inne har jag satt tomater, paprika och lite kryddor. I landet har jag satt potatis, rädisor och rödbetor. Gillar du det? Vet du, det är bara att ta kärnorna från färska tomater och paprikor och lägga i jorden. Så enkelt är det. Och jag gick runt här och kollade efter gamla vissna växter och tog fröna som fanns kvar, och så sådde jag dem. Det verkar ändå som om någon har odlat lite här...fast det var nog länge sedan. Men jag gillar det fria och vilda också, även fast det kan vara lite svårt att urskilja vad som är vad här.

Simone kände att han var en hängiven och kunnig odlare och hon blev riktigt imponerad.

- Vad duktig du är! Är du trädgårdsmästare? Är du utbildad inom det här?

Han tittade uppskattat på henne och verkade glad över hennes visade intresse.

- Nej...jag bara gillar att jobba med händerna i jorden. Har nyss upptäckt det, och nu går det visst inte att få stopp på mig.

- Men skroten då? Håller du på med den också, eller är det bara din pappa som gör det?

- Jag kikar efter lite grejor ibland...om jag kan hitta något roligt att återbruka eller laga. Folk slänger så otroligt mycket roliga grejer. Och jag vet inte hur folk är funtade, för det mesta är det ju inget fel på, utan de verkar bara ha tröttnat på det...och vill ha något annat...något nytt, kanske bara för att det är nytt.

Simone nickade igenkännande.

- Ja, det kan man ju känna igen hos många...

- Titta här borta till exempel. Här ligger det cyklar, vagnar, bildelar, trädgårdsredskap, verktyg, och till och med ett par uråldriga mopeder...förutom all annan bråte i

högar...Virke, fönster, dörrar, badkar, stolpar, gatlyktor och you name it. Jag tänkte att jag skulle bygga lite roliga typer av planteringsanordningar och sedan sätta blommor i dem. Jag älskar att se när gammalt och slitet samsas med nytt. Det är som om de liksom höjer varandras värde, och man ser skönheten och tidens tand i det lite slitna och ser det potentiella och framtiden och det framåtsträvande i det som växer bredvid, eller i varandra till och med. De går hand i hand genom livet.

Han hade gestikulerat och pekat och berättat med inlevelse och vände sig nu mot henne.

- Haha…är jag för flummig?

- Nej! Det var jättefint beskrivet. Jag håller med dig helt och hållet.

Gud...vad fin han är. Vilken kille! Hur kan man vara så fin bara genom att prata om skrot och frön? Men...vem är han egentligen?

- Du...jag vet ju inte ens vad du heter?

- Gabriel. Angenämt.

Han bugade sig och log mot henne.

- Jag heter Simone. Men vad heter du i efternamn då?

- Ro…bara Ro. Som i frid. Eller i Fristad. Där kan man ju få ro.

Han log fortfarande, fast ännu större.

Simone blev alldeles paff.

Hur vet han vem jag är?

- Jag pratade med pappa om att jag hade träffat en fin tjej som hade åkt av vägen. Och han visste vem du var. Han kände igen dig på signalementen; Söt… vackra och lite ovanliga mandelformade ögon...i en grön färg som jag nog måste kalla äkta jadestensgrön…svarta ögonfransar som böjer sig uppåt och nästan krockar med ögonbrynen...hår som ser ut att vara tjockt men också så lätt och luftigt att vinden kan susa in mellan de soldränkta vågstråna och sandfärgade lockarna...ett hjärtformat ansikte...en rak liten näsa...en mjukt rundad haka…och en mun som ser ut att hellre vilja skratta än att vara ledsen. Pappa visste direkt att det var den yngsta dottern Fristad. Han känner alla överallt, känns det som…det är det bästa med honom.

Har han lagt märke till allt detta…bara på de få minuter som vi sågs när jag kraschade, tills nu? Det var det mest romantiska jag har varit med om i heeela mitt liv. Kan inte tiden stanna!

Simones kinder måste ha växlat från det normala till minst pionfärgade, gissade hon. Det gick inte att dölja hur överväldigad hon blev över Gabriels beskrivning av henne.

- Men var kommer du ifrån? Eller ni, menar jag…du och din pappa?

Gabriel såg på henne och såg helt plötsligt lite osäker ut på vad han skulle säga. Det blev tyst några sekunder.

- Ja…vi kommer ganska långt härifrån... På något underligt sätt kändes det som om det var närmare än man kunde tro, men ändå inte. Det var en bit hit i alla fall, söderut.

Det var kryptiskt…men jag frågar inte mer. Vill han berätta så får han göra det när det passar.

- Men varför just hit? Till skrotnisses gård...haha...av alla ställen som finns på jordklotet?

- Det var ju precis detta vi sökte efter. Right on target. Vi är lite speciella, tror jag.

Han skrattade och skakade samtidigt lite på huvudet. Simone log mot honom.

- Det är bara bra att vara speciell. Det är nog positivt.

- Du är klok du, Simone. Ja, vi ska vara sköna original, allihop. Precis som sakerna i skrothögarna. Alla har sin egen berättelse, sin egen historia om varför de har de skavanker och repor de har, och vilka de har tillbringat sina liv med. På det sättet är allt unikt här. Och du är ett original, Simone. Karbonkopior har bara andras identiteter tryckta på sig själva, i en blekare upplaga. De har ingenting eget att berätta.

De hade satt sig på några stolar som tillhörde en utegrupp i äldre stil, som stod placerade vid kanten av trädgårdslandet, som om någon medvetet hade tänkt att sitta där och bara njuta av att se hur allting växte upp och grönskade och gav mat. Solen började skina lite svagt mellan molnen, som inte verkade vilja spricka helt och släppa fram den, utan solen såg ut att liksom få tränga sig fram, pressa sig igenom.
- Ja, kom igen nu då, sol! Lys på oss! Och på mina grönsaker så de växer fort. Och på Simone, så hon torkar fort…haha!
- Haha…du är rolig du.
Simone gjorde en grimas åt honom men såg till att han fattade att hon bara skämtade. Hennes blick visade ändå tydligt att hon gillade honom.
De bara satt och njöt en stund, blev tysta tillsammans, utan att det kändes märkligt på något sätt. Simone kände sällan att hon kunde slappna av på det här sättet med någon kille. Det brukade bli krystat.
Hon tittade sig omkring för att försöka få en överblick över gården, helt ifred, utan att varken behöva komma med någon särskild utvärdering eller att Gabriel skulle känna att han behövde förklara och berätta om allt som fanns. Det var helt klart en plats som behövde lite mer kärlek. Den såg utsvulten ut. Mätt på ”skräpmat” men svulten på det som var gott och hälsosamt. Gårdens själ behövde harmoni. Tur att den nu beboddes av goda kreativa människor som ville förvalta det som gården ändå tycktes vilja ge, till människor som ville ta emot det. Här fanns potential för konstnärssjälar och

livsbejakare som såg det vackra i det förbrukade och det till-
växande.

- Var är din pappa? Jobbar han på fler ställen än på gården?

- Ja, han är en alltiallo, skulle man nog kunna säga. Är lite
här och där…och man vet aldrig så noga vad han gör från dag
till dag. Det är många som vill ha hjälp och han har svårt att
säga ifrån. Tror knappt att han kan det. Han har ett sådant gott
hjärta. Men han får akta sig så att folk inte utnyttjar honom.
Men han är en människokännare och det är tur det.

- Ja, det låter som den bästa pappan man kan ha. Till skillnad
från min…

 - Vi kan dela på min!

Gabriel log stort mot Simone. Men såg sedan lite allvarligare
ut.

- Hur är din pappa då? Har han inte varit som en pappa ska
vara?

- Hur ska de vara? Jag vet inte så noga. Jag har ganska bra
minnen av honom från när vi var små, kanske för att man är
i sin egen lilla värld då och inte förstår så mycket. Den sköna
barnbubblan. Man tänker ju inte på vad de vuxna gör, sinse-
mellan. Man ser inte riktigt den världen…eller man förstår
den i alla fall inte.

- Nej, många barn kanske är lyckligt ovetande…kan man
kanske hoppas.

- Undrar hur pappa mår egentligen… För att vara riktigt
knäpp så måste man väl må dåligt, eller hur?

- Definitivt. Vad man säger och gör visar nog hur det är ställt
inombords. Är man till exempel elak så måste man nog ha
problem med sitt hjärta och sin själ. Ord och handlingar blir
nog en termometer på hur man mår…om man behöver någon
typ av kurering, själslig medicin eller annan behandling.

- Hm…så har jag aldrig sett på det. Undrar hur många diagnoser man skulle sätta på min pappa? Svängig, från den ena stunden till den andra. Gubbsjuk. Där är en sjukdom, en verklig sjukdom, tycker jag. Svartsjuk är också en. Titta, nu har jag redan satt två diagnoser på honom.

- Ja, du ser. Avundsjuk?

- Verkligen. Han ville ha det andra hade. Till exempel vår grannes gigantiska hus och alla pengar. Och dyra bilar. Och dotter!

Nej! Vad sa jag nu…nu sa jag för mycket! Jag vill inte belasta Gabriel med min skit. Erase and rewind!

Det var som om Gabriel kände på sig vad Simone kände, eller om han såg det på hennes förändrade ansiktsuttryck. För han bytte samtalsämne.

- Ska vi göra spottsoppa?

- Va?!

Nu blev Simones ansikte som ett enda stort frågetecken.

- Haha…det är körbärssoppa. Men man måste spotta ut kärnorna.

- Jaha. Vilken tur. Ja, det lät lite godare.

- Det växer tidiga klarbär där borta, bakom den största skrothögen. Då måste vi jobba lite först.

- Det är bara kul att plocka bär. Jag har sommarjobbat hos Bonde-Kent som bor nästan borta hos oss, och plockat jordgubbar, hallon, vinbär och majskolvar. Och den monstruöst jobbiga flyghavren. Jag såg flyghavre varje gång jag blundade i flera veckor efteråt.

- Toppen att du är proffs på det! Då hämtar jag stegen.

Gabriel hämtade en lång stege, och de plockade en stor bunke med röda vackra klarbär. Bären låg som stora rubiner och blänkte i solen. Simone och Gabriel skrattade och småbusade med varandra medan de plockade och klättrade.

Finns det någon kemi mellan oss? Inbillar jag mig...eller finns det en glimt i de långa blickarna som han ger mig? Eller ger han dem till alla tjejer? Hur kan det kännas som om vi har känt varandra längre än några timmar...? Han känns inte alls som en främling...

De gick in, och Gabriel tog fram en jättestor kastrull och fyllde den med vatten.

- Man bara lägger i bären och täcker med vatten ända upp över bärkanten. Sedan kokar man upp och sjuder tills man ser att soppan får färg och bären känns mjuka och fruktköttet lossnar lätt från kärnan. Man kan göra den lite krämigare om man vill. Jag har inget socker hemma, men du kan hälla i det innan du äter, om du vill. Den kan ätas kall eller varm. En riktig vitaminkick!

- Låter helt fantastiskt! Jag måste nog åka hem efter det här. Ska förbi en till gård på vägen hem och mata min söta lilla godisgris. Jag har tagit hand om en liten kulting som inte skulle ha överlevt om han inte hade fått hjälp.

Gabriel gav Simone ett långt varmt leende.

- Tur för honom att han har dig. Men du får inte äta upp honom då. Jag menar, om han är söt som en marsipangris?

- Nej, kära nå'n! Ingen får äta upp honom, vilken smak han än har!

- Så bra. Det låter som en riktig lyckogris, som får så mycket kärlek och omtanke här i livet.

Han tog fram en stor plastlåda som han fyllde ända upp till kanten med soppan. Han sträckte fram den med en bugning.

- Varsågod. Guds gåva till människan. Allt i naturen är det.

Simone såg på honom, lite paff över hans ordval. Hon visste inte riktigt vad hon skulle svara på det, men tyckte att det var fint sagt.

- Ja…tack, snälla du!

Han följde med till mopeden. Simone visste inte riktigt hur hon skulle bete sig.

Kan han inte säga att vi snart ska ses igen? Jag törs inte… Snälla.

- Kom snart tillbaka, miss Fristad.

- Då kommer jag snart, unge herr Skrotnisse.

En utväxling av glada blickar, och Simone åkte i väg, men inte alls så fort som hon brukade utan mer betänksamt...som om hon ville att träffen skulle förlängas bara genom att det tog längre tid att åka därifrån.

"Onsdag 15 juli

Hur kan livet växla så fort? Nu vill jag leva igen och jag är glad igen!

En moppe som inte kunde svänga blev till min lycka. Ett blåmärke på knät och ett skrapsår blev bagatellpriset för att jag fick träffa en superfin kille och till och med komma hem till honom. Kanske kan det bli han och jag? Ödet får visa oss det. Längtar tills vi träffas igen. Fina, fina Gabriel!"

11.

Hela gänget skulle ses hemma hos Nic. Simone gick över till hennes lilla stuga på kvällen. Det var en fantastiskt fin kväll, perfekt ljummen och med en behaglig bris. Raul och Franke satt i den smala tvåmanssoffan när hon klev in, och Nic satt i fåtöljen. Det, plus en säng, var det som rymdes i större möbelväg i det rummet. En smal hylla stod vid sängen också, som Nic hade som både nattduksbord, prylhylla och bokhylla. Sedan var det ett öppet valv in till det lilla köket.

- Det var länge sedan. Var har du gömt dig sista tiden?

Raul tittade nyfiket på Simone. Hon försökte febrilt att tänka på någonting annat än Gabriel, för att inte rodna.

- Vadå, jag har grejat med allt möjligt. Varit hos Sune och Sonia till exempel. Och bara varit ute och åkt lite. Shoppat i Hasselbro också.

Nic tittade intresserat på henne.

- Hittade du något? De har inte världens bästa urval där. Tacka vet jag London.

- Det går ju inte ens att jämföra. Ja, jag hittade shorts och en tischa. Det får duga. London måste vara sååå coolt. Har aldrig

147

varit utomlands…om man inte räknar Ålandskryssningar förstås. Båten man spyr på stannar i Finlands hamn, och så vips
har man varit utomlands…haha! Jomen, heja.
Alla skrattade åt henne.
- Vi är hungriga. Ska vi sticka och palla majskolvar sedan?
Såg ett helt fält i närheten. Vi kan koka dem här, eller hur
Nic? Har du smör? Simone, du kan ju chokladdoppa dina.
Franke såg entusiastiskt på Simone och på Nic.
- Haha! Japp, taget! Men vi måste vänta tills folk har gått och
lagt sig. Annars blir det bråk och jag orkar inte med mer bråk,
inte för ett par majskolvar.
Raul måttade upp stora högar med händerna och slog Frankes
entusiasm med hästlängder.
- Ett par? Ett par stora kastruller fulla, menar du väl?
Simone fick ett styng i hjärtat.
- Inte Bonde-Kents majs väl? Han har varit superschysst och
hjälpt mig. Men jag vet ett annat fält lite längre bort, där de
inte är schyssta överhuvudtaget. Det finns vanvårdade hästar
där.
- Då är de värda att bli av med alla sina kolvar. Vi tar hästarna
också, när vi ändå håller på.
Nu blev Nic i gasen, och alla skrattade och höll med.

Efter att ha fikat och slappat så kom tiden när de tillsammans
gissade att folk som odlade grödor borde ha gått och lagt sig
för att orka upp igen på morgonen. De gick ut och promenerade i väg längs den mörka grusvägen. Skuggorna var täta
och fåglarna hade tystnat för länge sedan, alla fåglar utom de
hoande ugglorna. Fullmånen lyste nu som deras ljus, förutom
några enstaka gatlyktor glest utplacerade. Det var både läskigt och romantiskt på samma gång. Simone kände sig dock

inte rädd. Hon och Vingen var vana nattmänniskor. De brukade smyga runt i skogen ovanför Vingens och Frankes gårdar, och de hade lärt sig att hitta överallt, och de sprang med lätta, stora hopp över stenar och stockar och genom ris och snår. Mörkret blev inte alls hotfullt om man kände till omgivningarna tillräckligt. Det blev faktiskt tvärtom. De kände en trygghet i mörkret som de inte kände när de var helt synliga. Man kunde snabbt försvinna och gömma sig, ta täckning utan att bli hittad. För en van skogslöpare kunde natten och mörkret bli en omslutande vän. Och man färdades fritt utan att avslöjas, och man kunde till och med komma fram till sina mål utan att någon visste om det. Simone och Vingen brukade smyga på folk i stugorna. Och helst då på Frankes och Dennys familjer. På vintrarna kunde möjligtvis deras spår avslöja att ett par personer med mindre storlek på stövlarna av någon anledning hade kretsat runt i skogsbrynen och på tomten, utan att göra några mer närmanden och försök att få kontakt med de som bodde i husen. De kunde sedan berätta vad killarna hade gjort på kvällen, och få förvånade rop tillbaka över att de blivit iakttagna utan att ha haft en aning om det, vilket till sist gjorde att killarna brukade kika ut ibland på kvällarna och lyssna och spana efter fnitter och nya färska fotspår.

Nu fanns det inga tjocka snölager att pulsa igenom. Natten var helt underbar med sina dofter och sin somriga fräschhet och ljumma behagliga temperatur. Simone drog långa djupa andetag. Och hon log med hela kroppen, tyckte Raul. Han fascinerades över denna härliga tjej, som det var så lätt att vara naturlig med och som aldrig fick de typiska utspelen som tjejer annars brukade få, enligt honom. Raul gillade inte nyckfulla tjejer som betedde sig stroppigt och skulle låtsas att vara svåra att få, och liksom spelade ett tillgjort och planerat spel med killarna. Det var bara irriterande och inte alls attraktivt. I Simone såg han en jämlik, och som ändå kunde vara mjuk och behaglig. Och han var överraskad över hur rolig hon var. En önsketjej, kände han. Raul hade inte en aning om vad som rörde sig inom Simone, att hennes tankar var de motsatta och mycket mer komplicerade än vad som syntes utanpå. Den ångest som relationer till killar många gånger innebar för henne gjorde att hon var på sin vakt, nästan ständigt. Det fanns ingenting inom henne som sa att hon var attraktiv och värd att vilja ha ett jämlikt förhållande med, inte på det sättet som hon av hela sitt hjärta längtade efter. Inte ens Franke verkade gilla henne på det sätt som hon önskade. Att hennes kropp var ett bra redskap, i gemenskapens och tillhörighetens namn, det visste hon om. För det fick hon ständiga bevis på. Men att någon skulle vilja längta efter henne som person, och vara intresserad av hennes djupaste innersta och glädjas över att få dela allt själsligt med henne också…nej, de förhoppningarna och möjligheterna såg hon inte alls. Inte i hennes hittills sexton och ett halvt-åriga liv.

En svart spretig vägg tornade upp sig framför dem, vid sidan av grusvägen. Majsplantorna hade redan hunnit växa sig långa även om kolvarna inte riktigt nått sina fulla mått. De smög runt och plockade två stora kassar proppfulla, och sedan smög de i väg och tog en annan väg hemåt, som inte gick förbi själva bostadshuset. Simone drog med flit in gänget på en genväg som sneddade genom skogen och hem till Nic. Mörkret var så kompakt att man inte såg var man trampade, utan det kom bara en och annan svag strimma från månskenet som letat sig in mellan tallgrenarna och björkruskorna.

Simone tog täten och de andra ropade hjälplöst på henne hela tiden, men hon bara skrattade och retades med dem tillbaka. Killarna var inte vana vid nattpromenader till skogs, det märktes gott och väl. Raul tyckte att Simone skulle ta in i det militära och bli en officer som leder patruller i strid mot fienden, för då skulle de vinna överlägset med Simones känsla för lokalsinne och svår terräng. Fienden skulle inte ha en suck, utan bli överbemannade under sömnen. Hon bara skrattade åt Raul och menade att om han och Franke skulle försvara landet så skulle det gå trögt, och fienden skulle höra deras knakande och ropande på hjälp på mils avstånd.

De såg roliga ut när de kom tillbaka till stugan. Barr, löv, grenar och spindelnät hängde och satt fast överallt. Nic puttade ut alla ur stugan direkt, för avborstning. Hennes krypin skulle inte bli krypin för fler kryp, menade hon.

Simone och Franke hade mest dåligt samvete över pallandet. Nic sa att hon inte brydde sig och att ingen skulle varken märka att det förvann några kolvar eller svälta ihjäl för att de hade försvunnit. Raul var någonstans mitt emellan, men var jättenervös över att de skulle bli tagna på bar gärning, och att hans föräldrar skulle få veta om att han medvetet hade brutit mot ett av Guds tio budord; att inte stjäla. Moraliskt tyckte även han att det var fel, men i stunden såg han inte att det var något fel alls. Han höll ju bara i kassen och plockade inget själv, så han hann fundera på ett försvarstal om att han bara hade funnits som en förbarmande medhjälpare till brottslingarna och då endast ställt upp på sina kompisar. Att han såg lika mycket fram emot att koka innehållet och sedan njuta av smörbadande midnattskolvar…ja, det glömde han att ta med i sitt förmildrande brottsmålstal.

Det blev en kraftigt majsdoftande liten stuga som de spenderade natten i, men ingen behövde somna det minsta hungrig. De drog ner Nics madrass på golvet och lade ut täcken och soffkuddar och somnade i denna hög tillsammans, med Nic mellan Simone och Franke och med Raul längst ut bredvid Simone. Simone fick känslan av att någon medvetet hade tänkt ut en placering som skulle hindra henne från att ligga nära Franke…men vågade inte tänka på varför någon skulle ha gjort det.

De vaknade sent nästa förmiddag av att Belinda och Lo knackade på. Nic behövde hjälpa till med hundgården och valpköpare var på intågande. Simone gick in till sig och killarna åkte i väg.
På eftermiddagen kom ett meddelande.

”Nu har alla åkt. Kan jag komma över? Är du hemma?”

”Ja. Det går bra.”

Nic kom efter lunchen och de gick upp på Simones rum. Det var ett litet rum med snedtak på ena långsidan. Nic, som var längre än Simone, fick huka sig lite. Simone bredde ut sig ovanpå överkastet och Nic följde efter och slängde sig bakåt, som i slow motion. Sängen var i alla fall stor, även om allt annat var litet. Prioriteringar hade varit tvungna att göras vid möbleringen och Simone ville inte prioritera något annat. Hon tyckte att en säng var den ultimata platsen där man spenderade tid till allting; skriva dagbok, äta, kolla nätet, filosofera och sova. Ett kuddhav och fluffiga filtar gjorde att hela den stora sängen såg ut som ett inbjudande cumulusmoln för den som ville njuta av livets himmelska goda.

- Vad tycker du om Raul då?

Simone ryckte till lite av Nics oväntade raka fråga.

- Han är jättegullig. Jag gillar honom och ser honom som en vän nu.

- Inget mer? Inga flygande fjärilar och pirrande? Lite grann, va?

Nic fnissade och puttade med armen i sidan på Simone.

- Nej…inte hittills i alla fall. Men han är rolig. Och söt. Gillar hans skrattgropar och hans långa rufslugg. Han har skön humor också.

- Meeen…så tråkigt! Han är ju helt såld på dig. Det skulle vara så kul om ni också blev ett par.

Simone kände sig lite pressad och tittade dröjande ut över trädtopparna, med förhoppningen om att försöka finna ett passande svar tillbaka.

Vilket tjat det är om Raul hela tiden. Bara hon inte kommer in på Franke och börjar fråga om honom. Är det därför hon ska tussa ihop mig och Raul…så att hon inte behöver oroa sig för någonting?

- Vingen hade också Raul som förslag på ny kille, när jag tänkte göra slut med Denny. Men jag kan ju inte bli ihop med honom för att en majoritet skulle rösta på det.

De skrattade båda två.

- Hur kunde du hänga ihop med Vingen hela tiden? Det kan ju inte ha varit kul? Hon är ju hopplöst ute, med allting. Kolla hur hon är klädd och hur hon sminkar sig. Hon ser ut som en kille, med sina axlar och hur hon går. Och hon luktar jämt svett. Fattar inte vad Franke såg hos henne…helt obegripligt är det. En så het kille som han…som väljer henne, den minst heta bruden på hela skolan.

Nu känner jag igen skol-Nic. Det är fel på alla. Ingen duger och är fin nog, som hon. Den där överlägsna attityden orkar jag inte med. Tänk om hon säger likadana saker om mig…när jag inte är med? Hur länge duger jag? Vingen skulle bli jätteledsen om hon hörde allt detta. Tur att hon inte är här.

- Vingen har det inte så lätt hemma. De har det tufft ekonomiskt och det är massor att göra jämt. Det är knappt att de klarar av gården. Hon har helt enkelt inte råd med smink och nya snygga kläder hela tiden. Franke kanske ändå såg någonting speciellt hos henne? Hon kanske kan vara charmig på ett sätt som han gillade?

Simone kände att hennes puls hade ökat av samtalsämnet. Det var ett brännande ämne, och det kunde närma sig alla möjliga vinklar och sidospår som stressade henne enormt mycket. Nic fortsatte att storma på.

- Vad skulle det vara? Att hon är bra i sängen? Vet du om de har gjort det?

Simone vände chockat på huvudet åt Nics håll.

- Nej. Nej, det tror jag inte… Det borde hon ha berättat för mig.

- Jag har tjatat på Franke att vi ska göra det…men han bara hittar på ursäkter…vet inte vad det är för fel på honom. Han kan göra mig galen ibland, på fler än ett sätt…om du förstår vad jag menar.

Simone skrattade nervöst till.

- Vad jobbigt att bli galen på så många olika sätt. Du får inte bränna ut dig på Franke. Då kanske du blir som min mamma, som bara är trött och inte vill ha någon karl alls.

Nic såg på Simone med medlidande i blicken.

- Stackars din mamma. Och stackars dig. Och Vendela. Har du hört något från din pappa?

Simone skakade på huvudet och tittade upp i taket.

Fy...jag vill inte tänka på honom! Orkar inte prata med henne om allt. Kan man inte få glömma bara?

- Ingenting. Inte ett ljud. Men det kvittar… Jag vet i alla fall att han har en ny familj där borta i Brasilien. Någon brutta som säkert gör som han vill hela tiden…en som är hälften så gammal.

- Hälften? Det räcker nog inte. Min pappa är inte heller någon höjdare.

Nics röst ändrades en aning och Simone lade märke till ändringen. Den blev dovare och hesare.

- Har de det inte bra, dina föräldrar?

- Nej, det kan man inte säga. Allt går ut på konstgjord andning, varje dag, och att upprätthålla en perfekt fasad så att ingen märker alla fel. Jag tycker mest synd om Lo, som måste vara därinne och höra och se allt.

- Är han snäll mot henne då?

- Nej…det var länge sedan. Jag har ständigt dåligt samvete för att jag inte är kvar inne i huset och beskyddar henne. Men jag pallar inte mer… Mamma måste steppa upp och ta sitt ansvar nu. Hon kan inte bara jamsa på efter pappas pipa hela tiden och vara hans slav. Jag tänker aldrig någonsin bli något ens i närheten av en slav!

- Nej…varför skulle vi bli det? Det är faktiskt en fri värld.

Nic tände till ännu mer.

- Fri? Nej, den är inte fri! Men jag kommer aldrig att bli som våra mammor verkar vara. Din mormor verkar cool däremot. Hon är ett bra föredöme.

Simone började skatta högt.

- Hahaha...jo, bli som hon du, så ska du få se. Där är det tvärtom. I hennes värld är gubbarna slavar och betjänter som passar upp på henne, och duger de inte så får de sparken direkt.

Nic knöt näven i luften.

- Helt rätt! Heja din mormor. Man ska ta för sig av livet, på sina egna villkor.

- Jag vet inte... Det verkar vara en berg och dalbana, för hon är hysterisk varvat med uppspelt...och neråt bara om det inte finns några bra friare på reservlistan.

- Hon verkar helskön ju. Fast jag skulle inte orka med vem som helst...bara för att liksom ha någon. Då får det hellre vara lugnt ett tag, tills någon lämplig dyker upp. Som Franke, till exempel. Men du, VAD såg du hos lille töntige Denny? Han är ju en liten fjärt. En riktigt sur fjärt till och med.

Nu var det Nic som skrattade högt och länge åt sin liknelse. Simone blev lite irriterad, men försökte att dölja det så gott hon kunde.

Nu har Nic sågat både Vingen och Denny totalt...och det är de två som jag har umgåtts med under lång tid tillbaka. Skälet var att ingen annan fanns. Ingen annan tjejkompis i alla fall. Denny hade jag ju kunnat hoppa över...med facit i hand. Fast hon har ju rätt...jag har ju dissat båda två, och ingen var något vidare som varken kompis eller pojkvänsmaterial.

- Varför tog du inte Franke i stället?

Nej...nej...nej, inte den!

De mörkt stålgrå ögonen granskade Simones gröna, och verkade försöka skymta något avslöjande...gömt djupt där inne. Simone försökte kontrollera sina känslor, men det var inte enkelt. Under det tjocka håret doldes ett par blossande öronsnibbar.

- Så här var det...Franke bor ju bredvid Vingen, och de lärde känna varandra och blev ihop. De sågs väl förstås ofta enbart därför. Och sedan så brukade ju Franke och Denny hänga med varandra, och jag började gilla saker med honom. Till exempel att han kunde vara riktigt charmig emellanåt, och jag tyckte att han faktiskt var ganska snygg när han hade vissa kläder på sig. Helsvart passade han i, och då såg han till och med lite cool ut.

- Jaha, så han såg ut som tretton när han hade svarta kläder och tolv när han hade gröna? Jääätteattraktivt. Jämför honom med Franke. Förresten, det går inte. Glöm det. Det är som att ställa en "hundkoja" bredvid en Lamborghini.

Simone suckade försiktigt och tyst.

Jag håller med dig, Nic...och du vet inte hur mycket. Men hur skulle jag kunna säga det högt?

- Kan du inte prova Raul då?

Nic tittade lite utmanande på Simone.

- Prova? Handlar det fortfarande om bilar, eller?

- Det kanske skulle kännas riktigt schysst? Och utvecklas till något hett?

- Jag kan inte bestämma över mina egna känslor på det sättet. Jag försökte göra det, den sista tiden med Denny...men det funkade inte.

- Jaja. Hoppas att Franke blir lite mer rolig framöver. Börjar bli rastlös över hans präktighet. Vadå, han är snart sjutton...var ligger felet? Hos mig, eller?

Nic lät lite upprörd och såg även lite ledsen ut nu.

- Jag kan ju inte hjälpa att jag ser ut som jag gör...att jag inte har en så snygg kropp som du har...med kurvor som man blir sjösjuk av. Jag är skapad med en annan kroppstyp, en modellkropp. En sådan brukar ju duga i modetidningarna, men det duger minsann inte åt Franke…verkar det som.

Men tänker hon så? HUR kan hon tänka så?

Simone kontrade direkt, efter att ha hört något som var helt obegripligt i hennes egna öron.

- Men jag har alltid velat ha en kropp som din.

Nic vände huvudet mot Simones igen, tittade några sekunder på henne och gav henne sedan en stor kram.

- Menar du det? Att du skulle vilja byta ut dina bröst och din rumpa mot mina? Du som är så perfekt…

Simone skakade snabbt på huvudet.

- Nej, DU är perfekt! Mina bröst och min rumpa är bara i vägen. Killarna är helt fixerade vid dem och har varit det ända sedan femman. Jag har önskat bort dem hela livet…känns det som. Kommer inte ihåg hur det känns att inte ha killar som hela tiden glor på kroppen och dreglar…och jag är sååå fruktansvärt trött på det. Synd att vi inte kan transformera oss i en sådan där maskin som finns i filmer, där man byter kroppar.

- Tror du att killar känner likadant?

Nic såg fundersamt på Simone, som funderade ett par sekunder.

Och jag som trodde att jag var ensam om att känna så här…

- Jag vet inte. Det kanske en del gör. De verkar mäta sig med varandra, och de som är snyggast och mest vältränade får mest kommentarer. Och att de andra ser avundsjuka ut…i alla fall när det gäller att imponera på tjejer och få de snyggaste tjejerna. Denny skulle säkert vilja se ut som Franke eller Raul. Han sa att han ville bygga upp sig och inte se så liten och klen ut. Men då kan han ju börja med att träna lite då, och inte bara sitta hemma och slöa framför sina dataspel jämt.

Han behöver växa till sig och inte vara en bortskämd barnunge längre.

- Precis, där satt den!

Nic gjorde high five till Simone.

Elin ropade uppåt mot övervåningen.

- Nu är det maaaaat!

Tjejerna gick ner och såg att matsalsbordet i vardagsrummet var dukat.

- Vill du också äta här, Nicole?

Elin såg glatt på henne och fick ett nickande tillbaka.

- Tack, gärna.

- En till gäst kommer snart. Simone, kommer du ihåg Salvatore, från Veståkra skärgård? Han med segelbåten? Han kommer hit strax, så nu får du sköta dig. Och tänk om du hade haft lika flotta kläder som Nicole har på sig, men jaja, det får duga det du har.

Simone himlade med ögonen, suckade och tittade på sin mormor med skeptisk uppsyn.

- Ånej…det blev kosmosmannen. Det var snabba ryck.

Nic böjde sig fram och viskade till henne.

- Kosmos…vadå?

Elin sken upp.

- Han har åkt trettiotvå mil hit, bara för min skull. Jag är hans läckra smultronbåt, säger han…vad nu det är. Det måste vara något oemotståndligt. Ja, då har han minst två båtar nu då…hihi. Åh, nu blev jag påmind om den där romantiska filmen ”Smultronstället”. Så spännande detta är!

Elin svepte fnissade ut i köket och hämtade in karotterna. Simone tittade paff på henne när hon kom in tre vändor med saker i båda händerna.

- Men…har du lagat så mycket mat? Vad har du gjort för något?

Hon tänkte på att detta inte hade hänt sedan Boel och Vendela kom och hälsade på förra julen. Det fanns tydligen ett mönster i detta, att vid märkvärdiga besök så hände det plötsligt, som en blixt från klar himmel, att mormor lagade riktig mat. Det gällde alltså att bjuda hem någon lite oftare än en gång om året för att få slippa snabbmaten och halvfabrikaten. Men Folke verkade ha fått nöja sig med färdiggrillade kycklinglår från butiken.

- Jo, jag har lagat en medelhavsgryta med skaldjur och saffran, med ris till. Och spansk frittata. Och baguetter ska det visst vara till också. Han kommer ju från Valencia…tror jag det var…och jag tänkte att han skulle få en nostalgitripp, nu när han kommer. Jag har gågglat recepten.

- Wow, mormor. Jag blir riktigt imponerad. Men det heter gooooglat.

- Ja, jag blir också impad.

Nics och Simones komplimanger gjorde visst Elin alldeles yster och ännu mer uppskruvad, så hon började nynna på ”That's amore” och kunde inte sitta still alls utan dansade runt i hall och kök och såg nyförälskad ut. Det plingade på dörren och hon gav upp ett tjut.

- Oh! Han kommer, han kommer! Jag öppnar!

Elin nästan galopperade till ytterdörren, stannade och rätade till kjolen och håret och öppnade sedan med en sofistikerad gest. Utanför stod en lång och grovbyggd svarthårig man med marinblårandig kostym och en bukett röda rosor i handen. Han gjorde en gest med den lediga handen, som liknade den som matadorerna gör när tjurfäktningen är klar och de tar emot applåderna.

- Mi belleza! Äntligen träffas vi.

- Nämen…oooh! Kom in, kära du! Vilken underbar bukett! Har du köpt rosor till lilla mig?

Elin var överväldigad redan från sekund ett. Salvatore tog hennes hand.

- Nej, du är inte liten. Du är grandioso!

Elin visste inte hur hon skulle tolka "grandioso", så hon blev tvärtyst med en snopen min ett kort ögonblick, men sken sedan upp igen som en lärka i soluppgång under parningstid.

Salvatore klev in och tog av sig kavajen. Han följde efter Elin in till bordet och hon presenterade tjejerna.

- Paella! Du har lagat paella och frittata, mi corazón! Vilken kvinna du är! Jag känner redan doften från medelhavet och minnena från min barndoms ljuva dagar.

Nic viskade till Simone och de kunde knappt hålla sig för skratt.

- Han har alla gånger färgat håret…eller annars är det en tupé. Måste alla gubbar ha ölmagar? Om jag får en gubbe så ska jag se till att han aldrig får det. Min ska ha sexpack tills han blir nittio.

Simone och Nic skrattade och låtsades vara glada åt att ha blivit serverade en sådan delikat måltid med ett sådant eminent sällskap.

Salvatore såg ut att känna sig som hemma och verkade gilla att vara som en tupp i en hönsgård, omgiven av hönor som han tog för givet ville veta allt om honom. Han verkade vara van vid att få mycket plats och uppmärksamhet, och började berätta om sig själv.

- Jag arbetar inom medicinen och ger människor en god hälsa genom österländska metoder. Behöver någon bli frisk så har jag nålar, örter, healing och hypnos som behandlingar.

Salvatore såg mycket nöjd och stolt ut. Likaså Elin. Nic nickade positivt och bekräftande mot honom, men Simone kände att hon fick en liten klump i magen.

Snälla Robbe, snälla söta Rolf-Bertil... kan du inte komma hit och duellera med Salvatore och vinna mormors gunst i stället... och övertyga henne om att lagom kan vara bäst? Jag orkar inte med detta. Han är för mysko.

- Och hur träffades ni då?

Simone lät jättehurtig och tittade med ett överdrivet stort leende på Salvatore och mormor. Salvatore kom av sig och såg ut som ett spanskt frågetecken.

- Öh...

Elin fyllde i Salvatores påbörjade vokal och utandning.

- Vi fann varandra på det moderna sättet, som ungdomar använder sig av nu för tiden, förstår du, Nicole. Nätdejting heter det visst. Det är riktigt poppis bland äldre också, har det blivit. Jag menar för oss i den gyllene medelåldern.

Nu lutade sig Simone till Nic och viskade.

- Så då blir de alltså typ hundratrettio år nuförtiden?

Salvatore fortsatte att prata om sig själv och sitt liv och sina intressen, och nu handlade det om hans seglingar. Han skröt om hur alla damer ville följa med honom, som om han vore en kändis eller berömd världsomseglare.

Simone och Nic åt upp maten ganska snabbt, tackade för allt och lämnade bordet.

- Franke kommer snart, så jag går hem.

Simone såg på Nic och log.

- Tur att du var med under middagen, för jag hade inte orkat vara själv med dem. Vi hörs.

"<u>Torsdag 16 juli</u>

Jag får spader! Och klöver och ruter också, för den delen. Men inte hjärter, Salvatore får inget hjärta. Jag tänker kalla honom för Salvan hädanefter. Han är som en hemorrojdsalva. Stackars mormor. Hon är grundlurad. Jag känner i min mage att han är dålig för henne. Men hur ska vi bli av med honom? Mormor fattar ju så dåliga beslut hela tiden och förstår inte sitt eget bästa. Förresten, undrar om jag är rätt person att anklaga henne för det, med tanke på mitt senaste bottennapp...

Nic har varit jobbig idag. Hon brukar inte vara det. Inte den senaste tiden som vi har hängt ihop. Men jag fick höra idag att hon skulle vilja se ut som jag, och det fattar jag inte att hon ens tänker på. Det är som mamma sa, att ingen är nöjd med det som den har utan alla vill se ut som någon annan. Det kanske är likadant med allting? Saker, bilar, jobb, förhållanden osv. Är ingen nöjd? Gabriel måste vara nöjd. Och Franke. Jag ska åka till Gabriel någon dag. Det var så lätt att prata med honom och så avstressande att vara där. Ingen vet om att jag är där och ingen verkar känna honom. Men om hans pappa känner nästan alla så kanske han berättar saker för sin pappa, så då måste jag vara försiktig med vad jag säger. Franke är lagd på hyllan i alla fall och jag släpper honom från och med nu. Det blir bara fel alltihop. Jag åker till Sune och Sonia imorgon. Och så tar jag Gabriel i helgen. MIN Gabriel!"

12.

Elin tackade spontant ja till en liten seglingssemester med Salvatore, så Simone var ensam hemma hela helgen och även veckan efter. Hon orkade inte bekymra sig för mormor, för tillfället. Hon lyssnade ändå inte på vad Simone sa, utan körde sitt eget mormor-race. "En liten segling" kunde vara allt från att segla mellan skärgårdsöarna…till en flummig kärlekstripp till sjunde himlen och tillbaka, enligt Simones egna slutsatser. Hon hade i alla fall googlat på Salvatore Bouganino men inte hittat något skumt. Bara en hög med foton på honom och segelbåten och en hel del brunbrända fruntimmer. Men hon såg också en länk till en klinik med hans namn; Clinica de Salvatore, och där fanns alla de behandlingar som han hade räknat upp. Så han ljög i alla fall inte angående det. Värsta scenariot, i hennes huvud, var att mormor blev hypnotiserad och strandsatt på en öde ö med honom och inte kunde komma därifrån. Simone beslöt att försöka spara både på sin vilda fantasi och sin energi och ta den till det som hon själv behövde; Suneomsorg, mat för dagen och killbekymmer. Och möjligtvis lite shopping i Hasselbro igen. Mormor hade varit snäll och lämnat en tusenlapp till henne som skulle gå till mat, bensin till mopeden och eventuellt något klädesplagg.

Sune hade mått prima igår när de träffades och hans tillväxtkurva chockade både Simone och Sonia. Simone misstänkte att han fick bra mycket mer mat än vad han behövde av den godhjärtade gamla kvinnan. Nu såg pudelbröderna jämnväxta ut bredvid Sune, men de låg i lä när det handlade om växten på bredden. Sune var nu spolformad och bredast på mitten. Han verkade så lycklig och harmonisk i sitt grisparadis att Simone brukade bli alldeles tårögd av glädje när hon kom och hälsade på honom. Han kände alltid igen henne och gav henne sina små förtjusta skrik som svar när han hörde hennes röst ropandes på honom. Det gamla hotande bacontillståndet kändes nu fjärran från dem båda.

Denna lördag kändes verkligen som en dag gjord för att tillbringas på ett skrotupplag. Inte för att vädret var som skrot och metalliskt grått, utan för att solen sken och Simone såg både Gabriel och hans utemöbelgrupp och fina odlingar som lockande värmevibrerande hägringar framför sig. Solen brände ordentligt idag och Simone tog bara ett linne och sina svarta tunna viskosshorts på sig. Hon gjorde några varma mikromackor med smält ost på och drack den största tekoppen full med varm choklad och åkte sedan i väg mot Röre.

Hon körde en längre omväg genom skogen den här gången. Efter all tid och allt åkande och springande i skogarna runt omkring Röre så hade hon lärt sig omgivningarna väl. På det här sättet skulle varken Denny, Franke eller Vingstens få syn på henne. Hennes intensioner var knappast att dela med sig av Gabriels sällskap till någon annan. Hon ville inte att någon skulle veta om hans existens överhuvudtaget. Inte ens Nic, i förtroende.

Nu kom Simone uppifrån Källans norra del och hon körde mot Södra Källan längs hela bäcken på en mindre halvt igenväxt traktorväg. Det var otroligt vackert längs bäcken. Riktigt trolskt, som ur en sagobok. Hon stängde av motorn när hon rullade nerför den lite svagt lutande sista backen och svängde sedan in mot den vitflagnande grinden till gården. Ingen syntes till och inte ett ljud hördes, förutom alla småfåglarna. Men när hon gick närmare såg hon att gården inte var sig riktigt lik. Det stod fantasifulla skulpturer lite här och var, och på och runt en del av dem klättrade det blomrankor, eller så hängde det amplar där i stället. Hon log och förmodade att det var Gabriel som hade varit kreativ sedan de sågs sist och förverkligat sina tankar om återbrukad konst i kombination med växter och blommor. Hon tänkte att denna trädgård borde bli ett utflyktsställe för trädgårds- och konstintresserade och att det skulle kunna finnas ett litet kafé där också, som kanske sålde chokladpraliner till fikat.

Vi kanske skulle slå oss ihop…Gabriel, hans pappa och jag? Wow, vilken idé! Vilket superteam vi skulle bli!

Hon hörde plötsligt att någon visslade bakom huset. Inte maniskt och klämkäckt…utan med en vacker och nästan sorglig ton på melodin. Hon började att gå mot ljudet, men tvärstannade och stod blick stilla och bara lyssnade. Melodin gick i molltoner, och känslan som förmedlades gick inte att beskriva… Den fick en genklang i det innersta i Simones själ, och påminde henne om de kvällar som hennes ögon sökte sig ut och upp över trädtopparnas oändlighet…och som fick hennes hjärta att nästan gå i bitar av längtan ibland, utan att hon kunde sätta fingret på varför. En osynlig värld, utan en horisont en gång…så långt borta att den inte ens kändes verklig…tycktes döljas av moln eller stjärnor eller dimma eller enbart okunskap och ovetskap om att den fanns. Och hon längtade så mycket att det gjorde ont ibland. Nu kom den känslan tillbaka, sköljande över henne.

Vad är det med Gabriel, egentligen…? Hur kan hans visslingar få mig att känna så här? Är jag förälskad i honom…eller vad är det frågan om? Varför känns det så sorgligt i så fall?

Hon stod som i en drömvärld och bara såg bort mot skogen. Hennes ögon sökte sig ofta till skog, som om skogen ville förmedla någonting till henne eller symbolisera något för henne. Hon märkte inte att han hade kommit runt hörnet på huset och stod och såg på henne. Hans ögon var fyllda av kärlek…och av medkänsla och ömhet. För att inte genera henne började han att plocka med sina korgar med morötter som han hade dragit upp, och hon vände sig mot honom och hennes ansiktsdrag byttes ut ögonblickligen.

- Heeej! Så otroligt vackert du visslar.

Han kom emot henne med en knippe morötter i varje hand, lika hjärtligt glad som han alltid verkade vara.

- Tack! Ja, det är morötternas avskedssång och kallas för "La serenade adjöss de les carrots".

De började skratta och gav varandra en stor kram, och Simone fick jord längs ryggraden.

- Härligt att vara här igen. Bland jord och gyttja och allehanda godsaker.

- Kom, jag ska fixa till dig samtidigt som morötterna.

Han satte på vattenslangen och sprutade rent alla morötterna och vände sig om och sprutade ner Simone på ryggen.

- Neeeeej…aaah!

Simone skrek och hoppade runt och tog tag i Gabriel och brottade ner honom i rödbetslandet. Han tappade slangen och bara låg där och skrattade. Hans röd- och brunrutiga skjorta matchade färgerna i trädgården och i jordmyllan, men det gjorde inte Simones vita linne.

- Måste du alltid se ut som en dalmatiner när du kommer hit?

- Åh, du din…jag ska ge dig för dalmatiner! Måste jag alltid bli blöt när jag kommer hit?

- Haha! Jaa, och det spelar tydligen ingen roll vilket väder det är heller.

De reste sig upp och fortsatte att skratta.

- Jaha, då får vi väl torka dig igen då, i solen. Vi blir tvungna att sitta och sola igen. Suck, vilket öde. Jag hämtar morotskakan som jag har bakat. Förresten, jag har kokat grönsakssoppa också, med medelhavsörter i.

Simone slog sig för pannan och stönade.

- Säg inte ordet "medelhav". Mormor babblar inte om någonting annat. Hon har visst temaveckor nu, och samlar på allt som har med medelhavet att göra…på mat och båtar och gubbar med kliniker som håller på med hokuspokus.

- Ojdå, det låter som den mest suspekta sorten.

Gabriel log retsamt mot henne och hoppade undan när hon försökte ta tag i honom.

- Då får jag väl slänga i lite persilja och kalla den för äkta vikingasoppa. Det låter väl macho?

Gabriel gick in och hämtade en termos med kaffe och ett fat med prydligt upplagda rutor av en morotskaka bakad i långpanna. Ovanpå rutorna syntes ett vackert mönster av vit kräm.

- Varsågod och hugg in.

- Åh, vad goda de ser ut. Du är ju ett riktigt proffs.

Simone kände hur fikatarmen sög i magen och slukade tre rutor på raken och njöt sedan av det godaste kaffet hon druckit på länge.

- Det här blev full pott på läckerhetsskalan.

Hon gav honom en lycklig blick. De tappade solglasögonen låg kvar mitt i fårorna med rödbetsblast, så hon gick och hämtade dem och satte sig sedan i stolen och drog upp handtagen och sjönk tillbaka till ett behagligt ryggläge.

- Livet på en pinne?

Hon tittade förvånat upp på Gabriel och log sedan igenkännande mot honom.

- Kan man lugnt säga. Bästa pinnen i världen, tror jag bestämt.

Han sjönk också tillbaka i stolen och blundade mot solen.

Under solglasögonen kunde Simone smygtitta lite på honom, utan att verka stirrande och pinsam.

Inte illa alls. En riktigt angenäm utsikt härifrån. Vad är ett hav av blommor jämfört med detta? Jag har aldrig sett ett hår lysa i så många olika färger. Hans ögon är likadana. Han har en massa olika nötfärger i håret...hm, hasselnöt, rostad cashew, mandel med skal på, pekan...inte pistasch, hihi... Sen så är det guldskimmer, lite bronsslingor...det liksom glittrar om håret. Undrar om mitt hår glittrar? Ögonen är nästan i samma färger, tror jag...fast någon nyans ljusare, fast melerade i alla färgerna. Hans hår är i perfekt längd. Jag älskar när ett killhår är långt utväxt, så där så att killarna precis ska klippa sig. De fattar inte att de är snyggast då. Men han har ingen skäggväxt alls...konstigt, han är ju ändå några år äldre än Franke och Raul.

- Vet du, det kom en kille för några veckor sedan och lämnade en hel del värdefulla saker. Han var supertrevlig. Lång, såg vältränad ut, mörkt hår och bruna ögon. Han hade varit med och rensat hos en bekant, sa han. De hade gjort i ordning åt en gris i stället, så grejerna fick inte plats.

Simone satte sig tvärt upp.

- Franke! Det måste ju ha varit Franke, som lämnade Sonias saker här. Det är ju min lille Sune som du pratar om. Min älskling! Haha…ja, det var en hel del grejer som hon hade i sin lada.

- Jaså, känner du Franke?

På tonen lät det som om han redan visste svaret men ändå frågade för artighetens skull.

- Ja, visst gör jag det. Han är ihop med min bästa kompis, och har varit ihop med min näst bästa kompis.

- Är det en hobby han har? Att försöka vara ihop med så många av dina bästisar som möjligt?

Hon såg och hörde att han skämtade.

- Hm…nej…jag har bara en nu och förut hade jag bara en då också. Det kryllar inte av dem precis. De gömmer sig ordentligt när jag kommer.

- Vilka fynd han hade med sig, den där Franke. Jag har gjort konstverk av en del av dem.

- Ja, jag ser det. Det går liksom inte att missa dem…haha! Så fint det blev med blommor till.

- Det tycker jag också.

Ska jag våga fråga honom…? Om jag inget frågar så får jag ju inget veta, och jag orkar inte vänta på att få veta om jag får veta det någon gång.

Simone fortsatte att prata med solglasögonen ordentligt ner-dragna.

- Får jag fråga en sak? Du kanske tycker att jag är framfusig nu…men…är du ihop med någon?

- Ihop med…?

- Ja? ...tillsammans med någon tjej…

- Nej. Det har inte känts…känts rätt.

- Okej… Nej, det är viktigt att det blir rätt och känns bra. Jag har ganska nyligen varit ihop med en kille härifrån trakten, från Röre, och har sagt att jag inte vill det mera. Men han lyssnar inte och bryr sig inte. Han tror att han kan tjata sig till allting…jämt! Jag blir sååå trött på honom. Men nu har han gjort bort sig en gång för mycket. Jag har blockat honom på Messenger för att få lugn och ro.

- Ja, varför låta honom få som han vill, om det blir emot vad du vill? Du ska väl inte vara ihop med någon bara för att han blir jobbig på ett annat sätt än innan, när han också var jobbig? Det blir ju bara ett utbyte av jobbighet, plus att du kör över dig själv och dina egna känslor. Vem blir glad av det? Den som är jobbig?

- Haha, det där lät snurrigt värre…men vettigt. Jaa…det är ju så jag känner, egentligen. Men joo…HAN blir ganska glad om han får sin vilja igenom.

- Är det meningen med ditt liv…att göra jobbiga människor, som kör över dig, glada och nöjda?

- Det känns så.

- Men glad? På vilket sätt? Det låter rätt egoistiskt, tycker jag. Hur menar han att din vilja kommer in i bilden och att DU också blir glad?

- Jag får vara glad att han vill ha mig…och jag får en gladare kille efter mig, om jag gör som han vill.

- Varför ska han vara efter dig? Varför ska någon kille vara efter dig?

- Jag vet inte. Det brukar vara så. Jag är väl van. Guuud…vad stöddigt det där lät! Som om jag är världens mest eftertraktade tjej. Jag både vill och inte vill, tror jag. Skulle killar försvinna, och ingen vill ha mig…så skulle jag nog bli ledsen och rädd att det bara skulle vara en massa fel på mig, och tro och känna att jag är konstig eller något. Men det gör jag ju i alla fall, sååå…what's the point?

- Kanske är det ett tomrum inom dig, som du försöker fylla? Men du måste nog bestämma dig. Hur ska du kunna säga ifrån annars? På allvar, menar jag?

- Jag har försökt.

- Har du fått vara helt ifred någon gång?

- Ja…nej…väldigt korta perioder. Jag blir deppig då och känner mig så ensam, på något konstigt ångestfyllt sätt. Kan man vara beroende av sällskap?

- Men…är det där verkligen sällskap? Att vara med någon behöver inte betyda att man har sällskap. Sällskap låter mer som någon man är god vän med och har ett ömsesidigt och givande utbyte med. Men det du berättar låter mer som att killar vill fånga dig och ha dig för sin egen skull, på deras villkor. Och som att du hellre vill ha deras ytliga umgänge än ensamheten.

- Men vad ska jag göra då?

- Det kanske är så att det är just killarna som hänger efter dig som du INTE ska vara med?

- Vad menar du? Vem ska jag vara med då?

- Den kille som är annorlunda…och ser på dig på ett annat sätt...kanske inte jagar dig och tjatar på dig…utan väntar på dig? Respekterar dig. Och den killen kanske också har en respekt för sig själv och sina egna känslor, så att han tänker att ifall du vill vara med honom så visar du det. Och han har förhoppningar om att du också ska lägga märke till honom och tycka om honom för den han är. Den hela han är.

- Så har jag aldrig tänkt…i alla fall inte angående någon kille. Oj…vad du vet mycket. Var har du fått allt det där ifrån? Har du varit ihop med så många att du har alla de där erfarenheterna? Jag menar, varför kan inte de andra fatta det du fattar?
- Det kanske är du som ska fatta först? Men jo…jag har varit med ett tag. Och reagerat på det vi pratar om. Men det är inte som du tror. Jag har inte varit ihop med en massa tjejer.
Okej… Han blir bara finare och finare…

Simone hade ingen aning om hur lång tid de hade suttit där och bara njutit av vädret, dagen tillsammans och det sköna i livet. Det som verkade spänt med andra…fanns inte i närheten av Gabriel. Det var som om stress och oro inte fanns i honom. Simone kände att hon kunde andas ut, och hon släppte sakta ner garden för varje timme hon umgicks med honom. Han skulle inte såra henne, och hon kunde lita på honom. Han hade inga tricks, inga falska fasader, inga baktankar…inte som hon såg något spår av i alla fall. Det var någonting i luften, i atmosfären, som kändes så skönt. Fast han kunde vara rak när han pratade med henne så blev hon inte stött, som hon kanske skulle ha blivit om någon annan hade sagt samma saker. Hans ord liksom träffade henne, rätt in. De var sanna, det kände hon. Men de var sagda på ett sätt som innehöll så mycket omsorg om henne i botten. Ju mer de pratade, desto mer nyfiken blev hon på honom. Han var hennes mystiska hemlighet. Franke hade varit här men han hade ingen aning om att Simone vistades här också, och att hon och Gabriel på ett nästan övernaturligt sätt hade fått en vänskap och en kontakt som inte var möjlig att få, inte på så kort tid. Ingen tjej skulle få stjäla denna gömda diamant.
- Var har du din pappa då?

Simone kom på att det var helg och att hon inte hade varken hört eller sett en skymt av Gabriels pappa.

- Vet inte riktigt. Än här och än där…vem vet. Han är fullt kapabel att klara av alla livets situationer.

Han log mot Simone, som log tillbaka.

- Undrar om han har några tips att ge till min mor och min mormor? De är vuxna, och ska vara självständiga, men ändå känns det som om det är jag som får hålla på och ta hand om dem och oroa mig för dem.

- Han har nog ton av tips. Vi får ta det när det passar.

Han såg lite hemlighetsfull ut och vände sedan bort huvudet och spanade in mot huset.

- Vill du ha med dig lite soppa hem, och morotskakor? Så du inte svälter ihjäl?

- Såklart att jag vill. Vad gullig du är!

- Jag är strax tillbaka.

Han gick in i huset och kom efter några minuter ut igen med en tygpåse som såg fullpackad ut.

- Tack, snälla! Jag ska tänka på dig när jag äter allt det goda.

Simone tog påsen och gick mot mopeden. Hon vände sig om.

- Har du någon mobil?

Han skrattade och skakade på huvudet.

- Nej. Jag behöver ingen. Och du har utstrålning så det räcker för oss båda. Det kan bli en överdos, vet du.

- Haha…nu var du så där rolig igen. Hur får du kontakt med omvärlden då? Jag tycker knappt att det räcker med en mobil.

- Precis. Den räcker inte. Ingenting räcker till slut, fast vågorna är överallt. Till slut når vågorna över huvudet på människor…och fast man är i kommunikationens hav så hör man inget annat än bruset och dånet från alla vågorna.

Han såg helt plötsligt så allvarlig ut att Simone funderade på vad han egentligen pratade om. Det verkade inte handla om mobiler längre.

Så annorlunda han är. Ingen jag har träffat liknar honom. Så nära till skratt hela tiden…men ändå så nära till…sorg, tror jag det är. Så i nuet…men helt plötsligt så långt borta i tankarna. Som om han inte var här överhuvudtaget ibland. Men han är inte konstig på ett negativt sätt. Bara inte lik någon annan. Som från en annan värld. Och den världen skulle jag vilja komma in i, tillsammans med honom. Resten struntar jag i. Han håller nog på och vinner mitt hjärta totalt. Och inte en gång har jag sett att han glor på mina bröst eller min häck. Vilken befrielse DET är!

Hon såg honom djupt in i de melerade ögonen och log.

- Ha det så mysigt nu, i din vackra trädgård. Den är alldeles strålande.

- Där var du snabb! Så då får jag en massa strålning i alla fall. Ja! Jag kan kalla skrottippen för "Strålande skrot AB". Alldeles självlysande!

- Du är ju för himla skön…

Simone gav Gabriel en stor kram och gick bort och satte sig på sin moped.

- Hej då, vi hörs! Nej, vi ses, menar jag! Det går ju inte att höras med dig.

Han vinkade och stod och såg länge efter henne. Hennes vita och svarta Yamaha blänkte till av solens reflektioner i lacken emellanåt och hennes vita hjälm likaså. Hela hon var vit och svart förutom det fladdrande guldfärgade håret. Hon svängde av från grusvägen…och han vände sig om och började att vissla.

13.

Det var sommar, med långa dagar fyllda av friheten att följa det man själv ville göra, och det gav möjligheter att ligga vaken länge på kvällarna och bara filosofera eller strötitta på någon typ av underhållning. Simone vände på dygnet som man kan vända på en klack. Elin var inte heller så noga med rutiner, vare sig hon var hemma eller inte. Alla i familjen var helst nattugglor, utom Vendela.
Den här söndagskvällen kom ett oväntat meddelande på chatten.

"Hej, är du vaken?"

Simone hade inte förväntat sig att Vingen skulle höra av sig, inte något mer överhuvudtaget. Och själv sörjde hon inte över det, utan kände sig direkt både arg och ledsen när hon läste hennes fråga.
Vad i...? Tror hon att jag ska svara snällt och glatt och bara låtsas som om ingenting har hänt? Hennes pappa är en grismördare och hon själv är jätteelak. Mot Franke också.

"Jaa."

"Jag saknar dig. Kan du förlåta mig för att jag var så dum
sist?"

*Hur ska jag nu göra? Hon ber faktiskt om förlåtelse... Då har
hon alltså fattat hur dum hon är. Vill jag umgås mer med
henne då? Jag litar ju inte ens på henne, och speciellt inte nu
längre. Hon kommer bara att lägga sig i vilka jag umgås med
och bli avundsjuk på att jag är med Nic, Franke och Raul.
Hon kan ju bli ihop med Denny i stället...eller hans bror.
Hm...blir jag tvungen att tänka som prästen lärde oss...om
det där med att göra mot andra det som man vill att andra
ska göra mot en själv? Gäller det jämt? Om någon har varit
elak, och bara fortsätter att vara elak...ska jag då bli tvungen
att vara supernice mot den hela tiden, bara för att jag vill att
den ska vara det mot mig hela tiden? Det blir ju jätteorättvist.
Eller handlar det bara om att försöka att inte hämnas till-
baka...och att inte gå och vara bitter och må skit? Jag måste
ta reda på att hon fattar.*

"Hallå? Är du kvar?"

"Jag tänker. Vad menar du med "var så dum"? Vad är det du
säger förlåt för?"

"Jag sa en massa dumma saker. Både om dig och de andra.
Jag skiter inte alls i dig. Bara i dem. Men jag erkänner att jag
inte var bra för Franke."

"Ok. Det räcker. Jag godkänner ditt svar."

"Gör du? Så glad jag blir! Är vi vänner igen?"

"Och Sune då?"

"Vadå, Sune? Du har ju hämtat honom. Lever han inte?"

"Tyckte du att det var snyggt gjort av din pappa? Du lovade mig att jag fick ha honom hos er och att vi skulle ta hand om honom tillsammans."

Jag skulle kunna dissa henne bara för vad hon har gjort mot Sune. Så gör man inte! Hon bröt sitt löfte, och pappan också. Löften är till för att hållas. Och speciellt om man är vänner.

"Bli inte arg igen nu, ok? Så ska jag erkänna en sak."

Nej...vad kommer nu?

"Ska försöka."

"Det var inte pappa som sa att din gris skulle slaktas om du inte hämtade honom. Det var jag som bestämde det. Jag var så arg på dig. Förlåt! Glöm inte att du lovade att göra vad som helst för mig, för att du fick honom."

Lägg av! Hur hemsk får man vara egentligen? Kan man bli hemskare än Vingen? Jag förlåter henne aldrig! Jag tänker inte svara henne, och tänker inte låtsas som att hon finns en gång. Nu räcker det! Punkt slut. Ska jag hålla mitt löfte när hon först har brutit sitt?

Simone kastade mobilen i väggen och den åkte ner i golvet med en smäll, och skalet lossnade och skärmen sprack. Ett mönster likt ett spindelnät syntes, som tur var med tunna fina trådar. Hon kunde inte stoppa tårarna.

Nästa dag vaknade Simone sent på förmiddagen, med det som kändes som ett helt gäng kopparslagare i huvudet. Boel kallade det för skallebank, och nu refererade Simone till sin mors ord och kände att hon visste vad hon talade om. Det var ett bankande. Ögonen var rödsprängda, och svullnader som hon inte brukade ha syntes under ögonen.

Är det så här "påsar" ser ut? Hängande påsar som går att trycka på som små kuddar, och ögon som man kan räkna blodkärlen i? Jag ser ut som minst fyrtio år nu, en fyrtioårig fyllekaja som har druckit whiskey i fjorton dagar. Suck... Men nej, jag får inte tänka på Sune och Vingen nu, för då börjar jag gråta igen, och då kommer påsarna att utvecklas till fallskärmar som nyss landat och ögonen förvandlas till zoombiestuk. Vad ska jag tänka på då...? Jag tänker inte åka till Gabriel så här, och förresten så upplevs jag nog som efterhängsen om jag åker dit idag. Jag går till Nic. Hon kommer att förstå.

Fast det var en gråmulen, och enligt de flesta en trist sommardag med mellanväder, tog hon på sig solglasögonen och gick ut. Nic var inte i sin stuga. Båda deras bilar var borta. Simone gick in igen och väntade och försökte fördriva tiden genom att se på en film i stället. Magen signalerade att den var i akut behov av att fyllas med någonting energigivande, så hon öppnade kylskåpet och gick snabbt igenom hyllorna;

...tuber, burkar, flaskor och utgången lättmjölk...brunprick-
iga bananer, lök och en rutten halv gurka...nagellack, batte-
rier, ostkant och parfymer.

*Nämen...vilken fantastiskt inbjudande buffé man skulle
kunna göra som brunch; mormor Elins smoothies med lack-
smak, vilken färg du vill, toppad med riven ostkant. Varför åt
jag upp allt av Gabriels soppa igår, och alla rutorna? Men
det gick ju inte att låta bli. Han gör ju allt alldeles för gott.
Jag får kolla frysen. Åh, vilka fynd...påsar med blåbär och
hallon från förra året och en köpepizza med knallcerisa äck-
liga grisköttsbitar. Nej, jag tänker vara vegetarian! Demon-
strera för min Sune...min älskade lille gosing...nej, nu bölar
jag igen... Jag tar bären och värmer dem i mikron. Det blir
ju en nyttig frukost, trots allt...snyft... Grisfri i alla fall!*

Filmen var ett dåligt val. Den handlade om olycklig kärlek
och tragiska livsöden och spädde bara på Simones sinnes-
stämning ännu mer. Stämningen i filmen fyllde henne med
ångest och rädslor blandade med uppgivenhet. Hon gick upp
och lade sig på sängen och skrev av sig, som hon brukade.
Det var hennes bästa ventil.

"Måndag 20 juli

*Jag känner mig så ödslig inombords. Vad är det för fel på mig?
Borde jag inte vara lycklig och må bra? Känner mig bara mer
och mer ledsen. Är det någon idé att vara på det här jordklotet
och kämpa överhuvudtaget? Jag tycker att jag har kämpat i
hela mitt liv. Varför råkar just jag ut för så mycket jobbigt och
så många jobbiga människor? Är jag en svamp, som suger åt
mig alla jobbiga, eller är det egentligen mig det är fel på och
jag är blind som inte ser och fattar det?*

Jag försöker att vara ärlig mot alla. Jag vill göra goda saker. Jag vill tro att det finns en god kraft, en Gud som är god och står för allt som är gott här i världen. Och jag vill tro att det goda finns i människor också. Varför är människor då så elaka mot varandra och mot djuren? Varför bryr man sig inte mera, och varför förstör man jorden? Tänk om Gabriel vore stadsminister. Så mycket bättre världen skulle se ut! Eller i alla fall här. Hans pappa verkar vara snäll och god. Han kanske skulle kunna vara stadsminister? Har han uppfostrat Gabriel så bra, och han är det minsta lik sin pappa, då måste han vara awesome! Jag kan bli livsmedelsminister. Näringsminister, som ger näring till folket genom goda livsmedel. Jag kanske ska kämpa för det? Kanske ska jag göra nyttiga praliner? Praliner för både små och stora. Grispraliner för grisen, med rivna morötter och äpplen i. Mörka chokladpraliner för oss, med frön och nötter och bär i. Klimatsmarta och ekologiska praliner. Gabriel kan bli finansminister. Han och jag hamnar i skvallertidningarna, eftersom vi inleder ett förhållande och sedan gifter oss i ett riktigt pampigt bröllop. Och sedan blir vi världsberömda med våra snilleidéer om att återbruka skrot, tillverka nyttig mat och alltid leva i harmoni med varandra och naturen. Ja, det vore något!"

Helt plötsligt kände Simone att hon låg och log åt dagboken. Hon kände sig lättare i både själen och i huvudet bara av att ha skrivit, filosoferat och lättat på trycket lite. Hon vände sig om till ryggläge och blundade en stund.

Alltså, jag får ingen ro här hemma. Haha…ingen Ro! Ingen Gabriel här hemma. Nu var jag vitsig. Jag vill bara åka dit igen. Om jag härdar ut idag så åker jag dit igen imorgon. Då kanske ansiktet och ögonen har återhämtat sig också. Nej, nu måste jag skaffa mat. Jag fick ju faktiskt pengar av mormor. Ska jag beställa online eller ska jag åka och handla? Inget

*svårt val alls…som jag ser ut. Jag beställer mat med hemkör-
ning så behöver jag inte bekymra mig för det sedan.*

14.

Natten hade gjort sitt, tillsammans med massor av iskallt vatten som Simone med jämna mellanrum blaskade ansiktet med. Den här förmiddagen hade hon minsann ätit en riktig hotellfrukost, enligt henne själv. En ren kompensationsfrukost med fil, nyttig müsli, fröknäcke, god ost, honungsmelonklyftor, jordgubbar och en egenkomponerad cappuccino med pudrat chokladpulver ovanpå.

Nu satt hon mätt och vid gott mod på moppen. Det var lite svalare väder, och hon tänkte några sekunder lite avundsjukt på sin mormor som befann sig vid kusten och antagligen hade över trettio grader och gassande sol. Fördelen med Bäckmål var att Simone slapp gå omkring och passa och vattna trädgården så att den inte torkade. Vingen hade inte hört av sig något mer. Och inte ett ljud hördes från Nic heller. Franke hade bara skickat några foton på sig och Raul, från deras tripp in till huvudstaden. Franke hälsade på hos några äldre kusiner och Raul hakade på. Dessa stiliga kusiner var två tjejer och deras bror, och deras uteliv liknade varken Bäckmåls eller Hasselbros på en enda fläck. Franke och Raul bytte för en vecka ut tält, mopedturer och små simbassänger mot fester, barbecues och bad i havet vid skärgårdens lyxiga semestervillor.

Men Simone ville inte byta med dem. Hon ville bara till Gabriel, och gladeligen få ha honom för sig själv. Det som skavde i henne var att hon kände att hon inte åkt ut tillräckligt ofta till Sune och Sonia, men hon visste att de hade det fantastiskt bra ändå. Men hon även längtade dit, för umgängets skull, för de spred en sådan kärlek båda två. Målet hon hade satt upp var att hälsa på minst två gånger i veckan, och med jämna mellanrum dessutom leverera mat från Bonde-Kent till lille Sune.

Det var skönt att åka i långbyxor den här gången och hon var glad över att hon hade tagit på sig sin jeansjacka ovanpå sommarblusen. Det fläktade ganska kallt. Nu tänkte hon göra tvärtom mot vad hon hade gjort senaste gången. Hon åkte extra sakta förbi Dennys hus och Vingstens gård. Men hon vände inte huvudet en millimeter åt sidan för att titta ifall någon såg henne. De kunde gott tro att hon hade massor av nya vänner i Röre och mängder av roliga ställen att åka till, och att hon inte alls satt hemma och saknade och sörjde någon av dem. Och de kunde gott se att hon inte tänkte stanna till vid ett enda av deras hus. Hon var helt enkelt inte intresserad av deras vänskap längre. De hade svikit henne en gång för mycket, båda två.

Södra Källans originella skrotplats såg ut att stå öde och tom idag. Grönsaker såg ut att vara nyuppdragna och det såg liksom lite tillputsat ut. Blommorna som klättrade och delade sina liv tillsammans med Gabriels konst såg ut att må bättre än någonsin. Simone parkerade och gick en liten vända i trädgården. Växthuset var fullt av grönska men det såg också nyskördat ut. Ingenstans syntes hennes visslande snygging till. Hon gick bort till ytterdörren och knackade med den tunga gamla ringen av järnsmideskonst. Efter en liten stund öppnades dörren och Gabriel stod där, leende mot henne som vanligt.

- Kommer det så vackert sällskap hit? Välkommen in!

- Tack! Har du tid då?

- Alltid för dig. Det vet du. Det är mina höjdpunkter, när du kommer hit.

Hon gick efter honom in i vardagsrummet, och de slog sig ner i varsin tjockt vadderad mörkgrön sammetsfåtölj.

- Jag har kokat lite kaffe och bakat en supersaftig chokladkaka med rivna rödbetor i. Är du sugen på fika? Vågar du provsmaka?

- Självklart! Ge mig allt som du gör, för jag verkar bli lycklig av det.

Hon hörde skrattet hon älskade så mycket från köket.

Simone passade på att studera rummet lite noggrannare. Det såg ut att vara en salig blandning av stilar och årgångar på hela inredningen. Hon spanade efter några fotografier på Gabriel. Nyfikenheten hade ökat med stormvarning, likaså när det gällde hans omtalade men aldrig närvarande pappa. Det fanns bara några uråldriga svartvita foton på tanter och farbröder som såg ut att vara från artonhundratalet, och så gammal kunde inte hans pappa vara. Det stod inga blomkrukor i fönstren, men på bordet bredvid fåtöljerna stod de vackraste buketterna som Simone hade sett i hela sitt liv. Och de doftade gudomligt.

Gabriel måste ha estetiska gener, för annars kan man inte skapa så mycket vackra saker. Allt han rör vid verkar bli vackert och himmelskt gott. Undrar om det är deras egna möbler eller om det är lämnat från gubbarna som bodde här förut...

- Var det möblerat och klart när ni flyttade in här?

Gabriel satte sig och serverade henne sin läckra kaka, som hade smält choklad inuti och som nu sakta och trögflytande rann ut över fatet.

- Oj...hjälp, vad gott det där ser ut! Och vilken vacker färg på kakan. Lila, vinröd och mörkbrun...nästan svart. Konstnären Gabriel med sin bakpalett!

- Åh, tackar, tackar! Inte varje dag man blir kallad konstnär. Ja, det var möblerat och klart, och det var skönt för vi hade inga möbler med hit.

- Har ni inga kort på familjen? Det där är väl inte din pappa och mamma, va?

Hon pekade på de blekta fotona. Han skrattade.

- Jo, mina föräldrar är tvåhundranitton år nu.

- Haha...knäppis!

- Nej, vi hade inga kort med oss heller.

Gabriel såg först ner i golvet och sedan ut genom fönstret och verkade inte vilja prata om fotografierna. Simone tyckte att det kändes lite märkligt men ville inte att han skulle känna sig obekväm utan bytte samtalsämne.

- Jag såg att du har skördat en massa grönsaker. Vilka högar!

- Ja, det var dags. Du får ta med dig så mycket du vill hem till dig. Helt naturligt odlat, med massor av kärlek och omsorg.

- Ja, DET vet jag. Tack, vad gullig du är, igen!

Det blev en andäktig tystnad när Simone smakade på chokladkakan, och hon njöt länge och intensivt, som hon alltid gjorde när det handlade om att låta smaklökarna få känna alla fantastiska smaker. Och inte minst chokladens djup och bredd av ljuvliga aromer. Hela själen och kroppen tycktes fyllas av denna krämiga läckra skapelse.

- Alltså…jag har aldrig ätit något som ens har varit i närheten av detta. Vilken fyllig smak…och vilka blandningar av smaker i munnen. Kakan måste ju vara supernyttig dessutom, med grönsaker i?

- Japp, rena hälsodieten.

De log i kapp.

- Du borde göra någonting med dina kunskaper. Så att fler får ta del av dem…smaka dem, se dem, njuta av dem. Du skulle kunna bli berömd ju, och bli värsta dragplåstret som alla vill besöka. Du kan ha en sådan där öppen trädgård med konstrunda och kafé och butik med ekologisk mat? Det är ju en genial idé, eller hur?

Gabriel blev inte alls lika entusiastisk som Simone hade väntat sig. Han såg tvärtom lite dämpad ut. Men när han fick syn på att Simone iakttog honom så kom det ett stort leende tillbaka.

- Ja, vem vet vad vi hittar på härnäst. Pappa är påhittig, må du tro. Han har alltid en massa kreativa saker på gång. Men annars kan ju du förverkliga den där underbara drömmen du kom med nu. Den behöver inte bara vara en dröm, utan den kan bli en verklighet. Mer än vi tror kan bli en verklighet. Människan drömmer om så mycket som aldrig ens prövas. Det är sorgligt, tycker jag. Vet du…det som människor ångrar allra mest på sin dödsbädd…det är att man inte lyssnade på sin egen längtan och på sitt hjärtas önskningar och drömmar…att man skulle ha varit mer sann mot sig själv.

Många lever sina liv i olika typer av jaganden. Man jagar andra människors bekräftelse och sin egen bekräftelse. Man

jagar efter den rätta tiden, den rätta stunden, de rätta till-
fällena…och DÅ ska man försöka uppfylla sådant som redan
kan ha gått förlorat. DÅ ska man försöka att bli lycklig. Men
"då" riskerar att aldrig komma. Den perfekta tiden med de
perfekta omständigheterna kommer nästan aldrig. Om den till
slut ser ut att komma så kan gudagivna möjligheter ha passe-
rat, och det blir inte alls som man hade tänkt sig från början.
Saker och ting kanske ibland kan bli bättre än man hade tänkt
sig från början, men då måste man nog vara beredd på att
fånga möjligheterna som dyker upp och hålla dem kvar.
Mycket passerar medan vi bara väntar. Eller vad tror du?
Simone såg fascinerad på Gabriel, med ögon som inte vek
bort från honom en sekund.
- Jag tror som du. Du är så klok. Hur kan du vara så himla
klok?
- Jag tänker mycket. Och observerar mycket. Och reagerar
också, för den delen. Det är inte alla som gör det…
- Nej, verkligen inte. En del verkar inte tänka alls, fast de har
hjärnor. Och en del verkar inte känna alls heller, fast de har
hjärtan.
Gabriel tittade på henne.
- Du är också klok. Ovanligt klok för att vara så ung.
Simone blev generad. Dels över den fina komplimangen från
honom, dels för att hans blick var så djup och intensiv och så
granskande. Den gick rakt in i henne. Igenom henne.
- Du…jag har tänkt lite på det du sa förra gången. Det om
varför jag inte kan släppa allt det där med alla killar, och var-
för det inte känns bra. Jag låter det ju fortsätta bara. Tror att
det har med min uppväxt att göra. Det har varit så här sedan
första klass…jag vet liksom inte om något annat.
- Har du inte haft någon att prata med? Dina föräldrar?

- Jag kommer inte ihåg om jag har sagt någonting... Till mamma i så fall. Kanske någon gång. Hur ska man veta vad som är normalt? Jag kan ju inte veta hur andra har det och vad andra står ut med och vad som är normalt? Kan jag det?

- Man kan gå efter hur man känner. Hur man upplever situationer. Är man rädd? Rädd för att träffa någon speciell, eller någon på något speciellt ställe? Får man ångest, eller känner sig förödmjukad? Försöker man att undvika platser, personer eller att hamna i någon viss situation? Tror att man kan ställa en massa viktiga frågor till sig själv och till andra.

- Ska jag gå omkring och analysera alla känslor hela tiden? Vem orkar med det? Då blir jag ju helt nojig. Lätt för dig att säga, som är kille... Killar verkar inte ha samma problem som tjejer. Det är nog svårt att få andra att förstå. Och speciellt att få killar att förstå.

- Varför ska man inte känna efter? Om du kör över dig själv hela tiden så kanske du bara trycker undan allting...och till slut blir du avtrubbad och ser inte vad som är rätt eller fel. Din första intuition var förmodligen rätt, men kör man över intuitionen...det som känns i magen...så kan man börja att ifrågasätta sig själv och vad man reagerar på. Den inre rösten är känslig och kan berätta mer sanningar än dem som vi kan se med våra ögon.

- Men vad ÄR rätt och fel då? Hur ska JAG veta det? Äsch...jag vet inte varför jag pratar med dig om det här... Det är väl inte speciellt roligt att lyssna på mitt gnällande och klagande. Jag ska väl bara vara tacksam...att någon vill ha mig överhuvudtaget.

- Nej, det ska du inte! Man kan väl inte gå runt och vara tacksam över att få må dåligt av andra, eller hur? Vad är det för konstig logik?

- Vad är logiskt då? Enligt dig, som verkar veta allting.

- Logik är ömsesidighet. Du ska kunna vända på en situation, och du kan tänka dig att byta roll med den andra personen. Och det ska vara ömsesidigt. Att som du själv vill bli behandlad så ska du också behandla andra. Sunt förnuft.

- Sunt för dig, ja. Du har säkert behandlat alla dina tjejer som värsta prinsessorna, och alla har varit överlyckliga. Du är ju bara underbar och snäll. Men alla är inte det.

- Sluta… Jag försöker bara att hjälpa dig. Jag kan faktiskt förstå och sätta mig in i din situation.

- Kan du verkligen det? Nej, det kan du inte. Du har ingen tjejkropp!

- Måste man ha det…?

- Jamen, de ser bara en tjejkropp…det här...min kropp! Det vet inte du hur det är att bli utsatt för, hela tiden.

- Nej. Och jag är glad för det. Men ledsen för att du känner så. Men, du är en kropp. En tjejkropp. Också. Men det är din kropp. Och den har du rätt att få ha fredad.

- Ja, precis! Andra ska bara ta för sig…som om man är serverad till andra hela tiden. Jag känner mig som ett vandrande smörgåsbord. I början undrade jag alltid vad det var för fel på mig. Varför just jag? Sedan blev jag van vid det, men undrade varför just jag skulle vänjas vid det här. Ända sedan första klass har killarna försökt att ta på mig, tafsa och klämma och känna, utanpå kläderna och innanför kläderna. För det mesta är det flera samtidigt. Ibland försöker de att kittla mig och liksom låtsas råka komma åt mina bröst och känna. Fast det är ändå bättre än att bli fasthållen av flera killar medan de andra i gänget tafsar överallt. Då kan man inte komma undan. Man är fast tills de är klara. Och jag vet aldrig hur jag ska göra…om jag ska skratta åt dem eller bli arg eller

ropa på hjälp. Jag känner mig bara så dum…och äcklad. Men de tycker att det är jätteroligt och peppar varandra. När vi gick i lågstadiet brukade tre killar gömma sig och vänta på att jag och min kompis Sabina skulle gå förbi, på vägen hem från skolan. Ett par av dem var jämngamla med mig och den tredje var jämngammal med Sabina. De tog fast någon av oss, och det var alltid två av dem som höll fast mig eller min kompis medan den tredje drog ner byxorna på den som var fasthållen. Och den som inte var fasthållen var för rädd för att göra någonting. Jag har varit rädd i hela mitt liv…när jag tänker efter…och jag är så trött på det! Men, men, de gillar mig i alla fall. Jag är accepterad av dem. Killarna har alltid stått på min sida. Till och med emot alla tjejerna. De har alltid försvarat mig. De har inte mobbat mig i skolan, inte fryst ut mig. Jag vet inte vad jag har gjort…men tjejerna vill inte vara med mig. Killarna snackar inte skit bakom min rygg, som tjejerna gör…tror jag inte i alla fall. I så fall på ett annat sätt. Kanske snackat om min kropp och så... Så det känns som om jag måste finna mig i vad killarna gör. Har ingen annan att vara med annars. Men jag ser inte att killarna gör likadant med andra tjejer. Då är det väl inte så konstigt att jag tror att allt är mitt fel…att det beror på mig alltihop?
- Det är ju inte klokt att ingen vet om allt det här och att ingen har hjälpt dig och stöttat dig. Jag blir både arg och ledsen!
- Jaa, men så är det. Ingen har hjälpt mig. Jag har skämts så…och tänkt mycket på ifall jag har gjort något, så att de gör så där mot mig. Jag kanske är för utmanande, och kanske ler och skrattar för mycket…fast jag försöker dölja mina kurvor med kläder som inte sitter åt så mycket och visar för mycket.
- Nej! Det kan aldrig vara ditt fel. Aldrig! Tro inte på dessa tankar, för de handlar bara om att vara rädd för att vara

191

skyldig till någonting. Du lägger skulden på dig själv, för det som andra gör mot dig. Men du vet ju inte ens ifall du har gjort någonting, och då kan det inte vara någonting medvetet. Tvärtom, du verkar göra allt för att det ska sluta.

- Jo…men jag har nog uppmuntrat dem. Och sökt mig till dem.

- Och varför då? Jo, för att inte vara helt ensam och utanför.

- Jaa.

- Har de rätt att utnyttja din kropp på grund av det?

- Jag får väl sluta att vara med dem och sluta att le och skratta. Men jag vill inte gå omkring och se sur ut hela tiden…för att få vara ifred.

Nu kunde inte Simone hålla tillbaka tårarna längre. Hon hade försökt en stund, för att inte verka vara som en känslomässigt överspänd tjej som skulle bli för jobbig, men det brukade alltid bara gå till en viss gräns och sedan var det för svårt att stoppa. Hon började gråta tyst och höll för ena handen för ögonen. Hennes axlar började skaka lite och hon tog till slut båda händerna för hela ansiktet och böjde sig fram och bara lät allt komma ut.

- Förlåt…jag…kunde inte stoppa…

Gabriel gick fram till henne och satte sig på armstödet bredvid henne och höll sina armar om henne. Han böjde sitt huvud mot hennes och kysste hennes hår. När hon kände det så lutade hon sig tillbaka mot honom och grät mot hans bröst i stället.

- Stoppa inget…

Han talade lugnt, mjukt och nästan viskade till henne.

- Du ska aldrig mer stoppa någonting. Du ska släppa fram allt som du bär inom dig…för först då blir du fri. Fri från att känna dig bunden av andra. Ingen har rätt att göra så mot dig, för du är värd så mycket mer än du någonsin kan tro. Du är en fristad.

Simone slog armarna om honom och kramade hårt.

- Du är det bästa som har hänt mig.

Gabriel satt bara tyst nu, och höll om henne länge, ända tills hon slutade att gråta.

- Tur att jag inte har någon mascara på mig. Då hade jag blivit en zebra i stället för en dalmatiner, som jag brukar vara.

De småskrattade lite åt hennes skämt, men det låg ett nytt allvar kvar i rummet.

- Du berättade att killarna är schyssta mot dig, men inte tjejerna. Att tjejerna snackar skit, men inte killarna. Men om killarna snackar om din kropp bakom din rygg…är inte det skit? Om de snackar om dig som om du bara är en vandrande kropp, och om de snackar om vad de skulle vilja göra med den kroppen…är det verkligen någonting som är positivt och som du ska finna dig i och bara vara tacksam över att du har i ditt liv? Skulle du inte må bättre utan det? Alla människor har varsin kropp. Den kroppen äger man ensam, och man väljer annars vem man vill dela den med…till exempel med sina barn och den man älskar. Men du befinner dig i ett umgänge där en hel hög med människor har velat vara tillsammans med dig, och runt dig, av anledningen att få ta del av din kropp, på olika sätt…som de vill och nästan helt när de vill. Det kallar jag inte rätt sorts uppskattning, och det vore ingenting som jag själv skulle bli glad över. Jag skulle känna mig utnyttjad av andra. Jag kan bara se att man kan få ut en enda sak av det…att inte vara helt ensam och att tillfälligt få känna sig uppskattat på ett väldigt enkelspårigt sätt. Men det umgänget och den typen av sällskap ger ingenting som bygger upp någonting. Det bryter ner i stället. Och tar ifrån. Fort eller långsamt, men effektivt. Är du säker på att alla tjejerna är emot dig och att ingen tycker om dig?

- Hur skulle de kunna vara annat än det? Jag har testat allt, känns det som. Men jag duger aldrig. Vill de att jag ska göra om mig på något sätt? Stör de sig på mig…på hur jag är och hur jag ser ut? Hur ska jag kunna ändra på mitt utseende? Hur ska jag bete mig då, för att få vara med och passa in?

- Men har du aldrig haft en enda tjejkompis?

- Jo. Vingen förut, och Nic nu. Nic har faktiskt varit en av de som fryst ut mig i skolan, men hon är schysst nu och inte alls som jag trodde. Vingen har betett sig som en skithög. Hon hotade med att hennes pappa skulle slakta min Sune, bara för att hon var arg på mig och skulle hämnas.

Gabriel skakade sakta på huvudet.

- Ja…det är inte att vara en vän. Vet hon om hur upprörd och ledsen du är?

- Hon skrev meddelande till mig häromdagen…att hon hade dåligt samvete, och hon sa förlåt och erkände att hon varit dum. Hon har slagit Franke också.

Gabriel tittade henne i ögonen.

- Ojdå. Ja, lägger man ihop de grejerna så blir det allvarligt. En av dem är allvarlig nog. Kommer du att kunna förlåta henne?

Simone tittade på Gabriel med en blick som var både förvånad och arg på samma gång.

- Kunna förlåta? Hur skulle jag kunna det? Hon är inte värd det. Och hon är inte min vän längre.

Gabriel tog hennes ena hand.

- Om jag hade sagt något dumt till dig…och jag ber dig att förlåta mig…och jag sträcker ut min hand till dig…skulle du ta den då, och förlåta mig?

Simone lade sin andra hand över Gabriels.

- Självklart! Jag vet ju att du är snäll och den finaste vännen man kan ha. Alla kan göra och säga dumma saker, utan att man egentligen menar det innerst inne i hjärtat. Man är bara så arg eller besviken eller något annat jättestarkt.

- Precis. Tror du att det kan gälla din andra vän också?

Simone tittade ner och drog tillbaka sina händer.

- Nej, det tror jag inte. Hon har sagt för mycket dumt och varit för elak. Det finns gränser.

Gabriel fortsatte.

- Men tänk om en människa kanske egentligen mår dåligt, och den människan har det jobbigt med olika saker och omständigheter och känslor och relationer...tror du inte att den kan säga och göra saker som den inte alls menar? Alltså, som den person som den är innerst inne?

- Hm...jo...jag sa visst det själv alldeles nyss. Men hur kan man bara vara elak ytterst ute och samtidigt ändå snäll innerst inne?

- Gör vi inte alla fel ibland, i känslostormar och när vi mår dåligt?

Simone ville inte erkänna att Gabriel kanske hade rätt. Han tittade på henne, och hans tålamod verkade vara oändligt.

- Tänk dig en människa som har ont i själen på något sätt. Man kan lida av sår i själen också. De såren syns inte, men blir synliga när personen talar och handlar. Det kan bli orationella saker som kommer fram, och man kanske inte ens själv förstår var de kommer ifrån...men de finns där inne i djupet av själen. Till exempel en stor sorg...över att livet känns som det gör eller blev som det blev. Eller en svartsjuka eller avundsjuka över att ha blivit ratad och övergiven och utanför. Beteenden behöver inte vara okej, bara för att känslan är okej att ha. Men vad vi gör visar vad vi bär inom oss. Ibland är vi vad vi tänker, säger och gör…men ibland är detta inte våra innersta värderingar som vi egentligen har, och då blir vi ledsna över hur vi själva känner oss som människor, och då kanske också över hur vi har behandlat andra människor. Då kommer ett dåligt samvete, skuldkänslor, skam och ångest. En människa som har stora sår i själen kan lida svårt, svårare än den som har fysiska…för det finns lindring för de flesta fysiska smärtor, men få för de själsliga.

- Men vad ska jag göra då, menar du…?

- Kommer du ihåg när vi pratade om din pappa? När du räknade upp hans diagnoser?

Simone skrattade till.

- Haha…ja, de passade verkligen. Vingen har nog också några diagnoser. Hon är sjukt taskig i alla fall.

- Hur kan man hjälpa henne att må bättre igen?

- Ska jag hjälpa henne? Hon vill ju inte hjälpa mig. Hon bara förstör. Jag orkar inte bry mig. Jag har nog med mitt. Varför ska jag ta hand om andras skit och elakheter? Det är ingen som tar hand om min skit. Hur har inte mitt liv sett ut? Jag har bara berättat en liten del för dig. Jag har fått kämpa i hela mitt sextonåriga liv…nåja, jag kämpade inte så mycket när jag var bebis. Men ändå. Vet du vad min pappa har gjort? Han har förgripit sig på min granne! På min storasysters bästa kompis! De hade ett garden party, och Amber och en av hennes polare hade druckit hembränt som någon hade haft med sig till festen. Pappa lurade in båda i vår lada och försökte…försökte ha…ha sex med både Amber och den andra tjejen! Han fick två års fängelse. Han hade varit så beräknande och hade utnyttjat att de var onyktra och att de var så unga. De var sexton och sjutton! Amber flyttade från

Bäckmål innan pappa släpptes ut igen. Hon hade precis fyllt arton då. Hon stod inte ut med att se någon av oss…ingenting som påminde henne om det som hade hänt. Min mamma bröt ihop och har fortfarande inte återhämtat sig. Och det är SJU år sedan! Mormor föreslog att mamma skulle lämna Bäckmål på grund av allt snackande hela tiden, och för alla minnen som fanns överallt. Så fort han kom ut ur fängelset så drog han till Brasilien. Han hade någon han kände där. Nu skiter jag fullständigt i hur det är med honom. Jag hatar honom för allt han har gjort och förstört. Han förstörde många år för oss andra! Stackars mamma…och stackars Amber...

Gabriel gav henne en lång kram och han höll henne så en stund, ända tills han kände att hon slappnade av i kroppen och axlarna sjönk ner lite. Han satt fortfarande kvar på det mörkgröna armstödet.

- Ditt hjärta har många sår…och det gör ont i mig när jag hör hur du, och andra du berättar om, har haft det. Men hur hemskt det än låter så tänker jag också på dem som har begått de saker som anses oförlåtliga. Man vet inte allt som rör sig inuti människors allra djupaste inre. Vi kan inte alltid se vilka som håller på att sjunka ner genom jorden av ånger och skam…och vilka som har förhärdat sina hjärtan så pass mycket att ingen ånger når dem. Jag tänker att Gud aldrig visar bort ett förkrossat hjärta…inte ett hjärta som ber om förlåtelse och ser sin egen brustenhet och behov av hjälp och kärlek.

Simone stelnade till igen. Hon vände sig lite i stolen och tittade rakt på honom.

- Tror du på Gud? Vad vet du om Gud? Varför pratar du om Gud, helt plötsligt? Vad har han med saken att göra?

Han tittade ner på henne, lugnt och med kärlek i ögonen.

- Jag tror att han är inblandad i människors hjärtan. Eller att han ibland, i vissa fall, borde bli inblandad i deras hjärtan.

- Två som jag känner tror på Gud, förutom prästerna i kyrkan som var med på konfirmationen förstås. Fast man brukar inte prata så mycket om sådant…så jag vet faktiskt inte vad folk tror egentligen. Två av mina vänner tror i alla fall inte på Gud, för det har de sagt. Jag vet inte vad jag ska tro. Brukar be ibland. Speciellt när jag har ångest... Tänker att det inte kan skada, om det är så att han finns och kanske hör mig. Fast jag har aldrig hört att han har svarat tillbaka. Fast jag bad att han skulle hjälpa mig att rädda Sune. Och han blev ju faktiskt räddad. Men av Sonia. Och hon är inte Gud, det är jag rätt så säker på.

Gabriel försökte hålla tillbaka ett litet leende men lyckades inte, utan Simone såg det.

- Tycker du att jag är fånig?

- Nej, nej, tvärtom. Jag blev bara glad över det du berättar. Men tänk om Gud inte alltid svarar på de sätt som man förväntar sig och tror att han ska svara på?

- Men vad är det för vits att svara om jag inte vet och inte fattar att han svarar…och speciellt inte att det är han som svarar, på sätt som jag inte fattar? Fattar du?

De skrattade nu båda två. Gabriel höjde på ena ögonbrynet och log ett stort leende.

- Öh…kan du ta det där igen?

- Nåja. Ja, jag kan väl inte räkna ut hur en Gud, som jag inte ens vet om han finns, ska svara. Hur många sätt finns det att svara på då, tror du?

Gabriel tänkte några sekunder.

- På alla sätt som ett hjärta kan tänka sig, och vill lyssna på.

Simone sken upp.

- Det svaret gillar jag! Att han ser hjärtat. Men hur ska jag veta att det är Gud då…och inte jag själv som inbillar mig en massa konstiga saker?

- Vad kan Gud göra som inte du själv kan klara av?

Simone suckade högt och djupt.

- Ojdå, vilken fråga. Jag vet inte…trolla?

- Tror du att jag menade trolla? Få saker att flyga och försvinna, eller såga isär damer och få dem hela igen?

- Haha! Nej, han borde ha viktigare saker för sig.

Gabriel såg allvarlig ut igen.

- Om du till exempel behöver hjälp med ångest och rädslor, så tror jag att han kan trösta dig och få dig att känna dig trygg igen. I ditt hjärta. Då är det ett slags svar. Om du till exempel ber om att få kraften att göra någonting väldigt svårt, så kan du känna att du helt plötsligt klarar av det som du aldrig trodde att du skulle klara. Då är det ett annat svar. Att få kraften att förlåta någon, som man aldrig trodde att man skulle kunna förlåta, är ett svar. Det är kanske ingenting du orkar med själv egentligen. Men om du vill försöka så kanske du kan klara det. Tror det handlar om hjärtat, där igen.

- Men det blir så orättvist…så fruktansvärt orättvist. De har inte gjort sig förtjänta av det.

- Men skulle du själv vilja ha blivit förlåten?

- Jo… Men beror det inte på vad någon har gjort? Hur allvarligt det är?

Gabriel tittade ut genom fönstret.

- Vem drar upp den måttstocken? Vem bestämmer vem som har gjort sig förtjänt av förlåtelse?

Simone tittade också ut genom fönstret.

- Gud?

- Ja, det tror jag. Om vi lämnar över de svåra besluten till honom, så tar han hand om dem. Och vi kan be honom om hjälp och kraft till att förlåta andra, men också förlåta oss själva. Det finns så många människor som inte kan förlåta sig själva, av olika skäl, och går med smärtor och skuld hela sina liv. Man kan ge det till Gud. Han vill bara gott. Och han är bara en massa kärlek.

- Du får det att låta så enkelt. Varför skulle allt det här svåra vara SÅ enkelt, när det är så svårt? Man kan inte förlåta, enkelt, på beställning bara. Kan någon göra det?

Gabriel skakade på huvudet.

- Inte utan att hjärtat är inblandat. Det är kanske där man får kraften man behöver…som är svaret du söker? Tankarna kan ibland säga en sak, men hjärtat en annan. Handlingarna är de tankar som förvandlats till känslor och som hinner ut innan vi ibland klarar av att stoppa dem. Hade de fått passera hjärtat så kanske de inte skulle ha gjort en sådan skada som de ibland gör. Men är hjärtat stängt och låst…ja, då kan orden och handlingarna välla ut över murarna, utan skyddsnät.

- Men om jag till exempel förlåter de som har varit elaka mot mig…då kanske de tror att de har kommit undan med all skit de har gjort, och bara fortsätter igen? Som brottslingar som inte behöver gå igenom varken rättegångar eller få något straff för allt de har gjort?

Gabriel tittade ömt på hennes uttrycksfulla ansikte.

- Du är en riktig djuping, du.

Simone kände sig inte riktigt mottaglig för komplimanger.

- Nå…har du något bra svar, eller?

- Om jag säger så här…om det finns en Gud som tar hand om allt som du vill ge till honom, allt som är svårt och jobbigt, så vet ju han om allt som varje människa har gjort, känner och tänker. Jag tror att han är rättvis och full av kärlek.

Simone såg irriterat på honom.

- Så jag ska liksom bara fortsätta som om ingenting har hänt?

- Nej, du ska inte fortsätta med någonting som är svårt, jobbigt och hemskt. Aldrig någonsin ska du bara ignorera och nonchalera sådant. Men du kan få börja läka på insidan, och när taggarnas sår har fått läka så slipper du bära bördan av den ständigt återkommande smärtan och det svåra. Det blir som en varig själslig infektion som äntligen läker. Men du ska inte tolerera mer svårigheter bara för det. Du har liksom bara lämnat över den tunga stenen till någon annan, som orkar bära den…till någon som känner till allt in i minsta detalj, både orsak och verkan och konsekvenser.

Hon såg länge på honom.

- Alltså, jag fattar inte…hur kan du prata så här? Har du utbildning inom det här? Är du hjärnskrynklare, eller?

Gabriel skrattade.

- Verkar det så? Har jag skrynklat till din hjärna nu? Ja, då får vi väl försöka att räta ut den igen då. Med mer chokladkaka. Då rätar väl hjärnan ut sig av bara farten, och slappnar av och chillar igen och badar i endorfiner?

Hon gav honom en lättad och glad blick samt ett stort leende.

- Det låter helt suveränt.

Det var som om de båda andades ut, efter en lång och intensiv stund av delade känslor och djupa allvarliga tankar och ord tillsammans. Simone kände sig tröstad på något sätt, och tänkte att det måste vara av både närheten av Gabriel och att ha fått släppt ut allt som hon burit på i så många år, utan att han bortvisade henne eller behandlade henne konstigt och annorlunda efteråt.

Simone kände att det var dags att åka hem, efter att ha ätit upp den resterande stora delen av chokladkakan.

- Vill du ha med dig grönsaker hem? Du kan ge bort till dina vänner också, om du vill. Jag har ju massor.

- Gabriel Guldhjärta! Du vet att jag inte tackar nej.

Hon tog glatt emot två stora påsar fulla med trädgårdens vitaminsprängda skatter.

Gabriel stod stilla vid dörren, som om han hade viktiga saker på sitt hjärta men inte riktigt visste hur han skulle förmedla dem.

Vad tyst han blev. Han som har pratat så mycket hela dagen... Undrar om han tänker på något som jag har sagt...eller gjort? Jag kanske betedde mig löjligt...eller sa för hemska saker...eller överreagerade...och så tycker han att jag är en jobbig brud? Tänk om han inte vill träffa mig igen, och så vet han inte hur han ska säga det? Och han är rädd för att såra mig igen och att jag ska börja böla ännu en gång. Han måste ju vara helt slut efter att ha haft mig här...och jag ångrar att jag drog i gång och berättade mitt livs historia för stackars honom...men det var sååå himla skönt att få bli tröstad av honom.

Gabriel tog hennes händer i sina och såg med rak blick in i hennes oroliga ögon.

- Jag vill att du ska veta en sak…att jag är tacksam för att du har öppnat ditt hjärta för mig…och delat det som du har burit på med mig. Dina tankar och ditt förtroende tar jag som en värdefull gåva från dig. Visst är det skönare att dela saker med andra? Man liksom delar på vikten då. Och låter någon dessutom få glädjen att hjälpa till att underlätta bördan. Och jag är glad för att jag fick det och får det. Var rädd om ditt fina hjärta, och låt ingen få stjäla ens en promille av det…om du inte frivilligt vill ge bort det av ren kärlek. Kan du lova mig det?

Hon kände hur varma hennes händer blev i hans. Hans ögon förmedlade en bekräftelse som hon inte kände igen, och hans röst och ord en kärlek som var ny för henne. Hon ville inte gå...

- Jag lovar. Lovar du mig att alltid vara så här underbar?

- A piece of cake, chocolate cake.

Gabriel log, och de melerade ögonen glittrade.

- Du, alltså...du är den skönaste jag känner.

Han kramade om henne extralänge. Och viskade samtidigt.

- Ta livet med ro, älskade Fristad.

Hon vände upp ansiktet mot hans och viskade tillbaka.

- Kommer alltid att älska Ro hädanefter.

Hon blundade och kände en kyss i sitt hår, och fick svårt att hålla tillbaka tårarna igen. Hon vände sig om och öppnade dörren och gick ut på trappan.

- Vi ses, och tack!

Hon bar de tunga påsarna till mopeden och hängde dem över styrets handtag. Han vinkade och stod kvar i dörröppningen när hon åkte, ända tills hon inte syntes längre. Med vemod åkte hon sakta hemåt. Någonting hade hänt inom henne. Det var någon typ av blandning mellan glädje och sorg, och lättnad och vemod. Hon åkte förbi Sonias lilla hus och gick in och hälsade på en stund och delade med sig av Gabriels skörd, till Sonias stora glädje. Sune låg och sov inne i sitt lilla hus och tittade sömnigt upp på henne när hon kom in. Hon satte sig bredvid honom och gosade en stund. Han njöt, precis som hon själv hade gjort nyss när Gabriel höll om henne.

- Trygghet och kärlek, Sune. Det har vi båda fått i dag. Vilka lyckostar vi är!

15.

Några kallare dygn med snålblåst och spridda skurar gjorde att Simone valde att bara sitta inomhus och kura. Hon muttrade emellanåt åt vädret, och liksom skällde på det för att det var tvunget att vara så typiskt omväxlande juliväder, men varvade ändå det med att tycka att det var extramysigt att vara just inomhus när det ändå var så nyckfullt ute. Hon kände sig som en nyförälskad ungmö som satt inne i ett slottstorn och suktade efter prinsens uppenbarelse och fördrev tiden med att försöka tänka på någonting annat än sitt hjärtas kära och dennes kommande omfamningar. Hon fnissade när hon tänkte på det. Hon försökte göra en utvärdering i sina tankar.

Var det någon skillnad på Frankes omfamning och på Gabriels omfamning? Frankes armar omkring mig hade känts heta och sensuella. När Gabriel höll om mig så kände jag en annan typ av värme. En slags trygghet som jag inte kände med Franke. Franke verkar stabil och trygg men hans omfamning gav mig inte den känslan inuti. Gabriel verkar också stabil och trygg men hans omfamning förde liksom över det in i mitt hjärta. Så underligt...jag känner ju honom inte...inte egentligen. Men ändå känns det som om jag gör det och att vi hör ihop och har en kontakt som jag inte har upplevt förut. Hur kan han bara storma in i mitt liv och ge mig det? Hur ska jag kunna klara av att eventuellt mista honom? Efter det här? Han måste känna vad han betyder för mig...han måste märka det. Han är en så fin och känslig kille. Ändå får jag någon märklig känsla av att han bara ser mig som en fin vän. Jag måste göra mig beredd på att det kan vara så...också...fast jag inte vill det.

På kvällen fastnade Simone framför en Tv-serie som Nic brukade prata om och gjorde reklam för jämt, och den var så spännande att hon tog sig lyxen att se en hel rad med avsnitt. Det var ju ändå lov och skruttväder.

Hon började få svårt att hålla ögonen öppna när det började närma sig midnatt, men ville sega sig igenom hela avsnittet och inte sluta mitt i. Men mitt i spänningen ringde mobilen, och den plötsliga signalen lät så brutal och hög att Simone flög upp ur soffan och någon sekund först inte fattade vad det var som lät. Det var helt malplacerat att det skulle ringa just nu. Det var Nics namn som syntes på displayen.

- Hallå! Har det hänt något?

- Förlåt att jag ringer så sent. Sover du?

- Nej, nej...vad är det?

- Du måste hjälpa mig! Oss! Du måste hjälpa oss! Kan du komma?

- Nu? Ja, självklart! Kommer direkt.

Hon blev klarvaken, stängde av Tv:n och halvsprang över till Nics stuga.
Nic stod och kollade i fönstret och öppnade direkt. Simone såg att hon hade gråtit. Nic låste snabbt dörren och tittade skrämt på henne.
- Jag blir tvungen att blanda in dig i det här…fast jag egentligen inte ville det. Du vet hur det är…man vill inte att alla ska veta allt. Det är både pinsamt och jobbigt.
- Vad är det? Du ser jätterädd ut. Det måste ha hänt någonting allvarligt? Du kan säga vad som helst till mig och du vet att det stannar hos mig. Jag lovar!
Nic tittade försiktigt ut bakom den fördragna gardinen och spanade efter något därute.
- Det är pappa…han har blivit helt galen. Han har varit det ett tag nu, och det är därför som jag bor härute. Jag är så rädd för vad som händer där inne…för vad han ska göra med mamma och Lo. Jag var inne en liten kortis bara, och hann ut. Eller rättare sagt mamma skrek att jag skulle ta mig ut. Lo är kvar i sitt rum på ovanvåningen och har låst om sig. Han är skitfull! Han dricker jättemycket nuförtiden. Men det gör mamma också, i och för sig. Och jag ibland också, fast här ute. Mamma skulle höra av sig, och rapportera hur det är och vad som händer.
Simone kände hur pulsen skenade och adrenalinet pumpade.
- Men stackars er! Vad hemskt! Vad tror du att han kan göra mot dem?

Nic tittade med ångestfyllda ögon på Simone.

- Jag vet faktiskt inte vad han är kapabel till. Han slår mamma ibland. Men du får inte säga det till någon. För hon vill inte att det ska komma ut.

- Har han slagit er också?

- Ja, det har han. Både sparkat och slagit. Fast mamma mest. Han säger att hon är en billig hora. Som går bakom ryggen på honom. Han har i många år förbjudit henne att åka någonstans utan honom. Han tror att hon har ihop det med alla som kommer hit och tittar på hundar. Karlarna alltså. Och det spelar ingen roll om de är gifta och har fru och barn med sig hit. Han är inte klok i huvudet!

- Hur länge har det varit så här?

- Jag vet inte…jag har tappat tidsbegreppet, känns det som. Jag bara går härute, som i en annan värld. Jag VILL vara i en annan värld. Men jag får dåligt samvete över att jag inte är därinne hos dem, och skyddar och hjälper mamma och Lo. Jag har inte riktigt koll härute. Men jag vill inte träffa pappa. Och ibland tänker jag att jag kan behöva vara härute ifall någon behöver hämta hjälp.

Simone stod tyst en stund. Allvaret kändes kompakt inne i stugan, och stugan verkade mörkare och omgivningen utanför mer hotfull än vad Simone någonsin hade tänkt på. Nic gick fortfarande mellan fönstret i köket och fönstret i det lilla vardagsrummet och kikade oroligt i gardinglipan för att kanske få se en skymt av någon eller något. Det var bara becksvart nu. Och alldeles tyst. Precis som innan eller efter ett anfall från fienden.

- Det hördes skrik förut. Nu är det bara otäckt tyst. Det var mamma som skrek. Och pappa vrålade också. Tänk om han har skadat henne?

- Ska du inte ringa polisen?

Nic såg nu ännu räddare ut och hon började andas häftigt.

- NEJ! Ingen polis inblandad! Pappa har kontakter överallt, mäktiga kontakter. Skulle det här komma ut så kommer han garanterat att hämnas. Då måste vi vara livrädda och gömma oss resten av livet!

- Okej, okej…jag förstår.

Nu hördes ett förtvivlat rop på hjälp utifrån. Från en liten och gäll stämma. Nic kastade sig på dörren och öppnade. Lo stod på ovanvåningens terrass och skrek efter sin storasyster. Hon hade bara nattlinne på sig och höll en liten panda krampaktigt i handen. Hon såg ut att vara från en bild från ett krigshärjat land, som visades på nyheterna på kvällarna. Blicken var skräckslagen.

- Men Guuud…vad har han gjort med dig? Vad händer?

Nic ropade från gräsmattan under terrassen.

- Hjälp mig, hjälp mig!! Jag vill komma! Jag vill komma till dig!

Nic vände sig om mot Simone.

- Jag klättrar upp och hämtar henne. Hämta stegen bakom min stuga!

Simone sprang och släpade sedan den långa tunga stegen bort till husväggen. Nic klättrade snabbt upp och tog sin syster i famnen den branta vägen ner igen.

- Kom in till mig. Jag låser! Vi är här. Vi finns här hos dig nu…såja, såja, lilla älsklingen min… Stackars lilla gumman. Han pappa gjort något? Har du sett något?

Lo fick till slut fram ett svar.

- Pappa och mamma skrek så…så högt! Jag vågade inte vara i huset! Det smällde!

Mobilen ringde och alla tre hoppade till. Nic ropade.

- Mamma! Vad händer?

- Är Lo hos dig? Jag hörde att hon skrek!

- Ja! Jag har hämtat henne och hon är hos mig.

- Tack och lov! Öppna inte och gå inte ut! Han är från vettet här men jag har kontroll. Jag fick tag på hans pistol i skåpet och han vågar inte göra något mer nu. Han sitter här och ser ut som ett fån. För tillfället. Han kom inte åt Lo den här gången, men han fick in några smällar på mig. Men jag klarar mig. Men har god lust att skjuta honom på fläcken! Det är på tiden att han får betala. Inte för vad han har gjort mot mig, men mot er! Jag hatar den vidriga ormen! Han borde få kräla på sin buk resten av livet och äta lort och gifter som sakta fräter sönder honom inifrån. Undrar om jag ska hälla något i vodkan.

Belinda tog mobilen en bit från ansiktet och skrek till Alister.

- Hör du det!! Du borde spärras in och leva på sådant som avskum sprider…GIFT!

Nic började att skaka i kroppen och hon försökte häva kroppens försök att gråta hysteriskt.

- Mamma, sluta nu!! Det blir bara värre! Reta inte upp honom ännu mer! Du vet hur det blir. Han ger igen!

- Jag har siktet på honom. Rör han sig så skjuter jag honom i benen till att börja med.

Nic hörde hur Alister ropade i bakgrunden.
Belinda skrek igen.

- Nu håller du käften och sitter still! Annars har du ingenting
kvar att varken prata med eller fatta med!

Belinda fortsatte att prata med Nic, men nu lite tystare.

- Jag har en plan. Nu är det nog! Men jag behöver någon
timme på mig. Jag kommer ut till er senare. Var inte rädda!
Det är jag som har vapen den här gången.

Hon stängde av mobilen.
De tre uppskrämda tjejerna tittade på varandra, och de bör-
jade att gråta förtvivlat samtidigt. De satte sig tätt intill
varandra och lade armarna om varandra, och kunde ingenting
annat än gråta.

Tiden gick inte alls, kändes det som. De satt och bara tittade
framför sig och på varandra. Och de väntade på att signalen
skulle komma. Tystnaden var både otäck och ingav ett litet
hopp. Inget mer borde ha inträffat, på grund av den. Men mer
kunde även ha hänt, trots den. Till slut somnade Lo i famnen
på Nic, helt utmattad. Hon snyftade till i sömnen ibland.
Simone tittade allvarligt på Nic.
- Varför har din pappa en pistol hemma?
- Han samlar på dem. Han har ett helt gäng i ett stort skåp.
Gevär också. Han brukar jaga. Inte bara älgar…utan även far-
ligare djur. Tur att mamma har koll på var nyckeln är. Han
hade kanske kunnat använda någon av dem mot henne an-
nars. Mot oss!

- Vadå…har han gjort det förut?

Nic fick ögon fulla av mörka känslor.

- Ja. Det har hänt. Han har skrämts med dem. Då får han mamma att göra precis som han vill. Hur skulle hon kunna göra annat när hon har två barn att skydda? Men han har aldrig tagit fram någon när jag och Lo har sett det.

- Men…han borde inte få gå lös!

Nic tittade upp på henne, med en blick som nu gav en varning.

- Våga inte säga något till polisen…eller till någon annan.

Men sedan tittade hon ner, och fortsatte.

- Men jag vet. Han borde inte få det. Handlade det inte om mamma…om oss…så hade det handlat om någon eller några andra. En annan stackars familj. Han kanske var så här mot sin förra fru också.

Simone såg förvånat på henne.

- Va? Har han varit gift förut?

- Ja, för länge sedan. Ett kort tag, när han var ung. Han är väldigt hemlighetsfull kring det. Och mamma får inte rota i det, säger han. Jag tror att det är en skum historia. Varför är det annars så hemligt? Och nu när man ser vad som kommer fram…vad kan ha dolt sig där under förut? Vem är min pappa egentligen? En gammal brottsling? Fy…jag vill inte veta…

Simone strök Nic över armen.

- Det är inte ditt fel. Inte din mammas heller. Bara hans. Det där är läskigt…att de som verkar snälla kan vara onda. Vi ser bara det ytliga. Ett tillräckligt stort skrap på ytan…och så ser man vad som är en bit under. Men då kanske det redan har hänt något. Tänker på min pappa också…vad som fanns där från början…och vad som kom fram. Var han egentligen sådan hela tiden? Hur ska man våga lita på någon?

Nu ringde Belinda. Hon viskade, och i bakgrunden var det knäpptyst.

- Jag kommer ut nu. Ska ta med mig några saker bara. Det nödvändigaste. Ses om några minuter.

Nic andades ut, och tittade lite mer lättad på Simone.

- Det lät tillfälligt lugnt i alla fall.

Belinda kom ut och Nic öppnade innan hon hann knacka på. De flög i varandras armar och grät. Simone visste inte om det var rätt av henne att vara kvar där eller om hon borde ha gått hem. Det kändes så privat alltihop. Hon fick en insyn i familjens problem och dramatik och hon visste inte om Belinda ville att hon skulle bli delaktig. Hon tittade bort och försökte göra sig osynlig i soffhörnet, halvt under en filt. Belinda blev förvånad när hon fick syn på Simone, och backade nästan ett par steg.

- Är du här? Jag såg inte dig.

Simone tittade försiktigt tillbaka på Belinda.

- Förlåt…det var inte meningen att vara här och lägga mig i någonting. Nic ringde och ville att jag skulle komma.

Nic sköt in.

- Jag behövde henne här. Behövde hennes hjälp och stöd. Jag visste inte vad jag skulle ta mig till och var så rädd. Och hon har hjälpt och tröstat oss båda. Mamma! Du blöder!

Belinda strök försiktigt med fingrarna över sidan av pannan.

- Han slog till mig så jag åkte in i kanten på vitrinskåpet. Här gör det ont också…

Belinda kände på sin bröstkorg och grimaserade. Hon gick sedan fram till Simone och strök henne över axeln.

- Tack för att du är här! Förlåt, om jag lät otrevlig. Litar Nic på dig så litar jag på dig. Och du har ju varit med förut, vet jag ju. Vilka pappor ni har…

Belinda vände sedan blicken till sin minsta dotter och tittade med ögon fyllda av oro och ömhet på henne. Lo vaknade nu inte av någonting, utan sov bara på, djupt och lugnt som om ingenting hade hänt.

- Så skönt, att vara så liten…

Nic och Simone tittade ner på Lo och nickade. Nic såg sedan på sin mamma.

- Hur gör vi nu? Var är han? Hur gick det? Är vi säkra här ute?

Belinda visade pistolen som hon hade med sig ut i väskan. Simone såg chockat på den. Belinda såg det och skrattade till.

- Ta det lugnt. Den är i säkert förvar hos mig. Till skillnad mot den andre.

Hon vände sig till Nic.

- Jag tvingade honom att dricka sig ännu fullare. Nu är han redlös och sover och är nog helt borta ett tag. Vi har alltså tid att hitta en plan över hur vi ska göra nu. Jag går inte in igen! Jag går aldrig tillbaka in till honom igen. Jag hatar honom, och han har förstört mitt liv tillräckligt. Vi kan inte leva i skräck längre. Och du ska inte behöva gömma dig i ett litet uthus…för din egen far!

Nic började gråta igen, både av lättnad över att allt var tvunget att förändras, och också av rädsla för följderna.

Simone började att fundera på hur hon skulle kunna hjälpa dem.

- Ni kan bo hos mig. Om ni vill? Jag är ensam hemma, tills på söndag. Och jag har bra lås på dörrarna.

Belinda svarade med en röst fylld till bredden av tacksamhet.

- Jag säger ja tack, direkt. Vilken tur att vi har dig! Vart skulle vi annars ha tagit vägen… Nic, packa snabbt ihop det viktig-aste så drar vi härifrån. Bilen flyttar jag till baksidan av din lada, Simone…så ser inte Alister den överhuvudtaget. Han kan gott tro att vi har dragit till London. Eller till polisen…hm, det kanske är mer realistiskt. Hoppas det skrämmer skiten ur honom!

Nic rafsade åt sig det viktigaste. Belinda försökte lyfta upp Lo, som låg inlindad i Nics mohairpläd, men lyckades inte. Hon stönade av smärta och sjönk ihop på knä.

Nic försökte kväva ett rop.

- Mamma!!

- Kan…kan du ta henne?

Nic lyfte upp Lo. Belinda reste sig sakta upp.

- Har du vin kvar? Jag måste ha något som lugnar nerverna.

Belinda tittade på Nic, med en blick som visade hur viktig denna detalj var. Nic tittade på Simone och nickade mot köket.

De smög över till Simones hus och gick in i mörkret, rädda för att ens tända upp och visa att de var där. Belinda gick i väg och flyttade tyst bilen till baksidan av gården, där den var väl gömd bakom höga buskar intill laduknuten. Hon var tvungen att köra över gräsmattan en bit men det syntes, som tur var, ingenting av bilspåren efteråt. En tjock vildvuxen gräsmatta med mycket mossa och maskrosor i var tydligen perfekt för att inte lämna djupa däckspår.

- Jag kan ligga här nere på soffan och vakta ingångarna. Jag är ju beväpnad. Och nåde den som bryter sig in. Den blir minst kastrerad.

- Okej, det låter bra. Bara det inte blir mormor…om hon kommer hem tidigare.

De skrattade till åt Simone, och Belinda kved av smärtan.

- Nic, du kan ligga i mormors säng, och Lo kan ligga bredvid. Det är färdigbäddat med nya lakan, det vet jag. Salvatore har sovit här och mormor snyggade till innan de åkte.

Belinda såg frågande på Simone, och Nic såg det.

- Elins nya hugg…

Simone vände sig om och gick och hämtade sängkläder åt Belinda. Hon orkade inte förklara sin mormors amorösa bravader…inte denna natt. Hon hämtade bomull, plåster, bandage och tvättsprit och hjälpte Belinda med såret så gott hon kunde. Alla gick sedan till sängs, men Simones adrenalinnivåer var så höga att hon bara låg och stirrade ut på natthimlen med uppspärrade ögon.

Undrar om de kommer att kunna somna…? De kanske är för uppjagade och rädda? Det är jag. Vad overkligt det känns… Och därute lyser natthimlen med sina mörka och dramatiska moln…susandes förbi…som om de framkallats av det som hänt ikväll. De förstärker verkligen skräckeffekten. Som i en thriller, en psykologisk thriller…där det dyker upp en galen psykopat när man minst anar det. Och här ligger vi…beväpnade. Och beredda på…ja, vad som helst kan hända imorgon, eller senare i natt. Hoppas att Belinda gav honom flera liter sprit.

Det var alldeles tyst, förutom vindens sus i asparna utanför…som inte alls lät rogivande den här gången, utan bara ökade på stämningen.

16.

Eftersom Simone vaknade så måste hon ha somnat till slut. Hon blev klarvaken på en halv sekund, nästan instinktivt. Det hände väldigt sällan, eftersom hon gillade att snooza och låta morgnarna bli så sega som det bara gick att tillåta sig. Klockan var obarmhärtigt lite. Inte ens Lo hade vaknat. Men resten av natten måste åtminstone ha varit lugn. Simone fick ändå en ångest som ökade ju mer hon återfick minnena av allt dramatiskt som hänt. Och rädslan för vad som nu skulle kunna komma fick henne att känna sig illamående. Hon smög ner.

Belinda låg i soffan och tittade upp direkt när hon kom. På soffbordet stod en nästan helt uppdrucken vinflaska. Belinda såg att Simone fick syn på den.

- Jag är inte full. Men jag var tvungen att dämpa ångesten lite…och få några minuters sömn i alla fall.

- Hur mår du? Har du ont? Har det varit lugnt i natt?

Simone såg på henne med oroliga, allvarliga ögon.

- Det känns som om jag har blivit överkörd av en elefant-hjord…eller två. De har visst sprungit rakt över bröstkorgen på mig. I natt var jag rädd. Först. Sedan arg. Sedan ännu mer arg. Nu är jag mest rädd. Rädd för barnens skull och för vad han kommer att hitta på nu, som hämnd på mig. Och som straff för att jag sticker och tar barnen med mig.

- Behöver du åka in till sjukhuset? Du kanske måste sy? Revbenen kanske har knäckts av? Du kan väl inte bara gå så där? Belinda fick en blick av Simone som visade alla hennes rädslor.

- Men bara de inte ställer för många frågor…

- Ska du inte anmäla honom ändå? Han är värd att åka in! Belinda såg rakt in i Simones ögon, med en blick som hon nästan blev rädd för. Samma blick som Nic hade gett henne, som svar på samma fråga, men med större styrka.

- Nej! Du vet inte vad han är kapabel till! Jag kan och orkar inte vara livrädd för hämnd i resten av mitt liv. Han kanske hämnas på barnen, för att hämnas på mig. Det får inte ske! Jag gömmer mig hellre någonstans med barnen.

Simone visste inte vad hon skulle säga eller hur hon skulle reagera nu, rädd för att säga någonting fel igen.

Nic kom in i vardagsrummet.

- Ni måste dämpa er. Lo vaknar annars. Mamma, har du druckit?

- Nej…eller jo, det har jag väl. Som medicin. I stället för valium och sömntabletter. Det var tur att jag hade handlat vin åt dig.

Nic såg med ögon fyllda av medkänsla på sin mamma.

- Jag blir så arg, mamma! Han är så hemsk mot dig…och har varit det så länge. Och mot lilla Lo…och mig också. Vad ska vi göra?

- Jag tror att jag skiter i sjukhuset. De kan inte göra någonting åt brutna revben, och det är nog för sent att sy ihop såret.

Jag vill inte riskera att träffa någon jag känner där heller. Jag ska fundera på hur vi ska göra med allt. Jag skulle ha lämnat honom för länge sedan. Skulle inte ha gift mig med honom överhuvudtaget. Men då hade jag ju inte fått er...mina älsklingar.

Nic satte sig på soffkanten och böjde sig fram och gav sin mamma en försiktig kram. Nic grät förtvivlat.

- Men huuur ska vi kunna få lugn och ro nu?

Nics röst lät hjärtskärande, och hennes gråt förmedlade allt som fördämningen hittills hade hållit tillbaka inom henne under den senaste tiden.

Lo vaknade, eftersom de inte hade klarat av att hålla ljudnivån enbart låg och lugn. Hon kom ut till dem, med den bruna hårkalufsen i virvlar runt sitt lilla ansikte.

- Mamma, vad har hänt? Har du slagit dig?

Belinda såg på Nic och Simone, och sedan med full fokus på Lo.

- Ja, jag ramlade igår. Så jag har bandage nu. Visst är det skönt när man får plåster eller bandage på sig?

- Jaa.

Lo nickade och pussade försiktigt sin skadade mammas kind, och försökte trösta henne med smekningar med den lilla handen lite överallt på kroppen som fanns utanför täcket.

- Pappa var dum mot dig. Han skrek fula ord. Jag hörde. Jag blev jätterädd.

- Ja. Han var arg för en sak. Och jag blev också arg. Det var bra att du gick ut och ropade på Nic.

- Nämen, ska vi inte ha lite frulle nu?

Simone ansträngde sig för att låta så hurtig som hon kunde i nuläget.

- Jaaaa, frulle!

Lo gjorde så att de alla log, mitt i all ångest, smärta och alla rädslor.

Inga lampor tändes i huset. De hade pratat om vilka försiktighetsåtgärder som måste tas och hur de skulle förbli osynliga för Alister. Tiden på dagen oroade dem allihop. Han borde ha kvicknat till nu.

De försökte göra hela situationen till ett spännande äventyr för Lo. Genom att låta lättsamma och verka glada när Lo såg det och var i samma rum kunde de distrahera henne från att känna in den annars så tunga och laddade stämningen som fanns i huset. När de fick ett bra tillfälle smet de ut till ett annat rum och försöka prata lite med varandra om allt de ville skona Lo ifrån.

Simone satte på Tv:n i vardagsrummet för att de skulle få en privat pratstund i köket. Belinda hade satt sin mobil på ljudlöst men hade den nästan konstant framför sig, mitt bland alla frukostgrejerna, och sneglade på den som om den skulle kunna attackera henne och lömskt bita till när som helst.

Boel skickade ett meddelande till Simone.

"Hej, mitt hjärta! Hur har du det? Vilken dag skulle mormor komma hem? Var det söndag? Har du det ensamt och tråkigt nu? Här är allt som vanligt. Kramisar!"

Simone läste, suckade och tittade på Belinda.

- Mamma undrar om jag är ensam och uttråkad.

- Svara henne…att om man har en granne som är sjuk i huvudet så önskade man att man var fullständigt uttråkad i stället. Nej…men…skriv att grannarna hälsar på dig och att huset är fullt och att vi har haft party i natt. Vinet har flödat.

Simone kvävde ett skratt, och tittade på Belinda med höjda ögonbryn och skeptisk min.

- Skulle inte tro det. DÅ ringer HON polisen.

Nic tittade vädjande på sin mamma.

- Men mamma…ska vi försöka prata med Boel? Hon kanske har några råd till oss…om vad vi ska göra nu? Simone, vad tycker du? Pallar din mamma att hjälpa oss…eller mår hon sämre av det, tror du? Jag vet inte vem vi annars ska lita på. Vi kan väl inte sitta här hela tiden, och vi måste bort från Bäckmål…på något sätt. Eller hur, mamma?

Belinda svarade först.

- Ja. Vi måste bort härifrån. Nu eller aldrig. Vi får väl sticka någonstans. Någon natt.

Simone funderade lite snabbare och effektivare än vanligt, och svarade med både klokhet och fast beslutsamhet.

- Ska jag prata med mamma? Jag tror att hon är starkare idag än hon själv tror. Det har gått så lång tid, och hon blir inte lika upprörd när vi nämner pappas namn. Hon når inte upp till den gamla nivån i alla fall. Hon är klok och har erfarenhet av jobbiga saker.

- Ok. Gör det. Eller ska jag prata med henne i stället?

Belinda såg på Simone med vädjande ögon, som sa att det kanske var bättre om allting kom från henne.

- AAAH! Han ringer!!

Belinda stirrade på Alisters namn på mobilen och blev helt paralyserad. Hon klarade inte av att röra sig alls. Endast ögonen visade en synlig reaktion och de var fulla av skräck. Namnet såg hotfullt ut, där det lyste. Det ringde fem gånger efter varandra. Till slut var det otäckt tyst i stället.

Hon tittade bort mot deras stora väldiga hus genom köksfönstret, väl dold bakom den långa gardinen.

- Usch, det gigantiska huset är som ett krigsfort, som håller sina fångar väl inspärrade…Jag kommer aaaldriiig att svara det aset!

Hon väste orden till tjejerna, som hade flugit upp från stolarna och stod och väntade på vad hon skulle göra. Lo avbröt deras tankar abrupt, med sin befriande ovisshet om vad som höll på att hända runt omkring henne. Hon ropade inifrån rummet.

- Kolla, vilken rolig tupp. Haha! Och vilka söta kycklingar. Jag vill ha kycklingar. Kan vi inte köpa kycklingar, mamma? Snäääälla? Och en tupp som kucklarikluckar varje dag och är rolig? Och hönor som letar efter maskar. Och en massa maskar till hönorna. Jaaa! Det önskar jag mig när jag fyller år!

- Älskling, det blir jättebra. Klart att vi ska ha hönsfarm.

Belinda gick snabbt dit, tittade och försökte se oberörd ut, och kom sedan tillbaka till köket.

- Simone, kan jag gå upp på ditt rum och ringa till Boel? Kollar ni Lo då, och sitter lite hos henne, så hon inte kommer upp och stör?

- Självklart. Gör det. Här är numret. Ring från min mobil.

De satte sig i soffan hos Lo.

Mitt i allt kaos kom Simone att tänka på Gabriel.

Vad skulle Gabriel ha gjort? Han är klokheten och tryggheten själv. Åh…om jag hade haft hans telefonnummer nu. Då hade jag ringt direkt. Och bara rådfrågat. Irriterande Gabriel, som inte ens har en sketen mobil. Hur klarar man sig? Kan man inte ha mobil för andras skull? Det går ju inte att klara sig om någonting händer. Som nu. Hur gjorde man förr i tiden? Snälla Gabriel, kan du inte teleportera dig hit, till mig! Och hjälpa oss!

Belinda var länge på ovanvåningen, så länge att Simone blev orolig över vad som hände och vad hennes mamma egentligen sa. Men det var ett väldigt lågt röstläge, så frånvaron av upprörda känsloyttringar lugnade Simone.

Till sist kom Belinda ner, och såg först neutralt sammanbiten ut. Och sedan när hon fick syn på tjejerna så fanns där en lättnad över hennes ansikte.

- Lo, kolla klart på programmet du, så ska vi sitta här i köket och ha supertråkigt en stund och vuxenprata en massa bla bla bla bara.

Hon nickade in Simone och Nic till köket. De sköt till dörren lite.

- Så här är läget. Din pappa har ring femtielva gånger, Nic. Han varvar med att skicka meddelanden och spamma om vilket billigt luder och vilken värdelös slampa jag är, plus en massa andra ord som jag inte ens tänker säga…och vad han ska göra med mig när jag kommer hem… Hm…jag fattar inte hur han är funtad om han tror att jag vill svara mera då. Jag vet förresten inte hur mycket han kommer ihåg från igår. Men det borde vara en del blod på golvet, som kanske påminner om hans brott och synder. Hur som helst, jag har pratat med din mamma, Simone, och hon är världens gulligaste och klokaste. Hon förstår precis hur jag känner mig. Jag har berättat det viktigaste om vad som har hänt i alla fall. Men jag har inte tagit med mer än det allra nödvändigaste i väskan. Och jag går inte in igen. Vi får klara oss ändå. Boel har som förslag att vi kommer och bor hos henne, tills vi vet hur vi ska göra med resten. Där kan vi lättare röra oss fritt. Han kommer säkert att cirkulera runt där ibland med bilen och glo…men vi får försöka gömma oss så gott vi kan. Och ingen går ut ensam. Boel är fortfarande sjukskriven och hemma och hon kommer att hjälpa och stötta så mycket hon klarar och orkar. Vilken pärla! Och jag blir så lättad…för tillfället. Så nu väntar vi tills i natt, tänder inte upp så att vi syns härinne, och sedan sticker vi. För gott! Jag ska sälja hundarna till folk, och försöka lösa betalningen på något sätt. Det är ju min kennel i alla fall. Jag känner till att det finns ett par uppfödare som kanske skulle vilja köpa upp allihop. Det vore suveränt.

De lutade sig bakåt på stolarna, och allas kroppar sjönk ihop en aning, som om luften pös ut lite hos alla samtidigt.

Simone ville uppmuntra dem.

- Låter bra, alltihop. Nic kan låna kläder av mig, och du kan säkert låna av mamma. Jag kanske har något urväxt i extrasmall som Lo kan låna så länge. Tur att det är lov.

Simone tittade på dem och la sin hand på Nics. Och Nic såg på Simone, log och fick lite blanka ögon.

- Världens bästa, är du. Vilka vänner vi har, mamma.

- Ja, vilka vänner.

Belinda log också, blundade sedan och suckade en lång utdragen suck.

- Vad trött jag är… Undrar vad han gör därinne? Fy, vad ont jag har. Jag måste nog lägga mig ner lite.

- Ja, gör det. Tänkte fråga…blir det okej med lite frysta fiskgratänger till lunch? Jag är inte så vass på att laga mat. Men jag har i alla fall chokladpraliner som kompensation, till efterrätt.

Simone tittade först lite ursäktande på dem, men försökte sedan få dem att le igen genom att locka med praliner.

Belinda såg enbart glad ut när hon svarade.

- Fiskgratäng låter lika gott som entrecote just nu. Bättre med färdigmat och kärlek än lyxmat med en psykopat.

Nu hördes Los rop från vardagsrummet.

- Sa ni choklad?

Simone skrattade åt Los selektiva superhörsel.

- Vilka paraboler till öron.

Belinda nickade.

- Det är som om vissa ord är kodord för barn, och att de hör dem genom väggarna enbart för att de vill och är programmerade att göra det. När kommer Elin hem?

Belinda såg på Simone.

- Imorgon. På kvällen, tror jag. Så ni hinner i väg.

Belinda tittade ner på sina händer.

- Hur kunde det bli så här…? Mina händer skakar lite fortfarande…när jag tänker på allt. Mina händer höll i en pistol i natt och var beredda att skjuta till och med. Jag har inte berättat…men han tog stryptag på mig också. Här, innanför kragen.

Belinda visade huden bakom bluskragen.

- Men jag lyckades komma ur greppet på något sätt. Han är så sjuk…tror att jag är otrogen med alla som vill köpa en hund. Det är ju inga andra som jag får träffa, för honom. Ett liv i fängelse. Med en svartsjuk fångvaktare.

- Var är pistolen nu?

Nic såg oroligt på henne.

- Under soffan. Den syns inte.

Simone öppnade dörren helt och gick mot vardagsrummet.

- Ja, det blir choklad sen. Älskar du också choklad? Jag är galen i choklad!

Dagen sniglade sig fram, och det var inte ens i en vanlig snigels takt utan likt en seg gammal sliten snigel. Belinda vilade mest, men smärtan i hennes skadade kropp ökade ju mer hon slappnade av. Vanliga värktabletter lindrade endast

någon enstaka procent. De röda märkena började skifta i blå-
lila. Nu skulle det synas vad som hade hänt henne. Märkena
på halsen skulle bli svårförklarade, vid en eventuell cykelo-
lycka. Hon hade svårt att svälja maten under dagen, men för-
sökte ändå vara tapper och skoja om att det var en fördel att
det var mjuk fisk, mos i sås och smältande praliner.
Det blev kväll till slut. De väntade med god marginal, efter
att lyset i Schessmans hus hade släckts. Ett par timmar extra
för säkerhets skull. Mobilen hade varit oroväckande tyst på
kvällen. De undrade vad Alister höll på med och vad hans
strategi var. För han hade en, det var Belinda övertygad om.
De packade ihop sina saker och gick bakvägen ut till bilen.
Belinda försökte starta så tyst hon kunde och rullade sakta
ner till vägen. Alla satte sig i bilen och de tog närmaste väg
ner till Hasselbro, med billysena släckta en bra bit.
Boel stod nere på gården och väntade. Och Belinda tackade
genom att ge henne den största kramen hon kunde förmå med
en öm och mörbultad kropp. Boel kramade också om Nic,
som bar en liten Lo som fortfarande sov.
- Tack, tack! Jag vet inte vad vi skulle ha gjort utan dig.
Belinda lät tårarna rinna nu, av lättnad och av tacksamhet,
men också av den fortsatta spänningen som gjorde henne
svängande mellan ilsket driven beslutsamhet, uppgivenhet
och tryckande rädsla.
- Vi kvinnor måste hjälpa varandra. Man måste finnas för
varandra. Men jag visste inte att det var så här illa. Ni har sett
så lyckliga ut. Och ni har verkat vara en så perfekt familj på
alla sätt.
- Klyschan "skenet bedrar" kanske är på sin plats? Totalblind
och infernaliskt duperad passar också in. Jag har verkligen
bedragit mig själv hela tiden. Hoppats på förändring.

- Kom, nu går vi upp. Vi kan inte stå här.

- Jag ska bara parkera bilen så han inte hittar den.

Boel tittade på tjejerna.

- Gå upp ni. Jag väntar här på Belinda.

Boel väntade vid den öppna portdörren. När alla var på plats välkomnade hon sedan familjen hem till sig, och de sjönk ihop där de hittade sovplatser. Nu var de säkra ett tag, och nu kände de alla hur extremt trötta de var.

Belinda tog sin väska och ställde den för säkerhets skull bredvid sängkanten. Pistolen låg längst ner under kläderna hon rivit åt sig i flykten. Bara att veta att den fanns där kändes ändå lite tryggt även om Alister hade ett flertal kvar hemma i sitt skåp. Boel hade portlås så Alister skulle få svårt att komma in ljudlöst.

Belinda bestämde sig för att pistolen alltid skulle finnas i hennes närhet…tills de kom till en annan ort.

<h1 style="text-align:center">17.</h1>

På söndagen var Simone hemma i huset i Bäckmål igen. Elin kom hem sent på kvällen, intet ont anande om allt som hade hänt i det till synes lugna, pittoreska lilla samhället. Hon blev alldeles bestört när Simone berättade i korta drag vad som hade hänt, och hon vägrade först att tro på vad hon hörde. Det stämde inte alls in på hennes förutfattade syn på Schessmans fina och förnäma familj. Där trodde hon att allt skulle vara lika flott inuti som utanpå. En så stilig, rik och ansedd karl som Alister, från Londons elit och allt, borde inte kunna vara annat än en gentleman och någon värd allas beundran och dyrkan. Simone vädjade till sin mormor att tänka efter. Och hon försökte. Elin tänkte på sin egen före detta svärson, på några män hon träffat som inte varit de som de utgett sig för, på sina forna vänners äktenskap och på sina egna föräldrars kärlekslösa liv ihop. Det var tungt att behöva erkänna att ytan inte alltid speglar sanningar, och att en god vilja att försöka tro gott om andra ibland inte var annat än naivitet och brist på vetskap och insikter om andras verklighet. Det kunde förstås vara så också, att det verkligen var genuint gott, men det var absolut inget att bara anta. Schessmans var bara ett av bevisen. Och de hade dolt det både bra och länge.

I exemplet med Roland och Boel hade de inte haft det helt miserabelt, men inte heller harmoniskt och med utgivande kärlek och omsorg som grund. En krävande och uppblandad kärlek, som successivt slutar att handla om kärlek och bara blir krävande, får följden att den övergår till enbart begär. Begären får ibland fäste och döljer sedan en långsamt kokande vulkan som pyr sakta men säkert ända tills det rätta tillfället får den att explodera och innehållet vräks ut. Det far då ut över andra och bränner dem. Ofta blir oskyldiga som står nära drabbade av dess enorma kraft.

Boel följde nu alltid med Belinda ut när hon behövde uträtta någonting. Hon blev hennes livvakt och hennes förtrogna vän. Deras syn på varandra förändrades, och de såg hur lika de var och hur lika de tänkte och kände om det som de samtalade om. Bakgrunderna må ha varit väldigt olika, som från två skilda världar, men systerskapet hade ett starkare band än allt som skilde dem åt. De blev båda förvånade över hur mycket de kände igen i varandras livshistoria och äktenskap. Belinda lyckades sälja alla hundarna. Till och med hundgården med inhägnaden och alla tillbehören köptes av andra kennelägare som ville expandera. Köparna var dubbelt så nöjda som Belinda var, och de var lyriska över att ha fått just Schessmans kennelhundar som ovärderligt tillskott och över att deras stamtavlor skulle finnas att skryta med och höja värdet på deras egna hundar och deras eget rykte som uppfödare. När hundarna skulle hämtas så slöt Franke och Raul upp och stod som stöd bredvid Nic, som tog emot köparna i stället för sin mor. Belinda passade på att boka tider då hon anade att

Alister var som mest upptagen. Hon hade lärt sig hans rutiner och agenda. Nic gav köparna stamtavlor, olika intyg, priser från utställningar och kvitton och hämtade hundarna åt dem, och köparna fick sedan själva hämta materialet vid lämpliga tillfällen. Om Alister skulle dyka upp och förstöra eller lägga sig i så hade de alla papper färdiga redan.

Belinda kunde till slut andas ut. Hon hade inte vågat gå in i huset mer och hon ville varken se eller ha en enda sak av det som fanns därinne. Hon ville börja om i stället. Ingenting skulle få påminna om tiden med Alister och allt som han hade gjort. Endast pistolen fanns kvar.

Hon måste ha anat vad som varit på gång, för hon hade rafsat åt sig de få dokument som var hennes innan hon flydde ut. Undermedvetet eller medvetet måste hon ha förstått att det var sista gången hon var därinne. Mycket av det som hörde till finanserna och till familjens förmögenhet hade hon inte tillgång till. Det var Alisters sätt att förhindra att hon skulle kunna lämna honom. Men hon hade ett eget bankkort. Dit kom alla pengar från kenneln. Hon hade aldrig fått arbeta när de varit gifta, men kenneln hade hon fått som en present som hon skulle kunna pyssla med när hon gick där hemma och till Alisters förtret klagade på att det inte fanns någon mening med det och att hon saknade kontakten med vänner. Hund-uppfödningen blev både hennes hobby och hennes jobb, som ledde till kontakt och små stunder av samtal med människor. Och det kunde kännas som om hon var en del av ett vanligt, normalt liv.

Alister förbjöd henne all kontakt genom sociala medier. Han var rädd att hon skulle influeras av andra, till att försöka slita sig loss från det hon hade och få för sig att hon inte levde ett lyckligt liv. Han ville inte att hon på något sätt skulle leva i ett slags självförverkligande och försöka uppfylla sina egna drömmar. Inte utanför det som han tyckte att han själv uppfyllde. Hon hade en telefon och fick tillåtelse att endast ringa familjen, släkten i England och hundköpare. Mer var det inte. Alister kontrollerade dessutom telefonen med jämna mellanrum så att hon inte ljög och gick bakom ryggen på honom.

Pengarna som hon nu hade fått blev stora belopp tillsammans. Det var dyra, välavlade, vältrimmade och på alla sätt välvårdade afghanhundar, och summan av försäljningen kom upp i ett högt sexsiffrigt belopp på hennes konto. Hon bävade…men kände sig för första gången fri inombords, även om hon ännu inte var det utåt sett.

När hon träffade Alister i London första gången hade hon varit väldigt ung. Han bedyrade värdet av att få en äldre man som kunde ledsaga henne genom livet, in i tryggheten och genom en säkrad ekonomisk framtid. Under äktenskapet återkom han ofta till vilken förmån det var att ha en yngre hustru, eftersom en sådan var mer formbar och inte lika stursk och självsäker som äldre kvinnor så förment ansåg sig vara. Livserfarenhet för kvinnor var inte ett ideal, enligt honom. Livserfarenheten var endast nödvändig för mannen. Kvinnan bör vara oskuldsfull och naiv, ömhjärtad, öppen och flexibel. Mannen formar sedan kvinnan inom dessa ramar, och låter hennes egen framgång spegla mannens framgång. Kvinnan är det svagare könet på alla sätt. Mannens inflytande över kvinnan visar sig genom att kvinnan får beundran, respekt och ställning inför andra män och kvinnor. Detta var hans syn på det perfekta äktenskapet. Alla varningsklockor som hon hade känt intuitivt hade hon tvingat att sluta slå. Han lovade henne allt. Löften, både charmerande och taktiskt uträknade situationer, ord och handlingar i kombination med hans

successivt ökade perioder av spritdrickande och rena manipulerande elakheter blev starten på ett nedbrytande av den
självkänsla och det självförtroende som hon från början hade
haft. Han kunde vara den mest bekräftande och den mest dyrkande mannen, och samtidigt den mest förnedrande och förtryckande, och hon visste aldrig när det svängde eller av vad
det svängde. Hon försökte, i sin tur, att alltid räkna ut händelseförloppen i förväg för att hon skulle kunna curla för honom
på alla sätt och eliminera allt som han skulle kunna tänkas
reta upp sig på. Men det var som om själva lusten att kuva
var större än viljan att det skulle vara bra. Ordet harmoni innebar allt som gick enbart enligt hans vilja.

Hon tappade den sunda respekten för honom. Den byttes ut
mot en fruktande respekt i stället...som om han vore en gud
full av hämndlystnad och vedergällning. Men för vad? Han
förklarade alltid sina motiv, men de var skapade i hans egen
föreställningsvärld och den kunde hon omöjligen se in i eller
förstå.

Boel hade varken pratat eller umgåtts så här mycket med någon på evigheter. De hjälptes åt att beställa kläder på nätet
till Belinda, Nic och Lo. Och de beställde även hälsokostpreparat, ett husapotek, hygienartiklar och tillbehör till bilen på
nätet. De ville vara utomhus så lite som möjligt. Boel blev
tvungen att erkänna att ”det där med internet och datorer
kanske inte var så tokigt ibland”.

Men det första Belinda hade gjort efter att de flyttat in hos
Boel var att skaffa ett hemligt telefonnummer till både henne
själv och Nic. Hon orkade inte gå och vara rädd för att Alister
skulle ringa hela tiden. Och hon ville inte att någon, på något
sätt, skulle kunna spåra dem. Hon färgade håret, från sitt

brunsvarta svall till platinablont, enbart för att förvilla honom eller någon bekant. Var hon tvungen att gå ut så hade hon alltid solglasögon, oavsett väder.

Simone handlade i mataffärerna om det behövdes, eller annars gjorde Elin det med bilen. Belinda var lättad över att inte skolorna hade startat än för det betydde att Alister inte skulle kunna ta kontakt med Lo varken i eller utanför skolan. Hon var rädd för att han skulle ta med henne hem eller kanske till och med tillbaka till England, mot Los vilja och utan hennes egen vetskap. Han kanske skulle hämnas på henne själv…genom Lo. Straffa lilla Lo för hennes olydnad, tills hon kom tillbaka. Och Lo skulle bli hållhaken. Alister hade makt, pengar och inflytelserika kontakter. Men det skulle minsann inte hjälpa honom den här gången. Belinda hade bestämt sig för att om han försökte något…det minsta lilla…så skulle hon gå till polisen och berätta allt. Hon hade tagit foton på sina blåmärken och på såret, och det fanns vittnen som hade sett och hört delar av vad som hänt i alla fall. Höll han sig i skinnet nu så skulle hon, för barnens skull, inte polisanmäla honom. Men försökte han att hämnas skulle hon gå vidare med det, men då också för barnens skull. Hon tänkte inte så mycket på sig själv nu utan hon ville bara bli helt fri från honom, och få börja om och leva någon annanstans…i frid och harmoni, utan att bli kränkt och utan att leva i fruktan och ständig förvirring. Kanske fanns det lite lycka någonstans?

Ingenting var sig likt i Simones liv. Livet kändes plötsligt kaosartat och omkullvält. Sommaren som började med helt vanliga tankar och bekymmer, bland annat angående om hon skulle göra slut med Denny eller inte, handlade nu om beslut som skulle tas som innebar livsförändringar som hon själv bara hade varit inblandad i en gång tidigare, när hennes pappa åkte in i fängelset och hennes mor flyttade…och hon själv, Vendela och deras mormor fortsatte att bo kvar i huset. Simone tänkte på familjer som hade liv som liksom bara flöt på…lunkade på, över en och samma räls, med möjligtvis lite räkmackor längs vägen och med bara små tillfälliga stopp.

Två saker gnagde i henne nu. Sune var försummad och hon längtade febrilt efter att få träffa Gabriel. Och inte då enbart för att han var en sådan underbar ny bekantskap, utan också för att få prata om de svårigheter som hade dykt upp. Han hade alltid kloka ord att förmedla och kunde ge dem alla råd och stöd. Var det något som hon var övertygad om så var det detta.

Simone tyckte att det kändes olustigt att gå ut i ladan och hämta sin moped. Ladan var faluröd, men hela ladan kändes helt plötsligt som ett symboliskt rött skynke, ett skynke som härbärgerade mörker bakom sig. Nu hade minnena spätts på med rädslan för att Alister skulle komma ut dit och konfrontera henne. Nu visste hon en hel del om vad han var kapabel till, och hade han druckit alkohol så skulle det förmodligen bli ännu värre att möta honom.

Det enorma huset på andra sidan såg obebott och öde ut. Fast hon anade att Alister var hemma eftersom det var lördag förmiddag. Elin stod för säkerhets skull i köksfönstret och tittade när hon gick in i ladan, och hon vinkade när Simone åkte i väg.

Simone åkte lite fortare än vad hon brukade. Det var som om en inre stress fanns inom henne, efter allt som hade skett, och som om hon måste skynda sig med allt hon tänkte göra. Osäkerheten kring vad som skulle hända härnäst drev henne.

Vädret lade hon inte ens märke till. Hon hade bara tagit på sig jeans, linne och tröja och inte ens reflekterat över om det var sol och varmt eller kyliga vindar och lågtryck. Hon åkte bara, och hade förmodligen bara reagerat på ett spöregn som hindrat henne från att köra som vanligt.

Hon kände inte riktigt igen sig själv. Känslorna var så blandade, huller om buller. Och de kom och gick och avlöste varandra utan att hon ens förstod varför. Hon hängde liksom inte med i sitt inre. Det yttre verkade samlat, men en aningens disträ och förvirrat. Blicken var inte lika stadig längre, utan den sökte sig både bortåt, uppåt och inåt, i stället för att enbart vara närvarande i nuet och koncentrerad på vad hon gjorde. Hon kände sig lättskrämd. Hoppade högt av plötsliga ljud, och kunde bli skärrad av telefonsignaler av olika slag. Som om de bådade ont. Glädjen hade minskat. Det skojfriska och uppsluppna var som bortblåst, eller åtminstone undanputtat bakom andra tyngre saker som tagit över. En klump av ångest låg längst fram.

Nic ville inte blanda in Franke och Raul mer än hon var tvungen, så de visste bara att hennes pappa burit sig illa åt och att han hade varit hotfull. Hela gänget hade försökt att umgås inne i Hasselbro, men killarna tyckte att Nic och Simone var så tysta, tråkiga och inåtvända att de hade brutit upp ganska omgående. Senaste gången hade tjejerna stannat kvar på fiket och bara suttit länge och tittat på folk utanför, smuttandes i tystnad på sina cappuccinos, och med ganska tomma ansiktsuttryck båda två. De orkade inte vara sociala och hålla något slags glättigt sken uppe, och de kände inte för varken flörtiga inviter eller skämtsamma historier. Ridån kändes halvt fördragen, och bakom den behövdes den trötta ensemblen tas om hand. De höll samman nästan hela tiden, och de saknade inte killarnas sällskap. Inte som allt såg ut nu. Det märktes att Franke och Nic höll på att glida isär, och de såg allt mindre entusiastiska ut för varje gång de träffades.

Sonia var inne i huset när Simone kom fram dit, men hon fick syn på henne genom ett fönster eftersom hundarna började skälla frenetiskt. De var bra vakthundar som inte missade den minsta lilla fågel eller mus en gång. Ingen kunde smyga runt på deras territorium. Möjligtvis kunde en skalbagge passera gåendes, men inga getingar eftersom pudlarna var speciellt rädda för flygande, surrande insekter. En mygga var mer skräckinjagande än en bov, enligt vissa av pudlarna. Och om en var skräckslagen så smittade det av sig på alla de andra. De blev då en samlad neurotisk skara med skakande pudlar som försökte gömma sig för eller jaga bort varenda surrande insekt som råkat komma in i husets lugna vrå. Sonia var hårt prövad sommartid, för hennes suckar och vädjanden om tystnad och behärskat beteende fick inte speciellt bra gehör. Hon funderade ibland på varför hon hade blivit så ömhjärtad på gamla dagar. Varför var hon tvungen att förbarma sig över sju vanvårdade pudlar som behövde akut omvårdnad? Men hon tänkte ofta på krigets fasor, och på hur hon hade räddats och fått förbarmande av godhjärtade människor. Hennes tankar och hennes hjärtas inriktning gick till att hjälpa tillbaka på alla sätt hon kunde. För hon var övertygad om att hon hade blivit bönhörd av Gud och att Gud hade hjälpt henne genom hennes medmänniskor. Och hon kunde ju ta hand om pudlarna och ge dem ett bra hem, ett bra liv med en massa överflödande kärlek. Så då gjorde hon det. Hon fann för det mesta en stor glädje i det hon gjorde och gav. Och hon fick ju så mycket tillbaka också. De liven, fast de var små och till synes inte speciellt värdefulla för människor, såg hon som lika värdefulla som sitt eget. Hon menade att hennes skapare hade skapat dem alla, och sedan tittat på dem och känt och sagt att det var mycket gott. Och han hade även välsignat djuren. Kunde Gud välsigna alla djuren så kände hon sig välsignad när hon tog hand om dem. Hon såg det som både en god tjänst för Gud och som en gåva från Gud till henne. Visst hade hennes ork börjat tryta ibland, och hennes ljudkänslighet hade på grund av hög ålder börjat ge sig till känna. Men hon försökte att ignorera det. Hennes livsglädje tog för det allra mesta överhanden, och överröstade till och med de höga ljudnivåerna.

Sonia blev väldigt glad när Simone kom och hälsade på. Men hon kände direkt att det inte var samma vanliga Simone, utan en variant sänkt till en annan nivå. Ögonen var sorgsna och ansiktet stelt av spänning. Blekheten rimmade inte med högsommarens förväntade spridda solbränna, och det dämpade tunga sinnet passade inte ihop med lovets fria och glada dagar.

- Kära hjärta…vad hänt?

Simone vaknade till lite, och insåg att det syntes på henne att allt inte var som vanligt.

- Öh…jag är lite trött bara. Det har varit mycket ett tag. Och så har jag varit nere i Hasselbro och hjälp till hemma hos mamma.

Hon fick en lång varm och innerlig kram av Sonia. Pudlarna nådde inte upp så att de kunde slicka henne i ansiktet, som de helst ville, så de slickade hennes fötter och smalben i stället.

- Haha…sluta! Vad knasiga ni är, jag blir ju alldeles blöt och slemmig.

- Nu du se glad ut.

Sonia klappade henne på kinden och log.

- Hur mår min lille älskling därute? Har han mat så det räcker eller är den slut?

- Det lugnt. Som ni säga. Ko-lugnt. Eller cool-lugnt?

- Du är så gullig! Det går bra vilket som. Du lär dig, cooling! Sonia fick Simone på gott humör och de skrattade. Och de gick ut till Sune tillsammans. Han blev så lycklig att han tog små krumsprång i sin lilla inhägnad när han fick höra Simones röst. Och de släppte ut honom så att han och hundarna fick springa av sig på hela gårdens utrymme. Var det någonting som kunde få Simone lättare och ljusare i sinnet igen, ja, då var det detta.

Efter ett par timmar av kramande och bus med djuren blev hon för rastlös för att kunna sitta kvar. Hon hade ett ställe till som hon ville till idag.

Hon var snart framme vid grusvägens uppfart in till skogen. Allvaret sköljde över henne direkt när hon fick syn på gården. Hur mycket skulle hon berätta? Hade hon redan överöst Gabriel med så mycket jobbigt att han kanske inte orkade med mera? Orkade han vara vän med henne?

Hennes självrannsakan och självkritiska tankar fick ångestklumpen att komma tillbaka.

Trädgårdslanden såg prydliga ut. Konstverken som Gabriel hade skapat var ännu vackrare nu när blommorna hade klättrat och slingrat sig ännu mer in i och runt omkring alla skulpturerna. De var som blommande statyer som skulle kunna platsa på vilket torg som helst, i vilken stad som helst. "Monument över livet" skulle de kunna kallas. Det liv som varit, och det liv som är. Det som använts, och det som väntade på att användas.

Växthuset såg tömt ut. Simone lyssnade efter ljud...efter någon dov vissling någonstans. Hon gick till ytterdörren. Den stod olåst. Efter att ha knackat och väntat en lång stund vågade hon försiktigt öppna dörren. Hon ropade Gabriels namn, men var lite rädd för att hans pappa skulle vara hemma och kanske bli arg över hennes fräckhet, att bara öppna och kliva in. Ingen svarade. Hon ropade högre och högre, ifall de kanske var i badrummet eller låg och vilade på ovanvåningen. Hon tyckte att det var modigt att inte låsa efter sig, vilket var ett av hennes viktigaste kom-ihåg hemma. Men hon var ju tjej, så det kanske var skillnad. Hon var ofta rädd för att obehöriga skulle smyga sig in, gömma sig och sedan komma fram när hon sov.

Nu tog hon det hon själv ville kalla frimodighet i stället för fräckhet och klev in. Hon funderade på om hon skulle sätta sig på trappan och vänta, om de inte var hemma, eller om hon skulle försöka hitta ett papper och skriva ett meddelande till Gabriel och åka hem igen. Sakta kikade hon in i ett rum i taget och fortsatte att ropa på Gabriel. Det luktade inte mat i huset så ingen av dem hade nyligen varit hemma och lagat någonting. Köket såg tiptop ut, för att vara ett gammalt slitet kök nästan från sekelskiftet. Hela det knäpptysta huset kändes nystädat. Hon gick in i vardagsrummet och fram till den gröna sammetsfåtöljen som Gabriel hade suttit och hållit om henne i. Det låg ett kuvert i fåtöljen, med ett namn på framsidan. Hon stelnade till. Det var hennes namn. Hon kände instinktivt att någonting inte var som det skulle. Det hade hänt någonting med Gabriel också! Sedan tog hon kuvertet och rev snabbt upp det och började läsa.

Förlåt för att jag inte har sagt något utan bara försvunnit utan förklaring. Men det kommer en förklaring i det här brevet. Du ska veta att tiden i Södra Källan har varit helt underbar och har gjort mig väldigt glad. Ja, till och med lycklig, kära fina Simone.

Jag är så tacksam över att jag har fått lära känna dig. Jag kommer att tänka ofta och mycket på dig, det ska du veta. Tack för alla trevliga, givande och djupa förtroliga samtal och för att du har öppnat ditt hjärta för mig och berättat om ditt liv och dina tankar. Du vågade ge bort en del av ditt hjärta. Är kärlek inblandad så finns allt gott att vinna.

Jag kommer att finnas närmare dig än du tror i framtiden. Önskar dig allt gott som finns på jorden och i himlen!

/Kärlek från Gabriel

Ps. Här kommer en hälsning från pappa till dig.

<u>Simone Fristad</u>

Jag vet att vi inte har träffats och presenterat oss för varandra. Jag är den far som Gabriel har pratat om. Men nu handlar detta brev om dig, och inte om mig eller Gabriel.

Kommer du ihåg när du var liten, när du skapade dig en egen godnattbön innan du skulle lägga dig? Du bad så här: "Gode Gud, låt mig få leva frisk och lycklig tills jag blir så gammal att jag själv vill dö."

Du bad den ofta, och speciellt när du kände dig ensam, var orolig eller kände dig rädd för döden.

Minns du hur du pratade och busade under konfirmationslektionerna, för att ingen skulle märka att du var intresserad av det de pratade om? Och för att försöka dölja det retade du killen som vågade knäppa sina händer och be på slutet av lektionerna. Sedan fick du dåligt samvete över att du hade varit dum. Du orkade inte med att bli mobbad för en sak till, så du vågade inte visa någon att du längtade efter Gud och ville ha en egen tro på honom.

Din mamma har alltid varit rädd för att gå till kyrkan och rädd för alla som funnits där. Hon har sett så mycket konstiga saker som människor har gjort och sagt och försökt att tvinga på henne. Hon stängde därför sitt hjärta, men har ändå lärt dig att be "Gud som haver barnen kär" och följt med dig till Kyrkans barntimmar där ni sjungit sånger och pysslat. Jag klandrar henne inte för hennes rädslor, utan jag kan förstå henne. Men det sorgliga är att människor, i sin besvikelse och rädsla, sedan söker efter annat att fylla sina innersta tomrum med. Det är en stor sorg för mig, för jag vill allas frid och lycka av hela mitt hjärta.

I din låda i ditt skrivbord, i andra lådan uppifrån, finns det två vykort gömda längst in under några tidningar. Varje gång du ser på dem så händer det någonting i ditt inre. Jag vet det. Av rädsla för vad människor ska tycka gömmer du undan dem och hoppas att ingen ska få veta att du har dem.

Korten är målade bilder av min älskade son, som människor tror att han såg ut när han gick på jorden. Men han ser inte riktigt ut så. Han är mycket vackrare! Det fullkomligen strålar av kärlek och ljus omkring honom och ingen kan någonsin måla så att han kommer till sin rätt. Han kan inte målas av.

Jag vill att du ska veta att jag har sett dig ända sedan du var nyfödd, ja, ännu längre. Jag har följt dig i ditt liv när du har varit glad och när du har varit ledsen, när du sökt efter kärlek och när du vänt dig bort från människor. Du har länge känt dig osäker på om du duger och är värd något, och om någon kan älska dig för den du är, utan att försöka göra om dig till någon annan än Simone.

Men jag älskar den Simone som jag ser.

Min son sa att han ville visa vad sann kärlek är genom att gå ner till jorden och bli den som både du och alla människor på jorden behöver. Genom hans kärlekshandling kan alla få kärlek genom tron på honom, och slippa det tomrum som alla annars har. Det tomrum och den längtan som du känner när du är ensam i ditt rum och tittar upp mot himlen är din längtan efter himlen och den gemenskap som jag har här med min son, och som du och jag också kan få.

Det handlar om ditt hjärtas tro. Tror du på mig, på vem jag och min son är, så får ditt hjärta allt som det har längtar efter.

Älskade Fristad! Min älskade Simone! På det sättet kan jag kalla dig för min dotter. Och du kommer att vara det för evigt.

Var inte ledsen på Gabriel. Jag gav honom tillåtelsen att kalla mig för pappa, men han är egentligen en kär vän och medhjälpare till mig här, och nära vän med min son. Gabriel står mig nära och han passade för uppdraget, för han känner människorna och han ville så gärna hjälpa dig, Simone.

Sluta aldrig att vara Simone. Du är alltid vacker, för jag har skapat dig vacker. Det vackra sitter i att du är en underbar människa. Alla är vackra, eftersom jag har skapat dem så. Spegla dig inte bara i en vanlig spegel utan spegla dig i min kärlek i stället. Du är unik, älskade Simone. Och hos mig, i mitt hjärta, har du fått din efterlängtade fristad.

/Med oändlig kärlek och frid. Hälsningar från din Pappa.

Det blev tomt...som om någon hade kopplat ur hjärnan helt och stängt av strömmen.

Hon backade sakta, tills hon nådde väggen, vände på huvudet lite och satte sig ner i den andra fåtöljen.

Här hade Gabriel suttit, för bara några dagar sedan. Livs levande. Livs fysiskt levande. Sakta började det gå runt i hennes huvud igen, som om maskineriets kuggar trögt länkats samman och kämpande drog i gång varandra igen. Och helt plötsligt blev vacuumet i huvudet förvandlat till en centrifug.

Men Guuuud!.........eller jag menar......jag vet inte vad jag menar... Är det här från GUD? Till mig? Vadå Gabriel...? Vem är han egentligen? Han åt ju mat med mig. Jag kramade ju honom. Han var inte osynlig. Han gick inte genom alla väggarna...som änglarna i Bibeln. Åt han inte mat...? Visst åt han mat med mig? Vi fikade. Nej...jag såg honom aldrig äta. Han bara fixade maten. Jag åt och fick ta med mig hem. Visste han att jag skulle komma, hela tiden...och fixade maten för min skull? Visste han allt om mig? Visste han vad jag tänkte också? Han lurade mig, hela tiden...låtsades vara en kille som tyckte om mig...och jag blev förälskad i honom. Han tillät det! Han flörtade med mig. Gjorde han inte det? Nej, det kan han ju inte ha gjort. Och de där sakerna som står i brevet... det finns inte en levande själ som vet om alla dem... Då måste det vara bevis på att Gud finns! Det är inte tomt! Och det blir inte tomt och svart när jag dör! Och han har sett mig i hela mitt liv och jag har inte fattat det. Men hur ska man kunna fatta något innan man fattar det? Men vad ska jag nu göra...jag vill ju att Gabriel ska finnas med mig i min framtid. Finns han med mig ändå? Fast jag inte ser honom? Eller är det "pappa Gud" som jag ska prata med nu bara? Är inte änglarna runt omkring oss, men Gud är inuti oss...på något sätt? Eller finns Gabriel bara däruppe...tills vi ses igen någon gång...när jag också kommer till himlen... Tänk om jag inte kommer till himlen? Men vänta...vad skrev hans pappa? Jag menar Gud.

Hon läste brevet igen, och igen, och igen.
Jo, jag kan komma till himlen...om jag vill tro på honom och hans son. Och Gabriel skriver att han kommer att vara närmare mig än jag tror i framtiden...hur, ja, det fattar jag inte. Kan de inte vara lite tydligare...när de ändå håller på och skriver? Eller...jag gissar att Gabriel skrev åt Gud. Men hur ska jag kunna visa det här brevet för någon? De kommer att tro att jag är skvatt galen eller något liknande...och har skrivit det själv och ska göra mig rolig och skämta. Ett practical joke. Ingen kommer att tro mig. Inte ens

Franke, som har sett Gabriel. Kanske allra minst Franke som har sett honom…och sett att han såg helt vanlig ut, utan tecken på någon ängelhet…ååååå…tänk om jag håller på att bli knäpp…på riktigt?

Hon hade inte berättat för någon att hon träffat Gabriel och åkt hem till honom flera gånger. Han var ju hennes nyfunne dyrbare vän som hon bara ville ha för sig själv. Vem skulle tro henne nu, i efterskott?

Tiden verkade stå helt stilla, och hon hade inte en susning om hur hon skulle göra och bete sig nu. Tårarna trillade medan hon tänkte…och läste…och kände.

Hur kunde han göra så här mot mig? Bara lämna mig… Först komma och tydligen vilja hjälpa mig…och sedan bara försvinna helt plötsligt, utan ett enda ord om det och utan förvarning? Han måste ju ha känt att jag började bli förälskad i honom? Jag kunde ju inte veta…trodde ju… Har inte änglar känslor alls? De kanske inte fattar sig på sådant… De verkar inte bry sig i alla fall… Varför just jag? Nu är jag ensam igen…är jag inte det? Hur ska jag orka? Gabriel älskar mig, skriver han. Gud också. Men kan de inte vara hos mig då? HÄR! Ska jag behöva vänta tills jag dööör? Jag fattar ingenting. Jag måste ta reda på vad det står i Bibeln… Jag kommer inte ihåg, och jag håller på att bli helt snurrig!

Simone gick till slut ut och ställde sig i trädgården igen. Just nu gjorde det för ont att se alla skulpturerna som Gabriel hade gjort. De var konkreta synliga lämningar på att han hade varit där, bott där. Men de skulle inte övertyga någon annan om att de gjorts av en ängel och inte en vanlig kille.

Hon framkallade minnet av smakupplevelsen av körsbärssoppan, morotsrutorna och den krämiga chokladkakan, och hon blundade och befann sig hos honom igen. Solens sken i hans hår och hans ögon var högst verkliga. I hennes ögon hade han verkligen ett änglahår. Hans underbara skratt borde hon ha spelat in på mobilen…och hon ångrade fruktansvärt mycket att hon inte hade tagit ett enda kort på honom. Skulle han förresten ha fastnat på bild?

Ögonen som hon utforskat och fascinerats över, ja, de hade sett saker som hon inte ens kunde föreställa sig. …Och ändå hade han velat komma hit ner, för hennes skull. Ärret på knät skulle bli hennes varaktiga synliga minne av deras första möte. Brevet var det synliga beviset på att hon mist honom…hennes underbara och perfekta framtidsdröm.

Hon bestämde sig i exakt det ögonblicket för att hon skulle köpa en dagbok till och skriva ner allt som hon kom ihåg av deras träffar. Allt som han hade sagt till henne skulle hon försöka minnas och sedan skriva ner, ord för ord, och ta med alla känslor, tankar och beskrivningar av alltihop. Alla detaljer skulle med, varenda morot, blick, ord och kram. Hon skulle kapsla in deras liv i sin dagbok och montera allt på sitt eget hjärtas tavla.

Nu när hon förstod att hon alltid skulle få sakna Gabriel, i alla fall under sitt jordeliv, och att han bara hade varit här tillfälligt så kom känslorna av övergivenhet och besvikelse tillbaka…som hon hade haft så många gånger förut. Hon kände sig ledsen över att hennes egna förhoppningar om en framtid med Gabriel var borta. Det skulle ta ett tag att smälta det som stod i brevet…att fatta att allt hade varit planerat från start. Att allt hade genomförts av endast kärlek, en stor kärlek till henne personligen och till hennes familj. Det skulle sjunka ner i henne längre fram, när chocken lagt sig, när besvikelsen övergått i tacksamhet, när sorgen över att ha mist bytts till

glädjen över att ha fått, när förödmjukelsen av att ha känt sig
lurad skulle bytas mot lyckan att få känna sig utvald, sedd
och älskad för den hon är.

Den kvällen sov hon hemma i huset. Hon klarade inte av att
träffa de andra inne i Hasselbro, och försöka att låtsas som
om ingenting hade hänt. Det skulle vara en total omöjlighet.
Hädanefter skulle hon inte kunna titta ut över trädtopparna en
enda gång utan att påminnas om orden som talat till henne i
det övernaturliga brevet. Sorgen som hon aldrig hade kunnat
sätta ord på, när hon tittat ut och upp mot himlens dolda ho-
risont…den skulle snart komma att lindras, allt eftersom
orden sjönk ner i hennes medvetande och in hennes innersta
kammare i själ och hjärta. Ensamheten som hon alltid hade
lidit av skulle inte kännas så definitiv och svår längre. Hon
hade fått veta att hon var iakttagen från himlen…en märklig
men fascinerande känsla…när man alltid trott motsatsen.
Men nu visste hon att åtminstone tre personer såg henne; Ga-
briel, "Pappa" och hans son. Bevisen för detta var ett brev
som innehöll många av hennes egna väl bevarade hemlig-
heter. Dessa personer fanns nu alla i hennes tankar, och skulle
alltid fortsätta att finnas i hennes tankar. Och himlen fanns
rakt ovanför henne, och kändes närmare och ljusare än förr.
Inte längre oändligt långt borta. i en mörk rymd utom räck-
håll för henne.
Nu skulle hon få ta ställning till vad brevet betydde för henne
och vad hon skulle förmedla vidare. Hon hade fått ett upp-
drag i brevet, och det verkade som om hon skulle passa vidare
den hjälp som hon själv hade fått, till de som behövde den
lika mycket som hon. Hur skulle hon kunna ignorera det som

stod…efter detta…när allt som stod dessutom gav en bekräftande genklang i henne?

Att få den här typen av bekräftelse…var ljusår från den hon hittills hade sökt och fått under hela sitt liv.

18.

På morgonen väntade ett meddelande på mobilen. Boel hade skrivit till henne att hon skulle ringa så fort hon vaknade.

Simone kände sig förvirrad, och befann sig i en sömnig yrvakenhet som gjorde minnena av gårdagen lite dimmiga och som inte heller helt kopplade ihop varför mamma hade ringt och varför meddelandet lät så akut. Sedan slog en knytnäve av ångest till i magen på henne. Tänk om det hade hänt någonting? Hade Alister gjort något?

Hon slängde ut armen efter telefonen och ringde direkt. Boel sa åt henne att komma ner till dem så fort hon hade ätit, för de skulle samlas och prata om någonting viktigt.

Simone kunde inte vänta utan slet fram några kläder och åkte i väg direkt.

- Så bra att du kom, mitt hjärta. Men...oj, vad du ser ut... Har du inte sovit något i natt?

Boel tittade oroligt på henne. Simone var blek och hade både svullna påsar och tvättbjörnsringar under ögonen. Håret såg

248

inte ut att ha varit borstat på ett tag. Hon tittade på sin mamma med trött min, suckade, och satte sig ner.

- Kan jag få lite müsli eller flingor eller något? Jo, jag har sovit…lite i alla fall. Det har inte hänt något, alltså?

Belinda tittade på Boel och hennes mungipor drog sig en aningens uppåt och hennes ljust granitgrå ögon glittrade till. Men det var Boel som fortsatte.

- Ja, ta vad du vill ha att äta. Så här är det. Vi har pratat lite, Belinda och jag. Och sedan har jag pratat med mamma. Nu vill vi berätta för er vad vi har funderat på. Vi tänkte att vi först blandar in er, och sedan får Belinda och Nic berätta för Lo. Hon är hemma hos en kompis nu.

Nic och Simone satt som ljus och väntade, för stämningen var lagd för stora nyheter. Men hela atmosfären var positiv den här gången.

Boel vände sig först till Belinda och Nic.

- Ni kan inte bo kvar här, utan måste så långt bort från det här stället som möjligt så att ni kan börja ett nytt liv någon ann- anstans utan att behöva vara livrädda varje dag.

Belinda tog ivrigt över.

- Jag har en idé. Vi har en idé. Jag har kollat runt lite på nätet, och har hittat en helt perfekt gård som vi skulle kunna flytta till. Allihop!

- VAA?

Simone höll på att få juicen i fel strupe, och Nic ropade högt. Deras mödrar skrattade till och Belinda berättade vidare.

- Ja! Det är ett gammalt syskonpar som bor tillsammans. Igor och Lydia. De är åttiosju och nittiotre år. Riktiga hurtbullar, verkar det som. De har en stor släktgård, i flera längor och med små hus runt omkring. De hyr ut flera av husen till ett bra pris, mot att de önskar att få hjälp med trädgårdssysslor och lite av varje. Det finns till och med en lada med plats för djur, där det har stått djur förut. Tänker på Sune nu, och på att jag visst har lovat Lo en hönsfarm.

Alla skrattade och det började blänka till i allas ögon nu. Belinda gestikulerade ivrigt och fortsatte.

- Jag har pratat med dem i telefonen. De lät jättepositiva. Och jag har visat Boel bilderna på gården. Det är hur idylliskt som helst! Och långt härifrån dessutom, hela sextiofem mil. Jag tänker betala i förskott till dem, om ni nu gillar det här. Men Boel får stå för kontraktet. För jag tänker inte använda mitt riktiga namn. Alister ska inte kunna få hitta mig. Vi måste skaffa nya namn, men det får vi ta formellt längre fram.

Simone och Nic tittade glatt på varandra, och ögonbrynen satt högt uppe i pannorna på dem båda. Det här var de inte förberedda på. Och Simone hade nu fått två stora chockartade överraskningar inom loppet av ett dygn. Hon hade inte smält många bråkdelar av den första än. Hon tittade på sin vän.

- Jaa…vad säger du, Nic?

- Vad väntar vi på? Vi kör så det ryker, såklart!

- Men…men, skolor och sådant? Hör det till det som ordnar sig på köpet, eller?

Boel och Belinda såg på sina kloka döttrar; en försiktig och en ivrig. Belinda visste redan vad planeringen var och vände sig till Nic.

- Det ordnar sig. Jag ringer till kommunen. Och skriver in Lo och dig med andra namn. Du och Simone kan lika gärna börja på era gymnasielinjer i en annan stad och kommun. Är man nyinflyttad hamnar man automatiskt i kön i kommunen man har flyttat till. Det här blir ju precis innan skolstarten så vi får hoppas att det finns platser. Men allt kommer att ordna sig.

Några hoppar alltid av och många brukar byta linje efter starten.

- Var är det någonstans? Ni har inte sagt vilken stad det är ens?

Belinda hämtade sin nyinköpta laptop.

- Jag ska visa er både platsen och bilderna på husen.

Hon kom tillbaka och öppnade datorn så att de kunde se alla bilderna.

- Det ligger i Järnsjöfors kommun. Själva gården kallas för Kullesta gård. I närheten ligger Kullesta Hembygdsgård, som i sin tur ligger i ett naturreservat. Det ser otroligt vackert ut. Inte likt varken Bäckmål, Hasselbro eller London, utan tusen gånger bättre. Kolla här!

- Woooow! Vilket ställe!

Nic och Simone ropade högt av glädje. Bilderna på dataskärmen visade allt som kan innefattas i ordet idyll.

Boel hade mer kvar att både fråga och berätta.

- Simone, vill du att vi följer med dit? Varför ska vi sitta här och mögla när vi kan flytta med våra vänner till en fantastisk gård? Och så får ni vara tillsammans jämt och behöver inte bryta kontakten. Och jag och Belinda känner oss redan som systrar. Det finns inget som binder mig kvar här i Hasselbro. Jag känner mig trött på stan för länge sedan, men har varit alldeles för trött för att ens orka tänka på att flytta någonstans. Men det är ifall du kan tänka dig att lämna Bäckmål och dina vänner?

Simone stirrade på sin mamma. Nu var överraskningsmåttet rågat och översvämmat.

- Det är helt osannolikt att du vill flytta. Du har ju inte ens orkat stänga av din Tv, och inte heller har du varit ute och rest eller umgåtts med folk. På åratal.

Boel log stort.

- Nej, det stämmer. Men var sak har sin tid. Och nu är jag trött på den tiden, och har fått mig en spark i ändan och ett gyllene tillfälle till förändring. Och jag orkar om jag inte måste orka ensam. För ensam är inte alltid så stark. Tro mig.

- Jag flyttar gärna. Nu spelar det ingen roll längre. Jag vill inte åka till Röre mer i hela mitt liv. Men jag måste få ha Sune med mig.

Nu blev Boel orolig.

- Men, älskade vän, har det hänt något i Röre? Är det Vingen som är dum, eller?

- Nej, inte mer än förut. Hon har förresten kläckt ur sig ett förlåt. Det var hon som hittade på att hennes pappa skulle slakta Sune. Men jag orkar inte prata mer om henne nu. Och nej, mamma, jag har inte en massa kompisar som jag blir ledsen över att lämna. Jag har en kompis, och hon följer med.

- Ååååh!

Nic böjde sig mot Simone och gav henne en lång kram av glädje.

- Det blir en nystart för oss alla, ska du se. Det kanske finns en hel drös med snygga killar där, som kan bräda tråkmånsarna som finns här omkring. Vilken är närmaste största stad?

Belinda blinkade åt sin dotter.

- Järnsjöfors är nog den största staden. Ni får nära till både Dovberga och Skarpkvarn. Det är inte så stora städer men Skarpkvarn är i alla fall lika stort som Hasselbro. En riktig turiststad med fullt av folk på somrarna. Vi kommer att bo nära sjön Tråmsen och där är det ett populärt sommarstugeområde med camping och fiske. Så det blir nog killar och action där på somrarna i alla fall.

- Nåja. Vad som helst är flera uppgraderingar från denna håla. Och Bäckmål ska vi inte tala om.

Simone klappade Nic på axeln.

- Håller med föregående talare.

Nu hade Simone blivit pigg på stört. Magångesten hade bytts ut mot ett magpirr, och nu trängdes fjärilar där inne i stället för känslan av att snart behöva kräkas.

- Mormor kommer förmodligen inte att bo kvar i huset. Pratade planer med henne också. Hon sa att hon inte ser någon tjusning i att bo ensam kvar i ett hus med trädgård i en liten by där hon inte umgås med någon. Plus att hon inte har så många roliga minnen därifrån heller. Hon har visst kärat ner sig i någon gubbe med båt som bor vid östkusten. Ska vi slå vad om hur länge det håller? Inte månaden ut. Tror inte jag i alla fall.

Simone skrattade åt sin mamma.

- Månaden ut? Det var långt. En hel mormor-evighet. Nja, blir mormor för nerkärad så tyder det på att hon har tappat huvudet och inte tänker klart. Och det bådar inte gott, för då kommer hon att komma på något fel, rätt som det är…och då är han både kokt och grillad och körd. Stackars Salvan. Han skulle ta med henne kosmos runt. Undrar om de kommer längre än en kilometer upp mot första himlen? Han siktar på sjunde, vet jag. Mamma…tänk om jag blir lika stollig som mormor när jag blir gammal?

Nic svarade blixtsnabbt.

- Det är du redan. Du kan välja vilken kille du vill på hela skolan, och vad gör du? Väljer den töntigaste, larvigaste, kortaste, mest nollade killen på mils avstånd.

Simone kunde inte låta bli att skratta till men puttade Nic samtidigt i sidan.

- Jaja. Jag har ingen ursäkt eller förklaring. Men jag hade hittat min drömprins…alldeles nyligen…och det är inget som någon av er vet om. Inte ens du, Nic. Men han har redan flyttat i väg. Så jag kan lika gärna också dra. Dra åt skogen.
Hon skrattade halvhjärtligt nu, men med en sorgsen blick.
- Vad säger du? Har du hittat en drömprins? HÄR? De finns inte! Franke var så nära man kan komma, och han nådde inte riktigt fram han heller.
Nic gav Simone en blick som såg uppfodrande ut och betydde att hon skulle avslöja vem det var.
- Äsch…han bodde på skroten vid Södra Källan. Vi råkade träffas när jag körde i diket.
Nu var det Boels tur att se uppfodrande ut.
- Körde i diket? Hur gick det? Blev du skadad? Varför har du inte sagt något? Vet mormor om det här?
- Såja, lugn och fin nu. Jag skrapade i knät. Moppen fick lite repor på lacken. Men det var en drömolycka. För jag träffade Gabriel.
- Jaså, är det så han heter. Efternamn?
Nic såg lurig ut.
- Nej, jag tänker inte säga mer. Inte nu i alla fall. Och han kommer inte härifrån, så det är ingen idé att du kollar skolkatalogen.
- Men jag måste googla honom, fattar du väl.
- Han finns inte med där.
- Jo, alla finns med där.
- Nej, inte han.
Nic tittade med förvånad min på henne, men frågade inget mer. Simone tittade på sin mamma igen.

- Mormor får gärna sälja huset. Jag vill inte ha det. Men jag kommer att sakna hammocken. Kan vi inte ta med den? Snääälla?

- Självklart, om du vill det. Vet ni, vi kommer att få ganska nära till Vendela. Bara sju mil. Det är supernära jämfört med femtio. Synd att Amber har flyttat till Birmingham. De hade så roligt ihop förr. Sedan tänkte vi att vi skulle köpa lite antika möbler på loppisar, när vi väl kommer upp. Det är ju så himla roligt att gå runt och fynda gamla fina möbler som fortfarande har själ i sig. Vi kanske kan snygga till dem och slipa och måla lite tillsammans? Så tar vi bara med det jag har här. Mormor tar det hon vill ha i huset, och vi tar med det hon känner att hon inte vill behålla. Så har vi basen för våra stugor i alla fall, tills vidare.

Nic nickade och höll med.

- Ja. Jag gillar Vendela. Hon har alltid ställt upp för mig och för Amber. Hon är guld värd. Och era planer låter helt awesome! Hur många stugor ingår i hyran? Eller hur fungerar det?

Belinda svarade, eftersom hon var mest insatt i kontraktet.

- Det är tre stugor och en huslänga som man kan bo i. Igor och Lydia bor i ena halva av huslängan. Så vi får välja när vi kommer dit. Alla ingår i hyran, för vi hyr liksom resten av gården. På två löner så har vi råd. Vi får helt enkelt söka jobb när vi kommer dit. Det var inte igår, eller hur, Boel?

Boel suckade.

- Nej, verkligen inte. Jaa, kära ni. Livet går i epoker. En tar slut och en ny tar över. Jag håller på att slutligen krypa ut ur min grottepok. Det känns som om jag har befunnit mig i ett ide, som en nallebjörn…fast en som inte alls ville vakna och gå ut mer.

Belinda såg på henne med ömhet i ögonen.

- Det blir bra det här. För oss alla. Ett lyft.

Simone sken upp.

- Vi får en fristad!

- Haha! Nu var du fyndig!

De skrattade och ögonen glittrade på alla fyra.

Nu blev det mycket att stå i. Lo blev överexalterad när hon fick höra om flytten och tyckte att allt lät som en spännande sagobok, där prinsessor och drottningar rymmer och ger sig ut på äventyr tillsammans.

Simone började med att åka ut till Sonia och leverera nyheten. Sonia och alla djuren var ute på gräsmattan och njöt. Nu tänkte även Simone på vilket strålande väder det var. Hon kände sig gladare. Även i hjärtat. Det hade börjat att sjunka in lite, förlusten av Gabriel och det som hade stått i brevet. Men hon hade inte tiden och möjligheten att börja bearbeta alltihop, så hon puttade in det bakom det mest angelägna som måste fixas. Hon planerade att ta fram det längre fram, vid passande tillfällen, och fortsätta suga på den ovanliga karamellen som hon hade fått av "familjen Ro". Den verkade långsamsmältande…men med ovanligt god smak.

- Sonia, jag kom för att berätta en tråkig sak…en tråkig sak för mig…och för dig, tror jag…men en rolig sak på samma gång. Vi måste flytta i väg.

Sonia såg på henne, med samma kärleksfulla blick som hon alltid verkade ha, oavsett vad Simone och andra människor sa.

- Var flytta? När flytta i väg?

- Vi åker redan nästa vecka. För vi måste hinna upp innan skolorna börjar. Det är jättelångt norrut. Sextiofem mil drygt. Jag tar med mig lille Sune, såklart.

Sonia klappade henne på handen.

- Klart! Din älskade. Och min älskade.

Hon pekade på Sune, som verkade ha utmanat pudlarna på maratonlopp runt vinbärsbuskarna och äppelträden. Sedan pekade hon på Simone.

- Du. Mitt hjärta!

Simone fick tårar i ögonen. Men Sonia började gråta först, och hon grät på ett sätt som gjorde Simone alldeles förtvivlad. Det lät så hjärtskärande.

- Jag…sakna…min vän.

Simone visste inte vad hon skulle säga mer. Vad som kanske bara skulle kunna göra mer ont…eller vad som skulle kunna lindra. De bara satt där och höll varandra i handen, och lät gråten ta den tid den ville.

- Du har betytt mer för mig än…än min egen mormor. Det är sant. Du har alltid funnits här för mig. Och du har alltid haft tid, tålamod, kärlek och en massa råd att ge mig. Och tänk vilka goda saker som du har bakat till mig. Hur ska jag någonsin kunna tacka dig för allt som du har gjort, för mig och för Sune? Du har faktiskt räddat honom åt mig. Sune har dig att tacka för sitt liv. Du är vår hjälte!

Nu låg Sonia mellan tårarna.

- Jag hjälte?

- Ja! Du har räddat liv, Sonia. Och mitt hjärta. För det hade gått sönder om Sune inte hade räddats. Min kompis skrev att hon hade hittat på att Sune skulle slaktas. Fast jag vet inte om hennes pappa skulle ha gjort det…ifall jag inte hade hämtat honom. Han hade nog slaktat Sune, på riktigt. Hon skulle säkert ha sagt att jag inte ville ha honom längre.

- Vän ska inte vara elak.

- Nej. Det var verkligen elakt. Men hon har hört av sig och sagt förlåt. Men jag kan inte förlåta henne.

- Jag måste förlåta. Krig i mitt land. Alla skrika och springa. Och jag ramla. Man hjälpa mig och gömma mig i kista. Jag jätterädd! Jag åka kista i bil till annat land. Han rädda mitt liv. Han Sonias hjälte. Alla döda…

Simone såg förfärad på henne, för hon kunde förstå att Sonia hade gömts i en kista och körts över gränsen till tryggheten, att den där mannen hade hjälpt henne i säkerhet och att hon hade allt att tacka honom för. Och att Sonia också hade sett många människor som dödats…kanske även sin egen familj och sina släktingar.

- Så hemskt…så fruktansvärt! Stackars dig, och stackars alla som blev kvar där borta. Och alla som dödades.

- Du förlåta. Jag förlåta.

Sonia fick en allvarlig blick och hennes ansiktet visade en samlad övertygelse och vilja att förmedla denna viktiga sanning för Simone.

- Inte hata. Hjärta går sönder och blöda.

Simone kände att hon måste försöka fylla i Sonias meningar, för att förstå exakt vad Sonia menade.

- Menar du att om man inte förlåter så sitter smärtan kvar i hjärtat och hjärtat läker inte?

- Ja!

Simone tittade upp på de enstaka små fluffiga vita molnen och på den underbara klara blå färgen som himlen hade ovanför dem.

- Du har rätt. Helt rätt. Så sa nämligen en annan väldigt klok vän till mig bara för ett litet tag sedan. Han sa exakt samma sak. Nu är ni två mot en. Det betyder att jag blir tvungen att försöka lyssna på er, och göra så själv. Det känns svårt. Men allt är inte enkelt, här i livet…som mamma brukar säga. Och har du kunnat förlåta dem…som gjort så fruktansvärda saker i ditt hemland…så måste jag kunna förlåta någon som satte mig i en mindre knipa. Och dessutom slutade allting så bra, tack vare dig, fina goa vän! Tack för att du är så klok och så underbar, Sonia!

Sonia sjönk ihop och andades ut, och ansiktet blev slätare och mjukare och började att lysa igen. För det lyste nästan alltid av livsglädje och av någonting som liksom kom inifrån henne och sedan tittade ut genom ögonen och speglade av sig i hela ansiktet.

Simone åkte hem till huset efter ett tag, för att börja packa ihop sina grejer. En tanke hade kommit smygande. Den började att susa runt i huvudet en kort stund men fortsatte nästan direkt sin färd till hjärtat och fick fäste där. Hon ringde sin mamma.

- Hej, mamma! Jag har en fråga. En idé. En tanke. En plan, jag också!

- Jaja…haha! Säg vad det är? Du låter ivrig.

- Jo, finns det en liten stuga ledig till en person till?

- Vem tänker du på?

- Sonia! Jag älskar henne och hon tillhör liksom min familj!
- Men, kära söta du, det är klart att du ska ta med dig Sonia till Kullesta gård. Vill hon det då?

- Ja, det tror jag. Jag ska åka dit och fråga henne direkt. Då hjälper vi henne med flytten, va...i så fall? Hon är så gammal och kommer inte att orka annars.

- Ja, men det är ju självklart! Ja, hör med henne direkt. Vi åker på måndag. Den sjuttonde. Men vi behöver komma till henne tidigare så att allt är lastat och klart tills dess.

- Toppen! Jag kan höra med Nic om hon kan fråga Franke och Raul om en sista tjänst. De är så snälla så de kommer säkert och hjälper till, om de är hemma. Då hörs vi sen!

- Låter bra! Älskar dig!

- Du är världens bästa mamma! Älskar dig sååå himla mycket!

Simone kastade sig ut till moppen igen och åkte tillbaka till Sonias hus. Sonia fick sedan frågan om hon skulle vilja följa med familjerna till deras nya stora gemensamma gård. Simone fick försäkra henne om att hennes mamma redan visste om det och gillade Simones idé. Sonia tog sina händer framför ansiktet och grät igen. Men innan Simone hann bli orolig tog hon bort händerna igen, och hela den lilla gestalten lyste av lycka. Tårarna var glädjetårar. Simone blev så glad och så rörd att hon tog Sonia i sin famn och svängde runt med henne i en glädjesnurr på hallmattan. Hundarna sprang ut och in genom den öppna ytterdörren och Sune hakade på. De snurrade runt i en yr glädjedans som förmodligen ingen någonsin hade skådat tidigare.

Simone ringde till Nic direkt. Och Nic ringde vidare. De hade tur, för båda killarna hade inget inbokat under veckan. I alla fall inget som de inte kunde skjuta upp till en annan dag. De bestämde att under den kommande veckan skulle det bli storröjning och packning av alla Sonias saker. Sonia fick i uppdrag att ringa till kyrkan som hade ordnat huset åt henne och meddela att hon skulle flytta. De vänliga människorna från kyrkan sa att hon fick behålla de begagnade möblerna som hade samlats in åt henne när hon flyttade in och behövde någonstans att bo.

Nu hade de en vecka på sig att ordna precis allting. Sedan prick en vecka till att installera sig på det nya stället. Lo skulle börja i sin skola på tisdagen veckan efter, och gymnasieskolorna började på onsdagen. Belinda hade ringt till kommunen och hört sig för om flyttändringar, och det fanns ingen större konkurrens om platserna på de mindre orterna norrut. Järnsjöfors var ändå tillräckligt stort för att båda skolorna skulle finnas. Simone kom in på sin drömlinje, med sikte på att bli en mycket speciell konditor och chokladspecialist. Nic valde samma linje som Simone, men med catering, restaurang och delikatesser som inriktning.

Allt verkade ha ordnat sig, precis som deras förhoppningsfulla mammor hade sagt.

Kära, kära dagbok. Jag har inte hunnit skriva på länge, för det har hänt alldeles för många saker. Ingenting är som vanligt längre. Men det är bättre än vanligt! Det kommer att bli det, för jag känner det på mig. Imorgon ska vi lasta in Sonias saker i släpet, och städa klart det sista. Sedan åker vi på måndag morgon. Vi ska åka till vårt drömställe, och allt ska bli så fantastiskt! Schessmans har blivit våra finaste vänner nu, och vi ska bo tillsammans. De har bästa platsen att gömma sig på. Ingen kommer att hitta dem där.

Jag kommer att sakna två personer: Franke och Raul. Vilken sommar vi har haft tillsammans! Franke finns kvar i mitt hjärta, och där kan han få ha en plats ett litet tag till. Resten av hjärtat fick Gabriel, och det tog han med sig när han försvann. Men jag känner mig gladare nu. Och jag börjar fatta varför han kom. Jag blir nog mer och mer glad för det ju mer jag får smälta allt. Inte helt enkelt att greppa! Det som har hänt är att jag inte känner mig varken ensam eller övergiven längre. Inte deppig på djupet. Ingenting känns meningslöst längre. Tvärtom! Jag tror att jag börjar ana den där friden i själen, som Sonia pratar om. Och Gabriel.

Jag har förresten skrivit till Vingen att jag förlåter henne. Och att jag ska flytta i väg och aldrig mer komma tillbaka. Hon skrev att hon blev både glad och ledsen. Hon hade hoppats att vi skulle fortsätta att vara vänner. Men vi är i alla fall inte längre ovänner och tycker illa om varandra. Det känns så skönt! Då kan jag släppa det, för det gnagde faktiskt. Som om en sten föll, som Gabriel sa.

Fattar inte hur jag ska kunna somna nu överhuvudtaget. Är alldeles för uppspelt och ivrig. Sommaren började med kärleksbekymmer och ensamhet, och vad har hänt sedan dess?

Allt mellan himmel och jord!

Vem kunde ana det? Godnatt och klart slut, för sista gången i Hasselbro kommun. Urk för den. Och yippie för nästa!

PS. Jag frågade mormor om jag fick köpa en avskedspresent till mig själv, och det fick jag. Så nu har vi resan räddad: ett *helt kilo av de gudomliga chokladpralinerna från Pralinboden! Yeeeaaay!"*

Boel hyrde en mindre lastbil och två släp på macken, som man sedan kunde lämna tillbaka till samma mackföretag i en annan stad. Lastbilen rymde precis Boels möbler och lådor, men den mer rutinerade och körvana Belinda fick köra den. Boel fick köra Belindas bil, med ett släp bakom. Där packade de in Sonias tillhörigheter. Även Elin hade dragkrok, så hon hade också möjligheten att ta ett släp. Där hade hon hammocken och de möbler som hon själv hade valt ut från huset i Bäckmål.

Salvatore kom och hjälpte till med att bära alla tunga saker, och Franke och Raul likaså. De tre gentlemännen blev över-östa med så mycket beröm att de säkerligen på kuppen blev snäppet starkare än de egentligen var, bara för att de blev så stolta.

När allt var klart såg Franke och Raul riktigt deppiga ut. De hade haft kramkalas med tjejerna, och de ville inte alls släppa taget om dem. De kände på sig att kontakten skulle bli väldigt liten framöver. Franke såg mer på Simone än på Nic. Nic lade märke till det, och såg länge på Franke med ilsken min och blick. Franke försökte inte ens dölja sina känslor nu, utan gick fram till Simone en sista gång.

Han viskade i hennes öra medan han kramade henne en sista gång.

- Tänk på vad jag har sagt. Allt var sant.

Hon låtsades som om ingenting särskilt hade sagts, vände sig om och vinkade lite nonchalant och glatt till båda killarna, för att avdramatisera det lite och lätta upp stämningen.

- Hejdå! Tack för allt! Ni är bäst, killar!

Raul var snabbast.

- Du är bäst! Ni är bäst!

Franke nickade, log och vinkade.

- Så är det.

Belindas bil var störst invändigt så Boel tog Sonia, Simone och Sune med sig i den bilen. Och just Belindas bil var utrustad med ett stort utrymme för hundar längst bak, med säkerhetsgaller framför bagageutrymmet. Sune och de sju pudlarna tjöt i kapp av upphetsning. Boel, Simone och Sonia tittade på varandra, och deras tankar var identiska. Hur skulle de orka åka sextiofem mil med denna kör i bilen? Simone försökte lugna Sune, och Sonia talade till pudelöron som inte ville lyssna.

Simone kunde inte låta bli att skratta åt dem.

- Snacka om opera på högsta volym!

Lo och Nic satt hos Belinda i flyttbilen, och Salvatore hade insisterat på att åka med Elin i hennes bil. Men Elin ändrade sig och tvingade honom att kliva ur bilen i sista stund.

- Nej, det blir bättre om du tar din egen bil och åker hem till din skärgård. Jag behöver lugn och ro ett slag. Vi får höras. Tack för hjälpen i alla fall. Hola!

När hon hade stängde bildörren suckade hon djupt och muttrade för sig själv.

- Orka.

Salvatore såg först ut som om han hade fått en örfil av Elin. Sedan svalde han förödmjukelsen, strök sitt svarta hår slätt åt sidorna, vände på klacken och åkte hemåt.

Nu var de i väg på sitt äventyr, i denna alldeles purfärska epok. Simone lutade sig tillbaka, tog ett djupt andetag av lättnad och glädje, och njöt av den enormt sköna känslan av att få börja om på nytt, i ett område av landet som hon nästan aldrig hade varit i. Alister hade de inte sett röken av, och han kunde inte få tag på dem. Friheten väntade. Simone tänkte på att de skulle få sin fristad, och på vad Gabriel hade sagt. Hon log finurligt, tittade ut genom bilfönstret och bort över träd-topparna mot horisonten och viskade tyst.

- Nu kör vi. Du och jag och pappa.